我的人生帆风顺时

WATASHI GA SHIPPAISHITA RIYUU WA

［日］真梨幸子 著
戴枫 译

台海出版社

◇千本櫻文庫◇

◇前言 PREFACE

文库，原本是指收纳书物的仓库和书库，也指收纳书与记事簿，以及不常用物品的小箱子。以前者为例，京滨急行线的"金泽文库站"就是以前镰仓时代北条氏用来收藏汉书用的，"金泽文库"名字的由来便是如此。东京都的世田谷区也存在着搜集着珍贵汉书的"静嘉堂文库"。后者则更多地被称为"手文库"。

江户时代以来，可以放入袖袂的小开本书籍逐渐流行起来，被称为"袖珍本"。明治三十六年（1903年），富山房发行了小开本的丛书，起名"袖珍名著文库"。随后，明治四十四年（1911年），讲述战国时代的猿飞佐助和雾隐才藏系列故事的讲谈社"立川文库"发行出版。讲谈是日本民间艺术，以口语化的方式讲述历史故事的形式。而"立川文库"则是将讲谈收录成册集中出版的丛书，据统计，当时刊行量为200册左右。从那时起，文库就脱离了原本的释意，逐渐演变成了现在的类书集丛。

文库的说法借鉴了日本出版业界的传统说法。而千本樱源自日本奈良县吉野山樱花盛开的奇景，世人皆称"一目千本樱"来形容樱花美景。千本樱文库的纳入作品皆为日系作品，题材包括推理、悬疑、幻想、青春、文化等类型，正如千本樱满山盛开的绝景。

现代日本，以"文库"命名刊行的丛书系列有200种以上，所谓"文库本"只不过是统称而已。日本传统的"文库本"常用的是A6尺寸的148mm×105mm，也叫"A6判"。千本樱文库的所有书籍将在"文库本"的基础上提升，达到148mm×210mm的开本标准。追求还原的前提下，力图带给读者更清晰的阅读体验。

真梨幸子被读者们称为"致郁系推理女王"，所谓的"致郁系推理"指的是那些读起来让人心生不悦，但又克制不住想读下去的作品，而真梨幸子就是一位擅长描写人物阴暗面的实力派作家。本作讲述了一群彼此关联的人物被自己内心的阴暗一步步诱导，以至于最后葬送了各自原本成功人生的故事。这份阴暗以书中的话来说便是"心动"，虚假的心动即罪恶的导火索，它会在人们不经意之间酿成不可挽回的失败。书中一桩桩的失败案例正是人生的真实写照。

千本樱文库编辑部

MULTI-NEW ROUTES OF MYSTERIES

推理的多元新航路

  如今，推理已经成为全世界都非常热衷的娱乐元素，冠以推理概念的动漫作品、影视作品、游戏作品更是层出不穷。

  随着这些娱乐形式深入到生活的方方面面，作为原生土壤的推理小说却日益被边缘化。为了适应不同时代读者的需求，推理小说也会进行相应调整。因此，世界各国的推理小说都在探索新的内容与形式。

  不同的时代会涌现不同风格的文学作品，推理小说也无法脱离时代背景。在经济全球化愈演愈烈的现在，推理也在多元化的大航海中不断开辟着新的航路。所以，我们不仅要挖掘深埋于历史中的名作，也要竭力推广优秀的新作品。

  从某种角度来说，奖项和销量是衡量一部作品的重要指标，获奖作品与畅销作品也代表着所处时代的文化趋势。但是，任何时代都有很多充满创作热情的作者，他们的作品或许没能满足当时市场的需求，却同样富有个性与魅力。

  "推理的多元新航路"旨在敢为人先，在发现、传播新人佳作，为推理文化注入活力的同时，我们也想将埋藏于历史的杰出作品，传递给热爱推理文化的读者。宛如大航海时代一样，这些作品联结古今文化，让我们共享推理盛宴。

千本樱文库

当我的人生一帆风顺时 WATASHI GA SHIPPAISHITA RIYUU WA

序章
001

目录
CONTENTS

案例 1
属于我的家
007

案例 2
独立
063

案例 3
选举
121

案例 4
结婚
175

案例 5
家人
243

案例 6
畅销书
301

终章
319

序章

当我的人生一帆风顺时

归根结底,这个世界就是这样,人能达到的高度是有限的。能成功抓住机遇,讴歌幸福人生的人,只有那么一小部分。不,或许连一小部分都没有,顶多只有相当于沾在小脚趾指甲盖上的沙粒那么点儿而已,自己哪有希望成为其中之一,所以,现在这样就够了,一个人能有自己一路走来的人生就够了,无功无过、平平淡淡的人生就够了。

——或许有不少人,心中都是这种几近放弃的态度。既然如此,为什么以成功为卖点的书籍还那么受欢迎呢?书店里满是这类书,尤其新书[①]区密密麻麻,排满了标题里打着"成功"旗号的著作。

没错,对人这种高智慧生物来说,想成功是很自然的欲望。或者也可以说,它更接近一种生理上的欲求,比如食欲和性欲,甚至可能比这两种欲望还更为原始。

我们先称之为"成功欲"吧。可以说,正是因为有成功欲,人类才构筑了文明。

在文明尚不成熟的时候,人们不是把健康和长寿视为成功吗?

---

① 在日本,尺寸在105mm×173mm左右的书籍称为"新书规格",内容以专业知识、学术、实用、启蒙为主。——译者注

部族中最为长寿者掌握大权的现象，正说明了长寿曾被人视为成功的象征。等到文明再进步一些，能获取更多食物者才是成功的，此后便慢慢转变成持有更多财富的人才是成功者。是财富的出现，渐渐区分了成功者与非成功者，最终演变出其他各种差距，但这个我们按下不表。

曾经社会结构还很单一时，成功的范本也很单一，所以"攻略方法"也很单一。但随着文明进步，社会的结构变得复杂之后，通往成功的道路，也就渐渐峰回路转了。

用减肥来比喻，是否更好理解一些呢？

明明最终导向的只是"瘦了"这么一个简简单单的成功标准，可在方法多如繁星的同时，至今不存在一个对任何人都适用的绝对指南。这是为什么？因为每种指南提供的成功范例都不一样。如果好几种不同的成功范例摆在眼前，那光是从中找出自己的目标，就要耗费许多工夫。是的，通往成功的道路正是一张鬼脚图[①]。如果在节骨眼上作出错误的选择，那就一辈子都无法取得自己期望的成功。

那么，说到这里，总算可以进入正题了。

关于失败——

[①] 一种简易的决策方法。在纸上画下几条平行线连接抽签者与抽签项目，再在相邻的平行线之间任意画一些连接线，每位抽签者从自己的名字出发，遇连接线则沿线转向另一条平行线，最终各人一定会分配到不同项目并完成抽签。——译者注

所谓失败，就是成功的反面，这个自不必说。

但失败跟成功不同的是，它有着绝对的样本。自人类文明尚处黎明期……甚至于石器时代，更进一步说，在人类还只是像小老鼠一样的生物时，失败的形式就没变过。是的，正如它的字面所示，我们一直以来，都将不情愿、不得已的"落败"或"失去"，称为"失败"。

其中之最便是"死"。相对于每个人都有不一样的成功形式，失败的形式相当简明易懂，其中有着明确的法则。

打个粗略的比方，或许就像位于道路中央的大坑吧。如果一个人浑然不知走过其上，或许会掉进洞里摔死，而如果知道那里有个坑，换别的路走，就至少可以远离"死亡"这一最坏的结果。也就是说，所谓失败，只要知道它的真容是什么，就完全可以避免。

说得再直白一些吧。

只要能避开失败，就等同于成功。

——等一下，不是常说"失败是成功之母"吗？

——而且，还有"塞翁失马，焉知非福"这样的谚语啊。

原来如此，或许没错。但是，"即便失败了，也能抓住成功"的例子，是万里挑一的奇迹，是相当于中彩票程度的幸运，那才是被上天选中的极少数赌徒们的童话故事。

而您是那种会去参与豪赌，接受"要么赢得家财万贯，要么输得一无所有"的人吗？不是吧？虽然不奢望自己能做成什么大事，但是至少不希望"失败"——您应该是这种脚踏实地的人才对。

话虽如此，但如果条件允许的话，也希望能赢得某种程度的成功——您是否也有这样的想法呢？

那么请您放心，这本书就是为了这样的人而存在的，为了让您看清失败的本质，为了让您成功。

开场白就说到这里吧。

本书将会列举几个具体的案例，帮助您看清失败的真容。

每个例子都非常典型，都是很小的失败。案例中的主角，是一群由于没能避免这些失败，而与成功的大团圆结局失之交臂，陷入最坏境地的人们。

案例 1
属于我的家

1

海蓝色和白色的横条纹图案倏地出现。

"哎,我昨天去图书馆,偶然借到这本书……你说,书中故事的舞台会不会是这里啊?"

然后,一本褪色的书摆在我眼前,那是本单行本的小说。

把它放在桌上的人,是新大谷……哦不,是村上。

世上没有人比村上更适合穿横条纹图案的衣服了。我穿起来像个囚犯,而村上穿就像动画片里跑出来的人物,就是那种猜不出具体年龄的大反派角色。

我也的确不太清楚她具体多少岁,恐怕和我相当,或者稍稍年长。而对方知道我的年龄,因为我来这里面试那天,就是她接待的我。面试期间她也在场,而且认认真真地查看过我的简历。

她知道的何止我的年龄,家庭成员还有学历是自不必说的,连我的工作经历她都一清二楚。或许因为这个,她挑起的话题总是与书有关。这大概要归咎于我在简历中的"爱好"一栏写了"阅读",但是话又说回来,我觉得,会相信别人在简历上写的爱好的人才有问题。

一般来说,爱好写"阅读"或者"看电影",就是在表达自己没什么特别的爱好,这不该是经典共识了吗?这就跟明明没吃到多好的东西,饭后却要说"多谢款待"是一个道理。

但看来村上是照单全收了,每次她特地跑来找我,都一定会抛来小说的话题。

她似乎真是个"读书人",每周会去一次图书馆,借几本书回来。她看的每本书上,都贴有图书馆的标签。

兜兜转转,我在这家盛大超市田喜泽南店打工已有半年了。每周一三五,从十二点到十七点共五小时,中途三点半到四点有三十分钟休息时间,所以实际工作时长共四小时半。

但对我来说,这三十分钟休息时间是最痛苦的,我甚至觉得,不如去干活儿更好一些。

毕竟,待在休息室里太尴尬了。

在商品、工具和白板等物品混杂在一起的后场一角,小得可怜的空间里摆着一张一米五宽的钢管桌,以及四张钢管椅。

那里一般总会有三四个员工在休息,但如果恰好撞上那群男正式员工,简直就是地狱。我一看到坐在那儿的是他们,就不得不开始演"哦,对了,那个是什么来着?我得回去看看"这种戏码,假装想起什么并飞快地跑回店里。这种时候我一般会躲进更衣室或化妆室玩手机打发时间,但哪怕桌边坐的是跟我身份相同的小时工或兼职的临时

当我的人生一帆风顺时

工，我也放松不了神经。

因为一个不好，休息时间就会变成诉说育儿辛苦，以及妈妈友之间的倒苦水大会。要是能不说话光听着还好，最痛苦的是她们有时会寻求我的回应，甚至让我交代个人隐私。

我认为的休息，是一心一意沉浸在虚无里，呆呆地望着没有意义的地方，但在这里无法实现。

不论目光往何处摆，都只会撞上杂七杂八、五颜六色的商品包装，如果放空大脑呆望着任何一处，更是必定会被人问"你怎么了"。

我并不觉得自己落单有什么窘迫，哪怕别人因此怜悯地看着我，按我的性子我也不会在意，但在这种地方工作，周围的人会比我更在意我自己。没错，这恐怕是因为所有人都知道了我的境遇。

这种关怀是多么令人窒息啊。我来这里都半年了，到现在还没习惯。身边的人好像也没习惯，我宛如他们避之不及的麻烦。

"跟你说，我昨天在图书馆偶然借到了一本书。"

可唯独村上是个需要自己小心翼翼与之相处的人，而且她还会以自己的判断为准，自以为是地凑过来，表面上一副照顾对方心情的样子，实际上她会找我说话，几乎都是为了满足她自己。

用村上的话说就是"我没有别的人可以聊书了嘛"。

正在对面桌休息的三个员工往这边看了一眼，我反射性地点头致礼。

但是，村上却旁若无人地继续说："你能来这里上班，真是太好了。"

其实我并没有多喜欢看书……我好几次想跟她这么说，但是，嗯，我最近会想，与其把这话说出来，让休息时间进一步变尴尬，或许还是利用村上的误解对我更有好处。

这么说也是因为，只要继续假装我是个爱读书的人，就算休息时间很难熬，只要装作在看什么书，别人就会自觉离我远些了。

不过这种假装也有副作用，没错，只要我的休息时间跟村上重合，她就会不停地找我说话。找我说话也就罢了，最近她开始单方面塞一些她推荐的小说给我读。

而且，因为每本都是从图书馆借来的，即便自己某天忽然兴起要读读看，也有还书期限这道坎儿。且说上周，她塞给我的书距离归还期限只剩三天都不到，连去图书馆还书的任务都一并丢给了我。

但这或许也是没办法的事，毕竟我的住处离图书馆的分馆很近。

"我觉得，这本书的舞台绝对就是咱们这个小镇。"

村上说着，把那本放在桌面上的书推到我面前。她的目光意味深长，就像在叙述中设好圈套等着被告上钩的检察官，闪烁着一种坏心眼的光芒。

为了逃离这种目光，我拿起那本书。

书上写着书名"孤虫症"三个字。封面的主体是一张百合花的图片，整体是紫色的，隐约给人一种诡异的观感。

"来，你摸摸这本书。"

我按她所说的伸出右手食指摸了摸，那触感一言难尽，我立刻把手指抬了起来。

村上看到我的反应很开心，露出一脸坏笑。

"对吧，是不是挺恶心？这书啊，摸起来疙疙瘩瘩的。"

是的，如她所说，书上有很多疙瘩。

"简单地说，这本书讲的是寄生虫的故事。寄生虫通过性传播，慢慢感染了整个小镇的所有人，感染的症状呢，就是浑身上下长出一粒粒疙瘩……"

"浑身长疙瘩……"

我再次摸了摸书的封面。

"就算这样，居然把书也做出疙疙瘩瘩的感觉，还真讲究。"

我自觉这回应还算得体，村上的三白眼却闪过一道锐利的光。

"讲究？我觉得是恶趣味，没错，恶趣味。"

村上紧紧地握住拳头，粗暴地捶打桌上的书。

"我很讨厌这种在内容之外做得奇奇怪怪的效果。说白了，就是因为出版方对小说本身的内容没有信心，才会弄这种骗小孩儿的把戏！"

"也就是说，这本书不好看？"

我这么一问，村上慢慢放下她的拳头。

"嗯，算是吧……这确实是一本很浅薄的书，是那种全靠噱头唬人的低俗猎奇作品。当然了，我并不是在否定所有的猎奇作品，世上当然有写得好的猎奇，但是这本书就是半桶水。它只是罗列了一堆流于表面的恶心东西，是个B级作品……不，是Z级，是个'鸡肋'。"

鸡肋？这书到了"食之无味、弃之可惜"的地步吗？

那真是极度恶评了。

……她对这本书评价这么差，可又为什么特地把书带过来，跟我提起呢？换作是我，要是觉得哪本书烂到"鸡肋"的程度，那一放下书就会忘掉它，当然也不会把它当作谈资。

可村上却继续狂热地诉说着，简直像在谈她喜欢的演员。

"里面的角色形象都很刻板，文笔一点儿都不好。反正就是很幼稚。就算是那个作者的出道作，可世上哪有写得这么烂的小说？我都觉得，是不是该找个小学生给她上上语文课啊？而且我听说，那小说最开始是用手机写的网文，可是就这个水准，在手机网文里都不入流吧？"

"……"

"亏她写成这个样子都能出道。不过这个作者现在已经销声匿迹啦，我一点儿都不意外——"

"那你为什么要看这种书呢？"我实在忍不住，插嘴吐槽。

村上一副"不要在我说到兴头上的时候打断我啊"的样子乜了我一眼，然后"哈"地叹口气，说："早知道这么无聊的话，我也不想看啊。可是，就是偶然听说了这本书嘛，所以很好奇。"

"好奇什么？"

"所以说，就是这本小说的舞台，我怀疑写的是不是我们这里。"

"我们这里……是小说的舞台？"

"对，虽然小说里的名字是'多歧森市'，但我觉得这绝对是'田喜泽市'变过来的①，也就是这儿。你看嘛，小说里面写到的公寓、店铺和地理结构，都跟这里完全一样啊。"

"但这是虚构作品吧？"

"当然，不过，我怀疑书里的一部分内容是真实事件改编的。"

"真实事件改编？"

回过神来，不知何时，我整个人已往前探了。

"对，我也是十一年前才搬到这边来住的外地人，所以详细的情况不太清楚，但据我所知，这里以前好像出过什么乱子。不过说是以前，也至少是几十年前啦。"

"乱子？"

"我知道得也不是很清楚啦，就是好像曾经有个主妇的老公搞外遇，所以她把外遇对象烧死了，就是在这个地方发生的。"

"你说的是……"田喜泽村烧杀案"吧。"

"哎呀，你知道啊？"

村上的三白眼又闪过一道精光。

---

① "多歧森"的日语读音Takimori和"田喜泽"的日语读音"Takisawa"相近。——译者注

"嗯，我在网上的百科网站上读过。好像是这个地区还留着一种习俗，妻子会袭击丈夫的出轨对象或再婚对象，就是所谓的'后妻惩戒'。"

"后妻惩戒？"

"是的，这是一种到江户时代初期都存在的风俗，只有在丈夫休妻并在一个月内再婚的情况下，前妻袭击后妻不会被治罪。在这片地区，这种风俗以'妻子和妻子的朋友们攻击丈夫的出轨对象'的形式保留下来……据说战前经常发生这类事件。不过，严重到杀人这种地步的，好像就只有'田喜泽村烧杀案'了。以那个案子为契机，这种风俗也就慢慢隐去了踪迹。"

"哎呀，你很清楚嘛。"

"没有，我只是偶然在网上看到的罢了。"

"网上啊。"

村上手中不知何时多了一支笔，是她身后那块白板的笔。

"我看，这个小镇果然有点儿奇怪。"

"奇怪？"

"嗯，就是说这里不太好。我搬来田喜泽市的时候，网上的信息没那么齐全，所以我只知道这里是大型房地产开发商开发的新区卫星城，也没怎么好好查过，就在这里买了自己家的房子。有一天我儿子开始说些奇怪的话，'我们这里以前是刑场吗'什么的。我问他为什么这么说，他说网上是这么写的。我就有点儿好奇，也去查了查'田喜泽市',结果查到这里本来的名字叫'汰泷泽村'……"

村上一边说,一边潦草地在桌子后面的白板上写下"汰泷泽村"几个字。

"汰泷泽村……有三个'三点水'啊。"

我只是自言自语,并没什么特殊意义,但村上听见了,用笔指着我说:"没错!问题就在这里!"

"既然地名里有表示'水'的文字,就说明这片土地本来跟什么水域有关系,所以多发水灾……在这层意义上再看'汰泷泽'这地名,有一大堆的'水'啊。"

村上用笔尖敲击白板上的字。

"不仅仅是字,它的读法也很重要。"

说着,她又潦草地写下"汰泷泽"的日语罗马音"Tatakisawa",然后在"Tataki"下面用力画了一道线。

"'Tataki'这个词,是从古语'Tatakuri'变形而来的,释义是'将事物弄得乱糟糟,变为彻底无用的状态',用来形容塌方灾害。光这个读音都够要命的了,它写成汉字竟然还带个'泷'字。这个也很要命。"

村上这次在"泷"字的下面画线。

"它的意思就是'瀑布',但它本义其实还带有'翻腾'的意思——"

白板上继续出现"翻腾"这个词。

案例 1　属于我的家

"加在一起就是'激烈的水流',另外也指山崖崩落或地层塌陷,也就意味着,要当心这个地方的地基啊!"

村上说到这里暂时放下笔,呼出一口气来调整呼吸。

"以前的人取这个地名的时候可是带着警告意义的呢。他们起这个名字,就是想告诉子孙这片土地上有可能发生这种灾害,或者这里的岩盘很脆弱。想到这里,你不觉得以前的人更诚实吗?看看现在的人,费尽全力避免不好听的字,把地名改得一点儿问题都看不出来了。这何止不诚实,简直是欺骗吧?"

在村上这番话的催促下,我用力点了点头。

"说起我家所在的那个卫星城,名叫'丽丘'——"

咦,原来她住在"丽丘"啊,那很厉害嘛。我开始觉得眼前的村上跟我是不同世界的人,不禁正了正坐姿。

因为,"丽丘"是个高级住宅区。虽然我没去过,但从时不时出现在信箱里的二手房售楼广告传单上来看,它的确不虚此名,是个美丽的卫星城。这么一说,今早家门口的信箱里就有传单。房龄十一年,总价四千万日元,是个气势汹汹的定价,但就我看了传单之后的观感来说,的确物有所值。那里的街道取景自欧洲的公园,简直就像电影里的场景。没错,那个住宅区正如其名,仿佛就建在英格兰的某片丘陵上。

"但是仔细一查,那里以前根本就不是'丘',而是低地,高台只是用土强行堆出来的,而且以前的名字还叫'鬼腐沼'!也就是片

当我的人生一帆风顺时

沼泽地啊，沼泽地！"

村上像升学补习班的热血讲师一样，奋力在白板上大笔一挥，写下"鬼腐沼"三个字。

鬼腐沼……看着就骇人。不如说，从前的人取名也太爱往神鬼上靠了吧？

"怎么说呢，这算是地方历史吗？感觉知道了这些事情以后，我就开始讨厌自己现在住的房子了。"村上一边把玩那根白板笔，一边说，"'不知者无烦恼'这话说得可真对，可一旦知道真相，就感觉没法再像以前一样住下去了……"

我能理解她的心情。不论曾经与某人多么亲近、多么不设防，可一旦知道此人隐瞒的秘密，那种亲近就会飞快冷却，甚至有时还会演变为轻蔑。

这轻蔑的感情一经萌芽，那么到了最后，不管只冒了多小的芽尖，女人都会无法忍受，只想离自己看不起的对象远远的。

村上大概也是这种心情吧。她看起来像是那种被自己深信的男人所背叛了的女人，先喘了半天粗气，然后说："而且，还不止地方历史呢！那里的地基就是怪怪的。上次地震的时候好像也晃得特别凶。他们说是因为发生了什么土壤液化现象。这么一说，确实有的地方的地面像水波一样，感觉我家房子也歪歪的。当然，这只是我的感觉，我没有认真去查过，但是要是下次再有大地震，我家情况绝对不妙。嗯，绝对，很不妙。不知道别人是不是也这么想的，最近我们城区有人把自己家房子挂出去卖了。就连我那邻居，以前还说'这里真是个好地方，我好想一直住在这里'，可连他们一家都搬走了。哦，刚刚这话你别往外说，就当没听见好了。你看，要是传出什么不好的流言，房子不就卖不出去了吗？"

"你打算……卖掉房子？"

我一问，村上的表情好似一个即将坦白自己出轨的女人，道："嗯，其实，我跟一个买主都快谈好了，只要等买主的审查通过就好。"

"审查？"

"对，审查。哎呀，你不知道？"

村上的三白眼又闪过一道精光。

"要申请房屋贷款，就得通过银行的审查，不然是没法继续进行的。也就是说，假设想买我房子的人叫A——"

村上再次抓起笔，先在白板中间画了个房子似的东西，然后在旁边写了个大大的"A"。

"例如，我要以两千万日元的价格卖掉这房子……哦，这是假设啊，假设，并不是说这就是我的实际情况。"

"我懂，这是假设。"

"对，假设。然后，假设这个叫A的人说想买这栋两千万日元的房子，但是A没有两千万日元的现金，那么A就得申请贷款了。你知道什么是贷款吧？就是借钱。"

这点儿事，我当然知道了。我的表情明显有些不快。或许村上也察觉到了，她促狭一笑，继续说："要购买住宅，一般都是申请银行的住房贷款，这个你知道吗？"

我生硬地点点头。

"所以，手头没有现金的A就要跟银行申请住房贷款，那A首先要去问银行，自己有没有资格申请两千万日元的住房贷款。"

哎，原来是这样啊？我的身体自然而然地往前探。

"然后呢，银行就要先调查一番A的年龄、职业、年收入等，判断借给A两千万日元以后A有没有能力偿还，这叫事前审查。人们一般说的'审查'就是指这个。"

大大的"审查"二字跃然于白板之上。村上用笔在"审查"两个字周围画了好几圈，继续说："要等到审查通过，买卖才可以开始。也就是说，要从银行那里拿到'我可以准备两千万日元这么一笔钱'的保证，才能坐在谈判席上。现在呢，就是那个想要买房子的人正在接受银行的审查，下星期好像就能出结果了……所以我在等回复。"

原来如此，我慢慢点了点头。啊，不过——

"那你的下一个房子怎么办？"

听了我的问题，村上的三白眼表现出来的反应有点儿奇怪。

"嗯，其实，我已经定好了。练马那边有新盖的公寓，是个好房子。上个月，我保证金都付过了呢。"

"练马，是东京二十三区之一的那个练马吗？"

"当然了，东京外面哪儿还有练马？"

"啊，我只是觉得……好厉害，居然能住二十三区。"

"还好……啦。不过，说是练马，也几乎快到埼玉县了，而且比这里还偏僻，离车站也挺远的，坐巴士要整整十五分钟呢。"

"那也是二十三区呀。"

"但是啊……"村上说到这里，很是烦恼地叹了一声，"但是，真的是乡下地方，交通也不方便。"

"但是好歹是二十三区呀。好羡慕你。"

"讨厌啦，说是二十三区，也只是练马区啦，比不上港区跟千代田区的。"

她嘴上这么说，脸上得意的笑容却怎么也藏不住。

"啧啧！"

我好像听到非常清晰的咂舌声，回过头去，对上了宫里代理副店长的目光，还有两个坐得离宫里店长稍远一点儿的工作人员，先前也一直在瞄我们这边。

"不过，还是很羡慕你，毕竟，电话区号会变成'03'不是吗？"

"现在都是手机的天下啦，那种东西没有任何价值呀。"

"不会的，我还是很羡慕，从小'03'的区号就一直是我的梦想。唉，真的好羡慕你啊。"

2

村上那一番话，似乎给落合美绪带来了某种变化。

本以为再也无法取回而早已被她放弃的那份心动，稍微在她的心中复苏了一点点。

美绪被诊断为抑郁症是在三年前，即结婚后的第二年。

在那之前，她是个教科书式的职业女性，在大型电机制造公司的宣传部卖力工作。

她与比她小两岁的丈夫是所谓的办公室恋情，刚结婚的一年里，一切都顺风顺水。两人的年收入加起来刚过一千万日元，在池袋租了一套离公司很近的高层公寓，享受着优雅的DINK生活[①]。

但人生不如意事十之八九，就在她以为自己抓住了成功的瞬间，却在意想不到的地方失了足。

她怀孕了。当然，怀孕本身是一件值得开心的事，美绪也感到自身正处在幸福的巅峰。工作、结婚、怀孕，她认为，自己得到了作为一个女性所有的幸福。

然而她所谓的幸福不过是昙花一现。只要构成幸福的任何一个要素站不住脚，其他的一切都会瞬间倒塌。

---

① DINK即Double Income No Kids，意为"双收入不生育"。——译者注

那是她进入产假之后不久的事。

她忽然感到一阵疼痛,很像是生育阵痛,紧接着便被送去医院,结果是死产,诱因至今都不明。要是有什么可能的原因,她还能借此发泄怨恨,或是吸取教训,提起气力去摸索新的道路,可命运连这样的机会都没留给她。

不仅如此,她的休假从产假变成了单纯的病假这点,还给她带来了某种心理阴影。

原本产假和育儿假加在一起,她可以休息将近一年零两个月,可美绪却不得不在产假开始两个月后就回归职场。鉴于她遇到这么倒霉的事,单位的同事们好像什么都没发生过一样很平常地对待她,可那种刻意演出的平常,反而成了美绪难以承受的负担。

那种小心翼翼的对待,让她坐立难安。整个单位都非常紧张,极力回避提到死产的事……可这种紧张感却是最窒息的。话虽如此,但有人跑来当面对她说"真可惜"的时候,美绪内心的失落都会露骨地显示出来。

简而言之,美绪不幸沦落成周围人眼中的麻烦,她自己也是,原本层层包裹在防护之下的最纤细的情感,如今裸露在外,这让她甚至开始害怕路人的目光。很多在此之前没什么大不了的事,如今每一桩每一件,都在给美绪植入恐惧。

即使如此,每天早上她还是鼓起干劲去上班,但经过一小时就会感到剧烈的头痛和恶心,连坐都坐不住了,去看了心理医生,却没有好转的迹象。在她回归职场的大概三个月后,美绪递交了辞呈。

这样一来,他们夫妇也就不能再继续住在此前一直居住的那套公寓里了。那公寓月租二十三万日元,仅靠丈夫的收入实在无法持续。这时丈夫找到的住处,就是她现在居住的出租公寓。

它位于八层楼高的公寓顶层,3LDK①,六十五平方米。这里本来好像是商品房,因为房东个人原因变成对外出租,离车站很近,买东西也方便,要去丈夫单位所在的新宿只需乘一班电车,坐急行车的话,不消三十分钟即可抵达。

对于出身埼玉县M市的丈夫而言,与M市毗邻的田喜泽市同样是他熟悉的地域。这里似乎还住了几个他的老朋友,万一妻子有个好歹,与其跑去完全陌生的地方,还是待在比较熟悉的城镇,各方面都更方便吧……这算是他作为丈夫的一种体贴,但美绪最近开始觉得,其实只是他自己想来这里住吧?说实话,作为得了精神疾患的当事人,住在完全没交集的地方反而更好,当地没有人认识自己才能让她感到平静,但如果这样做,她就得反过来担心丈夫的精神状态了。

丈夫是个骨子里的体育生,爱跟他人保持紧密联系,是那种如果不能常常跟人混在一起,就会压力暴增的类型。可是,先前他不仅被丢到自己并不喜欢的、人情冷漠的市中心高层公寓,老婆还因为抑郁症而自我封闭,这样一想,当时的丈夫恐怕也处于危险状态。

---

① 指除浴室和厕所外有3室1客厅(Living room)、1厨(Kitchen)餐(Dining room)厅的户型。——译者注

要是连丈夫都垮了，夫妻俩就全倒下了，那以后可怎么生活下去呢？既然会演变成夫妻二人都无家可归的局面，那么她希望至少丈夫一个人也要保持健全的精神状态。正是有这样一层考虑在内，美绪才老老实实地答应住进丈夫找的房子里。

或许有时候，全盘接纳别人的提议，反而更能给自己带来好运。尽管美绪对这片土地没有任何亲近感，但就算是这样，她在这里也勉强恢复到能出门打短工的程度了。

话虽如此，但她恢复得并不完全，毕竟她曾经还是个勤勉员工时所感受到的心动，一点儿都没有恢复的迹象。

美绪这个人，从记事起，就把心动当作能量，还会以它为行动指标。

例如，如果眼前有好几个选项供她选择，美绪一直以来都会毫不犹豫地选让她心动的那个，跟丈夫结婚的时候也是如此。

当时，还有别的男性向她求婚，虽然这说起来属于劈腿，但在美绪看来，他们两个都是她很在乎的人，并不是世人眼中那种轻浮的不检点的行为。进一步说，对当时的美绪而言，工作比这两个男人更加重要。所以，在被丈夫求婚的时候，浮现在她眼前的三个选项便是"跟这个人结婚""跟另一个人结婚""不跟任何一方结婚，一辈子专心工作"。三个选项摆在她眼前时，美绪之所以会选跟丈夫结婚，自然是因为听从了心动的指示。当然，反对的声音也是有的，毕竟丈夫年纪比她小。她老古板的祖父祖母从头到尾就是一句"必须找个年龄比你大的"，直到婚礼前一天都还在唱反调。不，就连婚礼当天，他们俩也声势浩大地冲进新娘准备室，挑了一大堆刺，什么婚礼场地选得不好之类，就连婚礼的日子，他们都要嫌弃不是良辰吉日。

祖母是这么说的："你们俩真是一点儿都不般配，就像水和油一样。一开始这种不般配还能刺激你们互相吸引，可你们总有一天会产生冲突，会分手的。"

祖父还说了这种话："另一个男的跟你才配，配极了。他才是你命中注定的人，你选他吧，选他就能幸福。"

二老怎么会知道另一个男人的存在？美绪感到如坠冰窖，只好拼命扯出笑容，她母亲的愤怒却在这时爆发。真是公婆媳妇一台戏，一会儿祖父情绪过于激动，嘴里的假牙都弹了出去，一会儿会场里负责新娘妆造的人一脚踩上那个假牙跌闪了腰，一会儿来替班的男人很明显头顶无毛，婚礼过程中总有人嗤嗤偷笑他的假发，可说是混乱到了极点。

一生只有一次的婚礼居然变成这样……难道丈夫和我真的如此不般配吗？美绪虽然隐隐这么想，但心动还是更胜一筹。在与他结婚给她带来的幸福的心动面前，亲戚之间丑陋的争斗，在她眼里都仿佛是营造氛围的演出效果。

美绪一直坚信着，不管他们有多不般配，不管遭到多少反对，只要她还相信自己的心动，就一定不会错。心动才是自己的路标。至今为止，她相信心动所做的决定一次都没错。甚至，心动还给她带来了成功。不论是幼儿园时的运动会，还是小学时的文艺汇演，又或是初中的学生会选举、高中的考学、大学的留学，就连求职时，都多亏她听从了"心动"的指引，才得到最棒的成功。进公司后也是如此，自己总是转舵向心动的一方航行，并得以留下了诸多成就。

但是在死产之后，美绪便彻底失去了她的心动。不论吃什么都味如嚼蜡的感觉蔓延到她的整个生活。明明自己在做事，却像他人所为一般完全没有实感，仿佛双脚浮空、离地数厘米远，毫无切实的感觉。这就是她这三年来的感受。

但是，这一刻，美绪的确感受到了心动。她心中有一种难以言说的兴奋感，可双脚又踏实在地，活着的实感从她下半身徐徐上涌。

+

那时，美绪在图书馆的分馆里。

十七点钟的工作结束，她像平时一样直接回家，但还差几分钟就到公寓的门厅时，一栋红砖房忽然掠过她的眼帘。那是栋古旧的公民馆，内部设有市政府的市民服务窗口、图书馆分馆，以及几间会议室。她之前听说这里不久就要被拆除，但还没有开始施工的迹象。

美绪回想起之前的休息时间村上拿来的那本书。尽管最后村上并没有把书借给美绪，而是说她自己也还没读完，把书放回手提袋去了。此刻的美绪却突然想起那本书紫色的封面。其实，她以前读过那本书，读后感跟村上几乎一样，但现在她想再读一遍了，毕竟村上说，它的舞台就是这里——田喜泽市。美绪想要确认这件事。

她看看手表，十七点十五分。同时，图书馆的入馆须知板上写着闭馆时间是十九点。

美绪毫不犹豫地走进那栋红砖房。

之后回想起来，或许在那一刻，她心中的心动就已经开始了。

因为，从她来到这个小镇之后，简直就像芯片里录有路线数据的扫地机器人一样，从来没有偏离过既定轨迹，顺道绕去什么地方，也从来没产生过绕路的想法，毕竟她既没有那么做的必要，也没有那么做的心情。

不，并不是在来这里之后开始的，而是更早以前。没错，自从她经历过死产之后，脑子里就只剩下该怎么平淡、体面地度过一天二十四小时了。味同嚼蜡的三餐也是，表面上她吃得津津有味，可毕竟尝起来毫无味道，自然不可能要求再添一碗，本质上那不过是为了摄取人体一日所需的热量和营养，而单调重复的痛苦时光。一事如此，事事若此。努力像其他人一样生活已让她筋疲力尽，所以这些年来，她才尽可能选择最少的步骤和最小的劳力。但是这一天，明明无事要办，也没有义务强加于身，美绪却仍然顺路去了图书馆的分室，是因为她自己想要这么做，而这种自发性的行为于她，真是一件暌违三年的罕事。

而且，找书的时候，她还恰巧看见打工单位的同事市原，甚至主动跟对方打招呼说"辛苦了"。

市原反而是那个受到惊吓的人，她的双眼瞪得就像一只被炮仗打中的鸽子，接着一边发出"啊、啊、啊"的怪声，一边躲进书架后。

这本来是由美绪扮演的角色，市原恐怕也猜美绪会那么做，所以肯定在大脑里模拟过美绪的反应了。然而美绪却背叛了她的预想，主动跟她搭话，所以市原尽管不情愿，却也只得由自己来做出原本会由美绪做出的反应。

而且，因为美绪紧接着还说："市原姐，你今天下午四点钟下班对不对？"恐怕这句话，导致市原的思考回路彻底短路。

"啊、啊、啊、啊。"

她一边短促地惨叫几声，一边往书架背后越躲越深。

但是，过了大约十秒，她似乎也终于反应过来，以刚刚才发现美绪的语气边说"哎呀！你也辛苦啦"，边把她小小的脸从书架背后探了出来。

市原个子很小，乍一看显年轻，但按村上她们所说，她应该较为年长，毕竟，连不论对店长还是代理副店长都当平辈来说话的村上，唯独在面对市原时会用敬语。

不过，也有可能市原只是年纪不大，但打工资历很长罢了。

美绪认认真真地观察对方的脸，这么一看，她脸上的皱纹、下垂组织还挺多的，还有色斑，而且整体来看还挺漂亮的那头栗色头发，根部也相当白。原来如此，虽然市原平时打扮年轻，但年龄绝对不小了。

"市原姐,你今天下午四点钟下班的,对不对?"美绪又问了一遍,"下班以后,你就一直在这里吗?"

市原手上拿着好几本书,其中一册,就是那本紫色的书。

"啊、啊、啊。"市原又先是怪叫几声,但很快便认输似的吸了一口气,夸张地耸耸肩。"我在休息室不小心听到你和村上聊天儿。"她说着,向美绪展示她手上书的封面,"所以,就有点儿好奇。"

"啊,您果然听到我们说话啦?"

"因为,村上嗓门儿很大嘛。"

"确实。"

"而且,嘴巴还是一样毒。"

"……确实。"

"她呀,在网上也会写一些很辛辣的评论,挺招人嫌的呢。"

"评论?"

"就是网上书店的评论。"

"啊,像亚马逊那样的?"

"对,而且,她还用的真名。"

"用真名!"

"她大概对自己的评价很有信心吧。"

"可就算这样……"

"她有信心也难怪,她的文笔的确很好,很容易打动人,不愧曾经是高中老师。"

"咦？村上以前是高中老师吗？"

"嗯，我是这么听说的，不过，她结了婚就辞职了。真可惜呀，难得考了资格证，又有天分，却没能利用起来。"

市原像拿着《圣经》的牧师一样，用双手把书抱在胸前，祷告似的说："女人真的好吃亏。结个婚，生个孩子，之前的技能和事业就都告吹了。回头再来找工作呢，就顶多只能在超市收收银——虽然我没有看不起超市收银员的意思啦，这份工作，也没有简单到谁都能做好，也需要资质和技术——这些我是明白的，但是……"

"市原姐，您以前是做什么的？"

不知怎的，美绪提出了问题。这是因为，她觉得市原可能希望她问这个问题。

市原的表情又变得像被炮仗打到的鸽子似的。

但是，在美绪又问了一次"您以前是做什么的"之后，她便得意地抽抽鼻子，回答道："我以前是外资企业CEO的秘书。"

她的神情实在太过得意，看到这样的表情，美绪很难不说出那句话。

"好厉害！"

当然，她心中丝毫没有那么想，但是这种场合，这么回答才符合礼仪。

然而，市原又恢复了困惑的神情。

"我说，你今天怎么了？感觉跟平时不太一样，遇到什么好事了吗？"

+

"……然后啊，市原姐这个人，平时看起来可年轻了，但是仔细瞧瞧也没多嫩呢。她那个样子，应该起码有五十岁了，衣服穿得超级青春，到底在哪里买的啊？特别搞笑的是，她以前是当秘书的呢！而且，她对这事可自豪了。后来我听她自夸了整整半小时，说她以前是多么能干的秘书，害得我回来做晚饭都迟了。对不起啦，再稍微等一下就好。"

美绪忽然感觉到目光，抬头一看，就看见拿着哑铃，正在做深蹲的丈夫海斗。他像被炮仗打了的鸽子一样双目圆瞪，跟之前市原的表情一模一样。

"哎呀，你怎么了，怎么这副神情？"美绪问。

丈夫回答："不，我只是在想，你今天真有精神……"

讨厌，怎么跟市原说一样的话？

"不是，就……感觉很久没听你那样说别人了。"

"啊，抱歉，你不想听？那我不说坏话了。"

"不是，坏话也没关系。"

"啊？"

"哪怕是说坏话，或者抱怨，能多多在意他人的事，是个好现象。嗯，我挺开心的。"

"你好奇怪，我说别人坏话，你居然也开心。"

但是，丈夫看起来真的很开心。看着他那副神情，美绪会觉得自己也能变得开心起来。

到了此时，美绪终于发觉到——

她在心动。

明明是在说别人的坏话，却为此心潮澎湃……这么一说好像很没品，但或许，说坏话正是一种原始的娱乐。更进一步说，会背后说人坏话也证明此人关心社会或他人，也就是说，我可能终于找到能让我走出抑郁的契机了呀！

低头一看，桌上摆满五颜六色的饭菜，当然，这些都是美绪做的。在此之前，不论多么豪华的饭菜，在她眼里都不过是一堆塑了形的沙子，可是现在，每一盘都让她垂涎欲滴。

她的喉头发出一阵鸣动。

丈夫或许也和她有同样想法，他把哑铃放回原位，伸手拉开餐桌椅。

+

"那个……其实啊。"

丈夫轻轻放下手中的筷子，表情像个即将坦白秘密的孩子。

"有件事，我一直觉得应该跟你说，可以前我都说不出口。"

"讨厌啦，什么事呀？"

美绪轻快地回答。

每道菜都十分美味，美绪的好心情抵达了最高点。如果是现在，不论丈夫坦白什么样的秘密，她都觉得自己能够接受。

"其实……"

就在丈夫扭扭捏捏、斟酌措辞的时候，美绪都还在想：要不要再做一道什么菜呢？

她的胃今天状态绝佳，别说一道，再吃两道、三道，好像都没问题。

啊！食欲真是太美妙了。尽管世上的女人都把食欲当作一生之敌，可是没有什么事比能香喷喷地吃东西更快乐了，因为"吃"这一行为对世上的生物来说就是最大的目的。就是嘛，能香喷喷地吃东西，就是作为生物最宝贵的幸福了！

想想看，自己要做什么吃呢？对了，再蒸个鸡蛋羹怎么样？好久没做了，或者把鸡蛋做成甜点，比如布丁？不论做哪个，都需要鸡蛋。鸡蛋，鸡蛋……家里还有几个来着？

她站起来，就在此时，丈夫开口道："其实我辞职了……"

但美绪顾不上搭理他这句话。

她打开冰箱，鸡蛋只剩一个了。这样的话，不论做鸡蛋羹还是布丁，都有点儿捉襟见肘……什么菜是一个鸡蛋就能做的呢？

一个鸡蛋，一个鸡蛋，一个鸡蛋……

"啊啊，法式吐司！"

对呀，法式吐司只要有一个蛋就够了。所幸，家里还有很多牛奶。

"哎，你吃不吃法式吐司？"

"啊？不，我就算了。我已经很饱了。"

"是吗？那我自己一个人吃啦。"

"嗯，好。"

啊，但是，家里没有面包啊！没有面包的话，不就做不了法式吐司了吗！

"那我现在出趟门，去买点儿面包回来。"

"什么？"

"因为我要做法式吐司嘛。"

"非得现在做吗？我有话要跟你说，是关于我们家今后的事。"

"非得现在说吗？"

"不，倒也不是……"

"我的胃已经彻底进入'法式吐司模式'了。吃不到的话，我今晚可睡不着。"

"但是啊，我都从公司辞职了呢！"

"嗯，知道了。这个待会儿再说。总之，我得去买面包。"

"面包，真的非得现在买不可吗？"

"嗯，必须现在买，我非买来不可！"

+

位于公寓附近的便利店里，只有一个收银员在值班，是长谷部，盛大超市田喜泽南店的临时工。

哎呀，原来她打两份工啊？看来，他们说她日子过得拮据是真的……真可怜。

美绪正这么想着，这时一位老绅士走进店里，问："另一个人不在吗？"

那老绅士整整齐齐地穿着一身正装，跟便利店的气氛格格不入，是刚参加完婚礼吗？咦？他不是这里的地主，山上家的人吗？对，他是山上家的爷爷，是盛大超市的常客，所以代理副店长会亲自把他家订购的商品送货上门。

"那个姑娘不在吗？"

山上爷爷纠缠不休，逼问长谷部。美绪为避免跟长谷部对上目光，飞快地躲在柱子背后。

"她今天应该有班吧？"

他执拗地问。

"啊，是的。"长谷部不情不愿地回答，"但她刚刚联系我，说小孩儿身体不舒服，会晚点儿来。"

"什么？这样啊，那我待会儿再来吧。"

看来，山上爷爷是为店员来的。这么说来，这家店是有个格外漂亮的店员，用现在的话说就是"便利店女神"吧？好像有些客人就是冲着她来光顾的……那么，山上家的爷爷也是其中之一了？所以他才那样精心打扮一番。

讨厌，真是的，都一把年纪了。

……咦？对了，我是来买什么的来着？

不知什么时候，美绪已来到杂志架旁，拿起住宅专刊了。

——都是因为白天村上在单位跟她说了那些话。感觉，连我都进入"搬家模式"了。模式？哦，对，我现在是"法式吐司模式"啊，所以我是来便利店买面包的。

可是，自己的食欲已经消失殆尽了，胃里胀鼓鼓的，要是再往里塞什么东西，就会逆向喷射，酿成惨剧。现在的她，连想都不愿去想法式吐司了。

这样的话，她就不必留在便利店了。

然而，美绪却难以离开这个地方。

她似乎被住宅专刊的魅力夺去了心魂。

——对了，曾经我也是以一个"属于我的家"为人生目标的人啊，为了实现这一目标我还存钱了。对对对，虽然最近彻底忘记了，但是她和丈夫刚刚完婚，就办了夫妻定期储蓄。应该已经存了有两百万日元了。

——对了,当时,他们俩本来想买一套海湾沿岸的高层公寓来着,看中了一套很理想的房子。两人还安排好了,要去看样板房的呢。

"但是,海湾沿岸,是不是有点儿危险啊?"

说这话的人,是她的同期浩子。

"毕竟,那里从前可是海呀!正常人都能想到,地震的时候会很可怕吧?不过嘛,我当然也知道现在的抗震技术很强大啦,恐怕就算关东大地震那个级别的再来一次,房子也不至于塌的。但是,土壤液化现象估计是免不了了。上次地震的时候不就是吗?只是五级的地震,就有好多地方被弄得一团糟。我看了电视,那可太悲惨了,明明房子没事,土地却液化了,搞得房子都歪七扭八的,窨井盖都嘭的一声飞出去,真的超吓人。就算房子建得很牢固,可要是土地变成那样,也一样完蛋呀。

"还不止这点,问题是基建。我听说经历大地震后,海湾沿岸地区的基建想要修复,起码得花上一个月呢。也就是说,哪怕房子没事,水电天然气那些也起码一个月都不能用。你想想看嘛,高层公寓不能用电,代表什么?代表电梯也没得坐啊,要是住在高的楼层,那可就是地狱了。什么?有家用发电机可以用?有是有,可那种东西,最多只能坚持几天啊!

"高层公寓的问题还不止地震呢。咱们假设那栋大厦里面住了五百户人,那就是说,一栋楼里住了起码一千多个人吧?你不觉得光想想就毛骨悚然吗？到底会有什么样的人住进来啊……而且我听说，人际关系纠纷时有发生呢，最常听到的就是争抢公共设施了，好像每次斗起来都很激烈呢。而且业委会也很辛苦的，别人不想做事，就会把事推给你。

"……哦，还有，噪声问题也很严峻。

"听说高层公寓里头，每家每户的隔户墙都很薄的，叫什么干式壁，也就是石膏板做的墙呀。你问理由？高层公寓的墙全用钢筋混凝土做的话，会很困难的。详细的情况我不清楚，大概是因为太沉了，会出现别的问题吧，所以为了尽可能做轻一点儿，才会用干式壁。这个干式壁嘛，又有很多问题，比如隔音，真的超级无敌差，好像尤其不隔敲打声，哪怕就稍微敲那么一下下，邻居听到的声音都会放大好几倍呢。分隔两家邻居的墙还得是湿式——混凝土的最好。毕竟你看，噪声问题最容易破坏邻里关系吧？有人甚至因为这个杀人呢。还不止这点，住高层公寓啊……"

就这样，浩子长篇大论，列举了一大堆高层公寓的缺点和风险，而她所说的确实都是美绪想尽可能避免的麻烦，所以，当时尽管不在海湾沿岸，但也的确住在高层公寓的美绪听了这番话，被她吓得不轻。

相比高楼，会不会还是住低层比较好呢？
是不是放弃填海造出来的沿岸地带比较好呢？
疑问犹如巨浪般层层涌来，最后她只好取消了样板房的参观预

当我的人生一帆风顺时

约,其间又忽然得知自己怀孕,所以自家房子的计划一度搁置。然而在进入产假之后不久,美绪收到了一张浩子寄来的乔迁明信片。

上面的房子,不论怎么看,都是海湾沿岸的高层公寓,而且住的是四〇一二号房……四十层!

更气人的是,上面还添了这么句话:

"我对新家的视野一见钟情,就买了这套房。彩虹大桥[①]的风景真好看啊!湾岸烟花大会的时候,一定要来我家玩呀!人啊,还得住高层公寓!真是太棒了!"

你还有脸说!

……美绪虽然这么想,但当时脑子里被生孩子的事情占满,她根本无暇嫉妒或懊恼,只能放置一旁。

但是,到了今天,她忽然恼火起来。

——可我却住在这种穷乡僻壤、名不见经传的出租屋里。

要是当时浩子没说那些话,要是没有取消样板间的参观预约,美绪肯定就买下那套高层公寓的房子了。

那样的话,她现在可能也在享受海景生活了。

可是,都怪浩子说那种话……

不,等一等,自己没去看样板间是对的,毕竟要是当时买房的话,住房贷款的基数肯定是用夫妻收入之和来计算的。那么,既然我

[①] 位于日本东京,横越东京湾北部,连接芝浦与台场的吊桥,正式名称为"东京港联络桥",全长798米。——译者注

现在从公司辞职了，贷款肯定就还不上了。要是还不出来，就只能卖掉自住房。要是卖房的钱能还清剩余贷款倒还好，但美绪听说，大多情况是抵不完的。也就是说，不仅房子没得住，还得接着还贷款，她和丈夫会陷入房贷地狱。

对啊，这住宅专刊上不是也写了吗？如果以双收入家庭的收入总和为还款基数，是很危险的。相比单人名下的贷款，夫妻双方共同申请的贷款，还不出来的概率压倒性地高，所以，当时没买那套公寓是正确的决定！

但是，也可以这么想吧？

如果当时买了自己一心向往的湾岸公寓，没准自己根本就不会辞职了呢？就算死产没能避免，可总能想办法转换心情，避免陷入辞职的境地吧？就是啊，要是每天都能看美丽的海景，我肯定会受到治愈的，精神状态肯定也不至于烂到那种程度。毕竟，我已经憧憬海景房里的生活很多很多年了，望着彩虹大桥的美景，品尝高脚杯中物……这甚至可以说就是我的人生目标，所以，我才不顾一切地工作至今，背地里付出那些努力啊。

可是，都怪浩子说了那种话！

而且，那个鬼精明的家伙，还自己搬进了湾岸的高层公寓里头！

美绪想起来了，是从浩子寄来那张乔迁的明信片之后，自己的状态才开始不对劲的。

美绪本以为，自己并没有闲心去嫉妒或懊恼……可实际或许并非如此。她其实非常在意,连她自己都没有察觉,黑暗的情感无意间充满内心,最后才导致了那样悲惨的结果。

……原来如此,原来她才是元凶。

原来是你,浩子!

我会变成这样,原来都是你害的!

我饶不了你!

但是……

……到现在这个时候我也拿她没办法啊,就算责备浩子,也会被她认为是自己把她的"好心"当做了驴肝肺。一个不好,自己反而会受到指责,被人说"她越来越奇怪了,以后要离她远点儿"。

啊啊啊,可是,我还是好生气、好生气,竟然要我打碎牙往肚里咽!

我真想现在就冲进她家,指着她的鼻子抒发心中的怨恨!然后,把她漂亮的房子砸个一团糟!或者,不如去她的博客挑事好了。哦,或者打骚扰电话什么的?再或者,给她家订一堆披萨,上门到付什么的?

……这样简直就是个恶劣的跟踪狂嘛。

要是那么做了,我反而会被警察抓起来,变成罪犯的。

别开玩笑了,要是浩子害我有了前科,这日子还怎么过啊?

那,我到底该怎么做,才能压下这一肚子邪火?

它现在都快要爆发了,我真想把这里所有的东西都一脚踹飞,全给撕成碎片!

　　就在美绪紧紧捏住手上住宅专刊的一角时,她感到一股视线。

　　只见市原神情阴郁,半个身子躲在货架后,尴尬地望着自己。

　　既然已经对上目光,美绪就不能装没看见,只好先对对方笑了笑。

　　"啊呀!今天经常遇见你呢。"

　　市原慌忙掩饰。

　　美绪也慌忙松开紧紧捏住杂志的手。

　　"市原姐,你也来买面包吗?"

　　"啊?"

　　"我是来买面包的。"

　　"啊……这样。"

　　"不过我现在不想买了,感觉切换到别的模式了。"

　　"……模式?"

　　"嗯,没错,从'法式吐司模式'切换到'住房模式'了。"

　　说着,美绪举起手中的住宅专刊,它的一角已经彻底扭曲,不能再摆在货架上出售了。

　　"我准备买这个,我要买这个。"

　　美绪作出展示的姿态,也说给收银台里的长谷部听。

　　"你要买……住房吗?"市原问。

　　美绪答:"对,我要买,现在,马上就买。"

"这样啊……你要买属于你的房子了啊。"

尽管美绪后来发现了市原问的不是"住宅专刊",而是"住宅"本身,已经太迟了。市原开始以美绪在考虑购买自住房为前提,推进对话了。

"要买哪里?哪一片的房子?"

"不是,这个我还没有决定……"

不过,最好在东京都内。村上说她的新房打算买在练马区,浩子的那套,也是在江东区的海湾沿岸。没错,既然要跟浩子争那一口气,非得挑个比她好的地段不可。

美绪看了一眼住宅专刊封面上写的那行字。

——入住心中所向的港区之地。

"港区……我打算买港区。"

美绪说道。

港区,啊啊,港区,光是说出这个名字,这心动……该怎么说呢?这心动的感觉,一直刺激到腹腔深处,连肠道的蠕动都跟着加快。

对,我就该住到港区去。只要住在港区,就能挽回我这三年,甚至不仅如此,我还能够重生。

一定要住到港区去!

"对,我打算在港区买自己的房子。"

美绪又重复一遍。不知是不是错觉,她的声音有些颤抖。没错,正是心动的"手笔"。

"港区……好厉害。"

市原的目光唰地亮了,这正是所谓"羡慕"的眼神。

快感蹿遍美绪全身。

"港区的……哪里?"

"海湾沿岸。"

"海湾沿岸?是海岸、芝浦或者台场那边吗?"

"应该会选芝浦吧……"

美绪随手指指住宅专刊封面图里的高层公寓说。那栋公寓交房大概在两年后,好像还是在电视上打过广告的大型工程项目。它的卖点更是"港区最大公寓"。

"芝浦是个好地方,最近还在重新开发呢。"

不知为何,市原的眼眶有些湿润,眼里闪烁着怀念的泪光。

"以前我上班的时候,也是在芝浦那里的大厦。虽然当时可讨厌海风黏在身上的感觉了,但是到了现在,成了挺美好的回忆呢。你知道'朱丽安娜东京'吗?"

"嗯,啊,是一家迪斯科舞厅吧,泡沫时代的象征。"

"严格来说,它是在'泡沫'破裂之后建成的舞厅。因为是一九九一年嘛,当时我还是新员工,但还蛮常去朱丽安娜的,从公司过去很近,我当年也在舞台上疯狂起舞过呢。"

既然一九九一年的时候她刚刚入职……就当她是短期大学毕业

的，那她也有四十五六岁了。

四十五六岁却是这副模样？美绪仔仔细细地打量市原。头发是明亮的栗色波波头，戴着有猫耳的发箍。一身以粉色为基调的软绵绵毛茸茸吸汗睡衣裤，也不知是不是她的家居服，然而衣服上到处都是污迹。所以说，市原姐总是在这种地方不上心。明明穿着标榜时尚，可仔细瞧了就会发现她身上到处都是扣分点，就连她的鞋子也是，为什么要配皮靴啊？而且，还是红白事穿的那种黑色高跟皮鞋。身上穿吸汗睡衣，怎么脚上搭个这？甚至，她好像还穿着长筒袜呢。包包也是皮革做的，而且还是医生、律师拿的那种公文包。唉，市原该不会把这身毛绒绒的吸汗衫，当作她的时尚单品吧？还有，她该不会打算穿着这身行头出门吧？

美绪愣在原地，而市原还在继续说她的故事。

"可是，我当时上班的公司比较古板，女员工在他们眼里，就是男员工未来的老婆。明明已经实行《男女雇用机会均等法》了，他们有时……却是一副'法律吃屎'的态度。

"虽然是个大公司，但是在这种方面，他们真的还活在上个世纪。女人不过是装饰，从来没有担任重要职务的机会。感觉摸到职场天花板的我，就跳槽去外资公司了，那是个金融方面的外资企业。

"事实证明我做得很对。当时我在秘书岗位上勤恳工作，做得多赚得多，每一天都过得很充实。当时我的年收入有将近一千万日元呢。是不是很厉害？

"虽然社会上飘浮着'泡沫经济'崩坏的乌云,但是我们公司很有活力,充满希望。当时,我还陪着员工一起,每月去一次海外旅游呢。夏天能有将近一个月的假,不管是地中海乘游艇,还是非洲草原探险,又或是探访南美秘境,各种各样的活动我都去过的。

"但是,虽然说是外资企业,但本质上也是日本人的公司。没结婚的女员工,总有无形的压力。

"当然,不是摆在明面上的压力,要是谁敢那么做,就构成性骚扰了。但是我现在想想,说不定他们直接当着我的面问'你还不结婚啊'可能更好些……怎么说呢?令人心烦的感觉无处不在。不是到处乱丢婚庆杂志,就是打发我去给几乎完全不认识的女员工买结婚礼物。

"……这种事一多,我就中了暗示,觉得自己也必须要结婚。可是,对象哪有那么好找呢!毕竟,当时我的年收入可是将近一千万日元,没几个男人能对标的。如果找个收入没我高的男人,对方反而会觉得不舒服呢,我也会顾虑他。产生这些想法的我,到头来还是长的日本人的脑子吧,或许男尊女卑的精神已经刻在我的骨子里了。

"于是我下定决心:既然如此,就坚持单身吧,不管身边的人怎么看我……但是就在这时,上司忽然叫我去相亲,对方是电视台的。毕竟是电视台嘛,收入肯定比我这个小小的秘书高很多。我就想,啊,就是这个人了。可能有人会觉得,啊,你居然把收入当作结婚的标准……但是,真要说起来,结婚也是一种经济行为呀,不能不考虑收入问题的。爱情和面包里面选爱情，是只有年轻人才能有的幻想。女人一过了三十岁，要是再不现实一点儿，幻想马上就会破灭的。

"所以，我三十五岁的时候结了婚……婚后马上就怀孕了。"

哎呀，原来您有孩子……美绪本想插嘴，却被市原完美打断，继续讲她的故事。

"我跟上司说我怀孕了，他表面上说恭喜恭喜，同时却若无其事地建议我离职。简而言之，上司之所以会建议我结婚，本来就是为了赶我走。

"当时整个公司都在裁员，工资越高的员工越先被盯上。也就是说，我也是其中之一。于是我想，在外混了这么多年，看来我也到了还债的时候了……于是我为了拿离职补贴，就那么辞职了，想拿着那笔钱买栋房子，专心养小孩儿。毕竟，想让小孩儿上好学校，就得从幼儿园开始抓教育对不对？我想让孩子上最好的幼儿园，这样的话，反正迟早是要辞职的。我对自己说，这只不过是提前了一点儿而已……然后就辞了职，房子也买了，在港区。"

"啊？港区！"

美绪不禁大叫起来。

"对，买在港区的白金。"

"白金！"

说到港区的白金，那才真是超高端的住宅区，是"白金贵妇"啊！

市原姐……别看她现在这个样子,原来她是个很厉害的人啊。

不过,等一下,那她到底经历了什么才搬来这里的?而且,居然还在超市干收银小工?

"上天堂最有效的方法,就是熟知去往地狱的路。"

市原用这样一句话回答了美绪的疑问。

……什么呀这是?

"这是马基雅维利说的话。我大学毕业论文还写的马基雅维利呢,却彻底忘记了这句话。"市原诡异地笑了笑,仰天叹道。不知是不是错觉,她的脸色好像有些发青:"我觉得,就是因为我整天只知道摸索上天堂的方法,才不知不觉选到了去地狱的路。"

然后,她瞪了美绪一眼,说:"你也要小心,想上天堂的话,就应该先知道地狱怎么去。"

"什么意思呀?"

"简单地说就是,如果你想成功那就不要失败。很简单的道理,不过,那么简单的事也做不到,这就是人之常情啊。"

+

次日美绪醒来,丈夫已经不在身边了。

看看时钟,十一点。

不会吧,都这个点了!

当我的人生一帆风顺时

得赶快去打工!

啊,不对,今天是周四,不用上班。但是,印象中,好像要去什么地方的……

对了!

今天本来是要去现场看样板间的,昨晚自己在网上预约过了。

从那以后,一直到回到家,美绪的"属于我的家"模式都没有关闭,她的心动甚至根本停不下来,浑身发烫,情绪也像心跳一样怦怦作响,双眼更是瞪得像铜铃,无比清醒。结果,她只好一直浏览住房相关的网页到早上。

不过多亏此举,她找到了一套不错的房子——位于港区湾岸的高层公寓。虽然不是住宅专刊封面照片里的那栋,但它的地址也是港区,半年前就已竣工交房,不知是不是有人订购后又反悔了,原本先到先得的待售房里,有两套都登在介绍页上。

一套是六十二平方米,五千八百万日元;另一套是六十平方米,五千五百万日元。两套楼层都不高,但视野应该不错。美绪在网上模拟了一下贷款流程,就算全额贷款,贷三十五年,每月还款金额也就十八万日元而已……十八万,这个数字虽然对于现在的状态来说还比较紧迫,但只要自己也去上全日制的班,就还能想点儿办法,而且要是改成首付制,负担就更轻了。没错,我们还有定期存款呢,这就有两百万日元,然后再跟娘家借个五百万日元……对了,跟丈夫家也借点儿吧,儿子要买房,借个三百万日元左右,对方应该乐意出吧?这样就有一千万日元了,只要有一千万日元的自有资金……

"你要出门吗?"

丈夫忽然出现。

"欸……你怎么在家?"

"我刚去了趟便利店买早饭。"

"我不是问这个……你今天只用去公司上半天班吗?"

"所以说……昨天我不是告诉你了吗?我已经辞——"

"抱歉,我该走了,我约在下午一点的。"

"你要去哪里?"

"样板间。"

"样板间?"

"对,我们要在人人羡慕的港区,买一套属于自己的家!"

"啊?"

"那边是先到先得的,所以我得赶快动身了。哎,去年和前年的纳税凭证,你放哪里了?"

"纳税……"

"年末清算的时候,公司不是会给你吗?买房需要提供两年的收入证明……还有就是印章和身份证……"

"不是,等一下,你怎么了啊?忽然要买什么属于自己的家。"

"我搞明白了,只要我能搬进海景房,一切都会好起来的,但其他地方不行,无论如何都得买在港区,要是跟浩子一样住在江东区,就没有意义了嘛！"

"喂，你先冷静点儿，你真的很不对劲啊！"

"不对劲？是啊，昨天之前的我，都是不对劲的，也就是人们所说的'抑郁'状态。但是，现在没问题了，因为我的心动回来了。"

"心动？"

"对呀，我现在心跳得这么快，超级兴奋的，坐也不是，站也不是了，所以，我必须得买一套属于自己的房子才行。"

"你的话题跳得太快了，我根本听不明白啊。"

"是啊，我也很难解释清楚，不过，我真的没问题了。我们俩的未来一片光明，充满了幸福。我们要住在能看到大海和彩虹大桥的房子里，讴歌我们的人生！"

"所以说，你等一等啊！"

"不等，我得走了。"

"那我也跟你去。"

"咦，你也要去吗？不过也对，房子也有你的一份嘛，那就一起走吧。"

3

昨天的心动就像假的一样，今天美绪的心静得仿佛山洞里的湖泊，水面上没有一丝波纹。

她就跟平时一样待在打工单位的休息室里。看看时钟，下午三点半，到四点之前的三十分钟，该怎么度过呢？

她迷迷糊糊地想着，眼前忽然出现一本褪色的单行本。"哎，这书我看完了，你看不看？"把书放在桌子上的人，是她的同事村上。

啊，这本书就是前天被村上批得一文不值的小说。抱怨那么久，结果她还是看完了嘛。

"我感觉啊，写这本书的人可能就住在这里呢。"

村上一边咧着嘴坏笑，一边瞟了一眼正独自坐在桌子对面玩手机的临时工——长谷部。

"话又说回来，真是够辛苦的。"

她一边喝塑料瓶里的茶，一边感叹。

"嗯，真的是。"美绪把书拉到面前，也感慨道，"真没想到我老公居然辞职了……"

"啊！是这样吗？"村上的三白眼闪过一道精光。

"是的呀。其实昨天，我去看高层公寓的样板间了。我是打算当天看下来，当天就提交购房申请的，可是他们问我丈夫职业的时候，我本来要回答上班族……我老公却抢在前面，说自己无业。那真是晴天霹雳，我大脑当时就一片空白，后来就直接回家了。你听我说呀，我老公忽然说他要去当私人教练，好像连私教证都考下来了。你觉得怎么样？这么大的事他居然完全不跟我这个老婆商量，这能忍受吗？"

"是吗……那真是辛苦呢。"

"对吧？我真的已经彻底混乱了。"

"……哎，你今天怎么了？好像跟平时不太一样啊。"

"有吗？怎么不一样？"

"怎么说呢，感觉你的情绪比平时亢奋很多。"

村上说了跟丈夫一样的话。丈夫昨天也一直说美绪情绪很亢奋。甚至于他还说出"你最好去医院看看"这种话。他说："听说有人本以为自己是抑郁症，结果其实是躁郁症……会不会你就是那种情况？"美绪觉得，该去医院看看的人应该是他。私人教练？啊？那到底是什么鬼职业！

"健身私人教练，现在可流行了。你老公的选择说不定没有错哟。"

村上不负责任地说。

"要是业绩好，收入能比上班族高出几倍还不止呢。"

"就算他业绩好，收入高了，那也是个体户呀。个体户根本过不了住房贷款审查的。也就是说，我这辈子都买不了属于自己的房子了。你能理解吗？"

"嗯，确实，个体户的话，审查的各个方面都会很严格。"

"对吧？再这么下去，我要住一辈子出租屋了。唉，好羡慕你啊，村上，你在练马区买了新盖的公寓房吧？"

"啊？"

"你前天不是说了吗？"

"哎呀，我告诉你啦？嗯，不过，要是太执着于买自己的房子，可没什么好事哟。"

"啊？什么意思？"

"就是俊惠姐……市原俊惠呀，她真是做了不得了的事。"

"市原姐怎么了？"

"不会吧，你不知道？"

村上翻着三白眼，一副无话可说的样子。

"店里的人都一直在说呀。"

她这么一说，店里确实四处都有人在窃窃私语。这么说来，顾客好像也问了美绪关于市原姐的事。

"那可不是顾客，是媒体的人。"

"媒体？"

"你真的不知道吗？俊惠姐那件事。"

"我满脑子都是自己的事，没有空位了……市原姐她到底怎么啦？"

"你知道车站前面那栋高层公寓吗？"

"嗯，当然啦，总共三十四层高的那个吧？我记得是叫……田喜泽天际乐园？"

"对，俊惠姐好像是在那里租房子住。就在前天，星期三的时候，她把公寓里的邻居给杀了，而且，杀了整整四个人。"

"啊？"

"所以说，这是连环命案呀。"

"杀人？！"

"嗯，的确，俊惠姐一直挺烦恼的。她说过，隔壁邻居的噪声吵得她快神经衰弱了，她之前在考虑搬家。话又说回来，她也真是的，不管怎么说也不至于杀人呀。听说那家两个小孩儿，一个三岁一个六岁，还有他们的爸爸妈妈，全都被她乱刀捅死了呢。不过，俊惠姐也值得同情啦，她跟上一任老公结婚的时候怀的孩子，生下来没多久就死了。"

"……这样啊？"

"好像就是因为这个才离婚了。"

"然后她把白金那套公寓卖掉了吗？"

"哎？你知道啊？"

"……不，详情就不清楚了。"

"她白金的那套公寓怎么样了我是不知道。离婚之后，她就一直在做派遣员工了。后来跟派遣单位的一个男人再婚，然后就搬到现在住的地方了，但男方还带着老头老太太啊。"

"你是说她的公公婆婆吗？"

"对。那二老身体都不太好，需要人照顾。二老虽然身体不灵光，但嘴巴却特别会说，每天都唠叨想早点儿抱孙子呢。俊惠姐都四十五六岁了啊，可他们还是天天你唱我和，问她什么时候生孩子啊,自己什么时候能抱上孙子啊。这事好像也让俊惠姐挺崩溃的。"

村上像在说自己的事一样揉着眉心。

"然后呢,隔壁家的孩子又爱吵闹。俊惠姐看见了,肯定会想起她那个夭折的孩子,心情多半很复杂吧?听她说,她每天一只耳朵听邻居家孩子的声音,另一只耳朵又成天听老头老太太的挖苦,说他们想抱那样的孙子……之类的。我想她大概也有过预感吧,在这里继续住下去的话,事情总有一天会变得一发不可收拾的,所以她才一心要搬家,找新房都找了有半年了吧。我记得,她休息时间一直在看住宅专刊还有广告宣传单什么的。上个月,她在隔壁镇找到了不错的新房……所以她当时很开心,说打算买下来。我听说,她事前审查都过了,连保证金都付了呢。然后前天,大概就是正式审查结果公布的日子……"

村上意味深长地耸了耸肩。

"我猜,俊惠姐大概是没通过正式审查。"

"哎?通过事前审查不就万事大吉了吗?"

"才不是呢,事前审查只是审查你有没有还款的能力,所以才叫'事前'啊。就算通过了这个,如果后面的正式审查通不过,就没有意义了。"

"那,正式审查是要查什么?"

"说得通俗一点儿,就是查你老底,主要是债务方面。如果查到你在别的金融机构借了一大笔钱,或者身上背的贷款比事前审查的时候还多，那就'歇菜'了。"

"但是，她之前不是付过保证金了吗？"

"是啊，一般来说，通过事前审查之后，就可以签购房合同，同时把保证金汇过去了。这笔钱，大概是总房价的十分之一吧。"

"要那么多啊？"

"各家中介之间可能有点儿差别，但保证金一般来说都要十分之一的。"

村上拿起笔，在白板上潦草地写下"十分之一"几个字。

"例如，如果房价总额三千万日元，那就必须准备三百万日元的保证金给他们汇过去。"

"如果没通过正式审查，这三百万日元会怎么样？"我战战兢兢地问道。

"那当然不会退还给你了。"村上一副饱经世故的放债人模样，扬了扬下巴。

"啊？不会退还？"

"那当然啦，既然没通过正式审查，就代表银行不会给你融资，也就意味着，你买不了那套房子——"

村上一边说，一边在白板上写下"解除合同"几个字。

"也就是说，买方必须要解除购买合同。解除的时候，必须放弃签订合同时支付的保证金。也就是说，那笔钱是不会回来的。"

"到底为什么啊？银行又不给融资，保证金也不会退还的话，这不是太倒霉了吗？"

"但是，法律就是这么规定的啊。买卖不动产的时候支付的保证金，在没有特殊约定的情况下，通常指的就是'解约保证金'，意味着如果买方解除了合同，就自愿放弃这笔钱。反过来说，如果是卖方的原因导致解除购房合同，保证金就会加倍退还了。这个是不动产买卖领域里最基础的常识，你要牢牢记住啊。"

白板上又添了"解约保证金"几个字。

"市原姐的情况，就是买方原因导致合同解除，所以保证金不会退还……就这么回事。"

"但是，市原姐她真的没有通过正式审查吗？"

"大概没有吧。我觉得，她大概为了付那笔保证金，去借了什么小额贷款。大概就是因为这个，才没通过正式审查的。哦，还有，她说她还买了护理床、家具什么的，估计为了买这些，申请分期了……正式审查恐怕就是查到这些东西，才不给她通过的。她真傻啊，这些事等正式审查过了再做也不迟嘛。她可能看事前审查过了，就放松警惕了吧。"

"说到家具……"

美绪想起前天下午，她在图书馆分室遇到了市原，那时已经过了下午五点。当时市原手里拿的除了小说《孤虫症》，还有一本讲室内家装的书。

那个时候，或许正式审查的结果还没有出来，因为当时的市原，很明显双颊红润,找不出一丝绝望的神色。

但是之后,在便利店里遇到她的时候,市原就面色发青了。

"当时是几点?市原姐是几点犯案的?"

美绪向着村上的方向探过头去。

"嗯……我记得,听说是晚上九点左右。"

美绪在便利店碰到市原的时候,已经晚上十点多了。

"啊?落合,你在便利店碰到市原姐了吗?"

"是的,前天晚上十点多的时候。"

是的,不会错。美绪记得因为自己和市原站着聊了太久,当时在店里值班的收银员长谷部故意大声咳嗽,那时她抬头看了一眼墙上的时钟,时针指着十点零五分。

那也就是说,市原在杀了四个人之后,去了那家便利店?那,她身上那套吸汗衫上的污渍……是血?

"市原姐她……几点被抓的?"

"不知道,详情我不清楚,好像是她在街上乱晃,被警察拦住例行盘问,然后就被带走了吧。"

"可是话又说回来,她为什么要把邻居家的人全杀了?"

"这个我具体也不太清楚。大概是正式审查通不过,她很绝望,隔壁家又吵,加上长年累月的积怨,大脑一下短路了,情感就爆发了吧?"

情感……爆发?

"简单地说就是,如果你想成功那就不要失败。很简单的道理,不过,那么简单的事也做不到,这就是人之常情啊。"

美绪想起市原那句话。

那就不要失败。

不要失败……

"就是这个!"

她的心动再次燃起。村上的三白眼诧异地看着她。

"你怎么了?"

然而,美绪根本没有闲心回答。

她冲进更衣室,取出自己的手机。

然后从通讯录调出"土谷谦也"这个名字。他是美绪的前男友,但两人没能走到结婚那一步。本来,分手的时候就该删掉他的联系方式了,但美绪之所以没有那么做,是因为对方是大出版社的编辑。

总有一天,美绪想出一本自己的书,这也是她的人生目标之一。正是为了实现这个目标,她才没有斩断自己跟土谷谦也的缘分。

话虽如此,但也无法保证对方就一定会回应她的期待。如果对方看到前女友打来电话,有一定概率会直接把她拉黑。

不过,看来这是杞人忧天了。

"是美绪啊,怎么啦?好久没联系了。"

土谷谦也那令人怀念的声音,温和地刺激着美绪的鼓膜。

心动如期而至。

心动很是激烈,她整个身体仿佛都变成了一颗心脏。

美绪用手指按住自己颤抖的嘴唇,说:"谦也先生,我们要不要见个面?"

案例2
独立

4

"哎呀，谦也先生，你过得好吗？"

美绪一看到我，就像开朗的美国人一样夸张地摊开手，跑来跟我拥抱。

我吓得往回一缩，可她的手毫不留情，我好像被包围的罪犯一样，只能举起双手投降。

她这是唱哪出，兴致这么高？

不，其实她从前就这样。

她一开口说话就停不下来，别人说话的时候，她一定会插嘴打断。每次我跟她交谈，从来没有一口气把想说的话说完过，这不知给我带来了多少压力。

还在谈恋爱的时候，我被爱情迷了双眼，所以从来没有意识到这点。但现在想想，当时的我简直就像一只被残忍的小学生做成标本的蝉，双手、双脚，连身体都被按上许多图钉，发声器官都被封印，被迫听她没完没了地说话的悲惨的蝉。她离开的时候，我心头缓缓涌出解放感也是事实。

当然，我还是挺受伤的。在由对方提出分手的时候，每次见面她都暗示我该结婚了，本以为今天终于到了我的审判日，刚准备认命，她却说出"我要结婚了"。那是在我三十七岁，这家伙三十六岁的时候。

我一开始还想，她是在试探我吧？这是女人在着急结婚时的老套路。

没错，就是经典的"你再磨磨蹭蹭，我就跟别的男人跑喽？就算我变成别的男人的东西，你也不介意吗？如果不想这样，就赶紧抓住我吧"那一套。

那就没办法了，我本来打算等工作告一段落再向她求婚，如今计划只能提前，于是对她说出"对象是我吧"这种话。我自以为这样回话还算幽默，可美绪却表情狰狞地"啊"了一声，然后甩来一句："你是不是傻啊？"

"谦也先生，我最不喜欢的就是你这点。你老是觉得这个世界围着你一个人转，以自我为中心，而且还自恋，以为全世界的女人都爱你爱得不可自拔。"

不不不，这我可没想过——

"我以前一直憋着不说，其实你呀，可没有你自己以为的那么受欢迎。"

不是，这我还是知道的，我没什么女人缘——

"当初联谊会的时候，除了我，不是还有三个女人跟你示好吗？"

哦，你是说我们俩认识的那次跨行业交流会——

"其实，那根本不是因为她们喜欢你。你倒是一直自我感觉良好，自以为桃花运很旺。"

我有吗——

"我今天就实话告诉你吧，她们跟你示好，不是因为你帅，而是因为你在大出版社——地球出版社做编辑，是你的头衔蒙蔽了她们的双眼。"

是……是这样吗？那难道你也——

"真是的，你们这些做媒体行业的，为什么每个人都这么盲目自信啊？"

我有吗——

"希望你不要以为全世界所有的女人，都看到媒体人就走不动路。"

都说了我没有这么想了！——

"唉，真的是，做媒体这行的太讨厌了，傲慢自恋还任性，脑袋却空空的。"

脑袋空空——

"谦也先生，你该不会以为自己很有内涵吧？"

不是……我应该跟普通人差不多吧——

"并没有好吗，一点点都没有！"

是……是这样吗——

"可是你却像个傻子一样自视甚高,以为世界是由像自己这样的人来推动的。我受不了你了,再跟你处下去,连我的性格都会被扭曲的。"

我的性格有那么差吗——

"听到了吗?谦也先生,你现在这么得意,纯粹是因为你在地球出版社当编辑。要是没有这个头衔,你就是个普通人啊,普——通——人。"

这……我当然知道——

"谦也先生,你能作为一个个体存活下去吗?"

不,这——

"谦也先生,你这个人太不谙世事了,平时满口大话空话,看不起整个世界。"

我……说过大话吗?

"说过啊,你说想让自己做的书成为最佳畅销书。"

这种想法对干这行的人来说很正常,而且每个人都——

"你还说总有一天,你要独立出去,从零开始出一本自己的书。"

这个的确不太符合我的身份,可是,那是因为你说你不喜欢没有梦想的男人——

"我啊,是个很普通的女人,就算人生平平淡淡,但是只要踏踏实实过日子就好了。我只想像个普通人一样,过平均水准的生活……只是想在港区买个房子,生个聪明的孩子,把孩子送进著名私立学校读书，每年全家出国旅游两次而已啊。"

"这是"普通人"的生活吗？想过上这种日子，收入应该要很高吧——

"我只想得到幸福而已。人生只有一次，我不想失败啊。"

那你的意思是跟我在一起就会失败了——

"没错，要是我再跟你在这儿浪费时间，一定会倒霉的。可以说，你就是让我人生不幸的罪魁祸首。"

是我的错吗——

"对，就是你的错。最近这段时间，我工作不顺，身体不好，都要怨你。谦也先生，你对我来说，就是个瘟神！"

瘟神——

"要是还跟你在一起，我会越来越废物的。你的存在，只会给我带来不幸。"

我的存在就那么不堪吗——

"所以，从今天起，你就忘了我吧，不要缠着我哟。以后，你要是敢联系我一次，我就马上报警说有跟踪狂，送你进局子。"

然后，她便起身离席。

这甩人的方式相当无情。

从来没有人这么否定过我的人格，也从来没有人这么指责我的缺点。

一定要说的话，我是在过度保护和称赞之中长大的。虽然这是我父母的教育方针，可她这一番话，让我觉得仿佛连父母都受我连累遭到批判。在那之后我相当消沉，消沉到整整一个星期都没能专心工作，不……恐怕我起码花了一年的时间，才彻底重新振作起来。

毕竟，对方的说法简直就像过于激进的自我激励讲座，彻底否定了我的人格。自我激励讲座的受害人想要找回从前的自己，是要花上不少时间的。我也一样花了很长时间，才得以重建自我。

说实话，我还做了离跟踪狂只差一步之遥的事。虽然只是每天都去看她的博客……但还持续了蛮久的。不，我不是执着于她本人，而是想尽可能捡回被她打得粉碎的自我。因为我觉得，大部分的碎片都在她离开的时候被她直接带走了。

……现在想来，或许当时的我患上了轻度焦虑，但她终究没再继续更新博客，同时我听到传闻，她生活的厄运接二连三，最终甚至辞去工作搬到某个郊区居住的时候，感觉心里舒服了很多。

"喏，瞧瞧，你就算不跟我结婚，该失败的时候也会失败啊！"

就是这种痛快的感觉。我还偷偷喝了几杯庆祝。

虽然我也觉得这样挺丢人的，但恐怕当时的我，需要的正是这种极端疗法。

当时我甚至被"世上的一切不幸，是不是都是我造成的？"这种妄想附体，深刻感到自己对不起全世界，心灵受挫到没法抬头挺胸出门上街的程度。

然而她呢，却在与我毫无关系的地方自己搞砸了。在我知道这件

当我的人生一帆风顺时

事时，散落一地的自我碎片仿佛被磁铁吸引的铁屑一般，出乎意料地回到了我身边。

那是我从美绪的魔掌中彻底解脱的瞬间。

可是为什么，昨天的我会像个成熟的男人一样，以"怎么啦？好久没联系了"回应了美绪发来的消息，今天还答应她的邀请，而且偏偏是跑来这家餐厅呢？

我来到了位于池袋南口M宾馆二楼的中餐馆。这个地方对我而言，就是人生最大的污点，毕竟，我就是在这里被美绪无情分手的，那是五年前的事。

可能这也是我的特色极端疗法的一部分。想要彻底告别心理阴影，最好的方法就是克服造成阴影的人，或者那个地方。我在电视上看到过，为了治疗洁癖，医生会让患者徒手去打扫厕所。这也是一样的道理。如果一味逃避创伤的源头，就永远无法彻底消灭它，它只会永远在心底深处纠缠不休。而且，无法保证它不会因为某个契机而爆发出来。为了不陷入这种局面，我必须要在这里彻底删除当年的噩梦。我今天会来这里，一定是这种心理在作祟。

更进一步说，或许，我还想向她炫耀自己眼下的成功吧。

我想让这个甩了我的女人知道什么叫"放跑的鱼更大"，想看她懊悔的眼神，甚至于羡慕的目光也好。这想法固然很是卑劣，但它确实在我心里作祟。

话又说回来了。

我更好奇的，是对方的心理。

一个时隔五年联系前男友的女人，究竟是什么心境？而且，我还是被她亲手无情地甩掉的对象。

一般来说，会有两种可能。

第一种是她现在的生活太幸福了，想跟别人炫耀。据说这种人，常常会在同学会上见到。那些积极主动参加同学会的人，绝大多数都是私生活和事业都很充实的家伙。反过来讲，现当下过得不好的人，就几乎没有出席这种集会的意愿，也不乐意跟知道自己从前境况的人碰面。以上是姐姐从前说过的话。

另一种情况，是脸面和体面都不要了，全身心投入工作的人。据说这也是同学会上常见的类型。工作越跟销售挂钩的人，越爱频繁参加同学会，然后说这说那，总想着拓展人脉。据前段时间参加了初中同学会的姐姐说，一个在读书的时候是不良少女、成天胡作非为的女同学接下了同学会的组织工作，而后此人待人接物之亲切，简直令她不敢相信，而且回家时，她还差点儿在对方的蛊惑下购买了高端内衣。

姐姐说："我觉得嘛，杳无音信的人会忽然联系你，多半都是动机不纯，不是给你传教，就是传销之类的。"

那，对方就不会只是想见见故人吗？只是想回味一下过去的时光……之类的？

"这个嘛，也不是完全不可能，但是这种情况，一般要等到年龄再大一点儿才会有吧？工作岗位的油水够多了，私生活也各种繁忙，年纪跟你差不多大的女人，会联系自己的前男友……嘿，我觉得，反正不可能是想见'故人'这么简单。"

那，会是第一种情况，也就是来跟我炫耀的吗？

"这个我觉得也不太可能。第一种炫耀的情况……一般都只是发生在同性之间。如果对方是异性的话，一般不至于特地把对方约出来的。说到底，女人甩过一次的男人，真的就彻底从她人生里消失了。所以我觉得，她找前男友出去，不太可能是为了炫耀。话虽如此，凡事都会有例外啦，比如说……有些人明明自己还有留恋，却被对方单方面分手了，那么出于想要报复的念头，可能会在飞黄腾达之后联系旧情人，不过你的情况并不属于这种吧？"

对，我才是被甩掉的那个。

"那'炫耀'的可能性就更小了……"

那就是第二种情况了？她想找我卖东西？还是说，想拉我进什么组织？

"是啊。我看你最好心里有个底。这个是最有可能的。"

好，我知道了，我会铭记于心的。到时候我就各种暗示自己穷得叮当响，这样就能防止她卖给我高价商品了。

"啊，不过，还有一种可能，也就是女人约前男友出门最经典的理由。"

是什么啊？

"现任男友或者老公跟她感情不合。或者是生活过得不怎么充实。"

但是你刚才不是说,如果现在过得不好,一般人应该不乐意见到老熟人啊?

"所以说,这是同学会的情况。如果对方是前男友,那又不一样了。"

……这样啊?

"女人啊,虽然甩过一次的男人就会从她们的人生里消失,但有时为了利用他们,女人也会将其从旧纸堆里捡出来的。"

利用?那她果然是想卖我东西吗?

"不是。不是那种利用。"

那是什么啊?

"所以说,她想让你安慰她啊。"

安慰?

"对,只有在需要安慰的时候,女人才会利用前男友,毕竟前男友通常都对自己有一定的了解……所以使唤起来很方便。"

原来如此。

不论怎样,今天被叫到这里的我,扮演的不会是什么好角色。不管她要推销什么给我,还是要利用我给她自己提供慰藉……总之我有预感,今天的局面会很麻烦。这预感害得我从昨天开始,心窝那儿就隐隐作痛。到最后,疼痛还传进了肚子里。就连我现在坐在这里有种如坐针毡的感觉，怎么都平静不下来。

既然如此，我为什么会答应她的邀请呢？虽然应该不会，但我该不是还对她有留恋吧？

不，这不可能！

绝对——不可能！

要说怨言是有的，留恋那可是丝毫不存在。没错，我只是想把自己现在的生活炫耀给她看罢了。用姐姐的话说，就是"第一种情况"。

回过神来，桌上堆满了各式各样的菜，都快摆不下了。全部都是美绪点的。

"谦也先生，你要吃什么？"

她嘴上这么问，实际上，点餐的选择丝毫没有参考我的意见。

这点也跟从前一样。

想来，曾经我就是爱上她这雷厉风行、说一不二的气质。我家从祖母、母亲到姐姐全是这样的人，所以我才会自然而然喜欢上这类人……或者说，我的脑子里早有了无条件听从这类人的思考回路。

但我认为如今的美绪，并不是单纯的雷厉风行而已。

现在的她丝毫沉不住气，更进一步说，她说的话根本没有逻辑。

例如桌上这一堆菜品。换作以前，她就算不理会我的意见，也会点我喜欢的东西，还会好好考虑餐品的搭配。

但是，瞧瞧现在这桌上点的都是什么！

水饺、虾饺、煎饺、冰花饺、韭菜饺,她到底是多爱吃饺子啊?还有这汤,鸡蛋汤、蔬菜汤、鱼翅汤、蘑菇汤,好一个汤品大博览。最后,她还点了芥菜炒饭、五目炒饭、海鲜炒饭跟叉烧炒饭,这是在给碳水化合物开联欢会吗!

然而,美绪看起来却十分满足。

她一边说"啊,好吃,好吃",一边已经把虾饺和芥菜炒饭一扫而光了。

这也和她从前不同,从前她自己开吃之前,一定会把我那一份盛到盘子里。没错,美绪是个雷厉风行的人,同时又很会照顾人,虽然年纪比我小一岁,平时却会惯着我。我跟她在那场跨行业交流会上第一次见面的时候,她的细心也是鹤立鸡群,当年我就是因为这点沦陷的,可如果换成现在的她,我还会喜欢她吗?

看着仿佛参加大胃王大赛一样接连光盘的美绪,我感到自己昨天之前心里所有复杂的情感全都飞去九霄云外,来这里之前心中的纠结仿佛从未有过一样。现在的我,是以一种牧师的心境望着她。

改变的不止是她异常的食欲。

美绪从根本上发生了变化。

从前她的体重稍稍高于标准,属于恰到好处的健康丰满身材,现在却是丑陋的肥胖体形。有人在不断重复不合理的节食减肥之后,反而会以很不健康的形式复胖,她就属于这种。我以前很喜欢她下颚的线条,现在它却被埋在脂肪堆里,沦为普通的双下巴。她的眼睛被厚厚的眼皮盖住，脸颊各处斑斑点点，头发也盖上了花白的一层。这是彻底撒手不管，全盘接纳衰老迹象的结果。她今年应该才41岁，模样却已步入半老之境了。

然而，美绪本人却一副丝毫不在乎自己衰老程度的样子。她一边大口吃海鲜炒饭，一边兴奋地跟我搭话："……然后就出事了，杀人了。"

"哦，杀人了？"

尽管我还在用筷子拣榨菜吃，同时继续扮演善于倾听的成熟男人的形象。可陪她到现在，我心里老早就想高举白旗离场了。

赴约至今已经过了两个小时，这两小时里我的发言时间，包括点头在内，都不满十分钟。剩下全是美绪像机关枪似的说个不停，把跟我分了手结了婚之后一直到今天发生的所有事情，像走马灯一样全部说给我听。由于内容很难算得上是炫耀，所以她今天找我的确不属于"第一种情况"，那么是"最经典的理由"吗？是想勾起我的同情，让我安慰她？对，肯定是这样……我一边想一边紧紧握住拳头。要是我此时不经大脑就草率地予以安慰，可能会就此牵上一段孽缘。我最不愿看到的就是这种局面，于是搜肠刮肚，想找出一句得体的敷衍话。

"……然后就出事了，杀人了。"美绪像跳了针的唱片机一样，又重复了一遍。

她所说的正是现在新闻头条报道的"田喜泽市一家四口命案"。

"杀人凶手啊，其实是我打工地方的同事，她叫市原俊惠。我在她作完案之后，好巧不巧在便利店里跟她碰了个正着呀！"

嘴里说的是血淋淋的经历，可美绪脸上的表情却截然相反，看起来很高兴，丝毫看不出希望从我这里得到同情或安慰的意图。

看样子，也不像是"最经典的理由"。

那她到底为什么要约我出来？

我隐隐约约想着这个问题，伸筷去夹榨菜。话说，我好像一直在吃榨菜，别的什么都没吃啊。

"你觉得，上天堂最有效的方法是什么？"

美绪忽然抛来这个问题。

我的筷子不禁一松，榨菜掉落。

"天堂？"

"谦也先生，如果有得选，你肯定也不想下地狱，而是想上天堂吧？"

"这个嘛，当然啦。"

"上天堂最有效的方法……就是熟知去往地狱的路。"

美绪摆出得意的神情，耸了耸鼻子。

……她在说什么啊？

"讨厌，你居然不知道啊？这是马基雅维利的名言。"

"马……马鸡鸭？"

"对，我觉得，市原姐她就是光顾着摸索怎么上天堂，才害得自己不知不觉选到了下地狱的路。"

"原……原来如此。"

"谦也先生，你也要小心哟。你要是也想上天堂，就应该先了解怎么去地狱。"

"什么意思？"

"也就是说，如果你想成功，那就不要失败。很简单的道理。"

"哦……这样……"

我其实不太认可，但还是点点头。

我们到底说了什么，才会跳到这种话题？想要成功，就不要失败。听着像什么励志讲座的广告词。

……哦对了，说不定她这是"第二种情况"，也就是想拉我入伙。

要是这样，那我就理解了。

我听说，这种团体想拉人入伙的时候，一定会先大谈特谈自己的身世，尤其是那些可疑的传销、讲座……还有宗教。

然后……等讲完自己的身世了，再点缀一些不幸的故事、悲惨经历什么的，最后出言试探我的近况。

"所以，谦也先生，你最近过得怎样？"

瞧，这不就来了！肯定没错了。

我放下筷子，摆正姿势。

此时，我应该适当夸大目前的现状，向她报告自己的事业最近风生水起。要是里面有哪怕一点点负面信息，就有被她抓住不放，劝我加入什么团体的风险。总之，眼下决不能向她示弱。

"上个月人事调动，我升主编了。"

我假装若无其事，但又大声地说了出来。

"主编？"

美绪浑浊的双眼半信半疑地看着我。

这个男的能当主编？这家伙可不是那块料。大概就是临时代班，或者是在激烈竞争中爆了冷门吧。说我这些坏话的同事柳原，当时的眼神也跟美绪一模一样。但是，这既不是代职，也不是爆冷，是我兢兢业业的工作态度和实绩，得到了上级的肯定。委任状下来的时候，董事是这么说的："我很看好你脚踏实地的行事风格。总而言之，发奋努力吧。"

就是啊，我现在可得发奋努力才行。我可没空在这种地方听前女友喋喋不休。

那么，现在该到结束的时候了……我怀着这样的意图，从卡包里抽出上星期刚印好的名片。

"主编 土谷谦也"。

唉，这漂亮的印刷体，真是什么时候看都叫人心神荡漾。

我意气风发地把名片举到美绪面前。

她的眼睛一下子瞪圆了。

就是这个瞬间。我几乎就是为了这个瞬间，才继续留在那家公司的。好几次我都想要辞职。没错，好几次，为了总有一天会到来的这个瞬间，我才忍过那无数的不讲理、无数的不合理和无数的屈辱啊。

来吧，瞧瞧这名片，把你的眼珠子全瞪出来，尽情看个够！

"主编　土谷谦也"。

看清楚这行字！

然后拜倒在我脚下吧！

"这是什么啊？"

然而，美绪的表情却疑惑地拧作一团。

"《文艺一路》……是什么？"

"你不知道《文艺一路》吗？它是曾经发行了三十万册的《文艺地球》后续刊物，是在《文艺地球》停刊之后创立的在线文艺杂志啊。"

"《文艺地球》我还是知道的。"美绪的表情更扭曲了，"但是，完全没听说它停刊了。什么时候的事？"

"一年前。"

"一年前的话，正好是我精神状态不稳定的时候，所以对社会上的时事没什么兴趣。"

不，就算是很关注时事的人，应该也不一定知道《文艺地球》停刊的事，毕竟它的销量最后掉到仅仅三千册……三千册，甚至还会发展到比同人志销量都低的地步。就是因为这刊物只卖了这么点儿，才导致公司每个月都严重赤字，但为了避税[①]和留住作家，才拖拖沓沓

[①] 日本公司若在决算时结果为赤字，可不支付当年的法人税，并且赤字金额可以在十年内抵扣黑字（盈利）年度所需要缴纳的法人税。——译者注

一直连载至今。然而它的赤字额终于膨胀到连避税方面都起不了作用的程度。话虽如此但又不能轻易舍弃连载作家，因此说这说那还是一直续命，但到了去年，地球出版社本身也直面破产危机时，终于到了将长年累月的不良债权《文艺地球》停刊的地步。靠这本刊物盈利已是遥远的过去，至少在我进公司的时候已经归入亏损的部门之一，所以算起来，它的末日至少拖了二十年才到来。

"想创刊很简单，但结束一本刊物，可是难于上青天啊。"

说这话的人是国枝前辈，但就连这位前辈，现在也不在地球出版社了。三年前大规模裁员的时候，前辈主动申请提早退休，离开了公司。临走前，前辈还说了这么一段话："不要把问题延后解决。今天能扔的东西，那就今天去扔。你要记住，但凡一瞬间有过明天再做的念头，就没法逃离这段孽缘了。"

这段话含沙射影，但想要理解其中深意有多沉重，还要再过一段时日。

现在的我，最大的使命就是让刚刚创刊的《文艺一路》走上正轨。它是我应该最优先去做的课题。

"反正《文艺一路》总有一天也会变成不良债权的老巢，顶多是给'拖延'换个马甲罢了。就算当了那种杂志的主编，也没什么了不起。上一任主编不也才干了半年就撂挑子不干了吗？我看现在这个主编，也坚持不了几天。"

——尽管也有人（主要是柳原）在背后说我坏话，但无论形式如何，"主编"的头衔是绝对且有分量的。我们做编辑的，几乎都是为了得到这个头衔才每日工作。我们之所以甘愿每天被任性的作家呼来喝去，默默听从上司蛮不讲理的命令，连同事之间互扯后腿也能忍气吞声……说这一切的辛苦，都只是为了得到这个头衔也绝不为过。

所以，就算这本杂志真是"不良债权的老巢"，我也不在乎。重要的只是"主编"这个头衔罢了。

"总觉得，好失望。"可美绪却一边用汤勺把盘里的海鲜炒饭拨到一起，一边说出这种话，"我还以为你在干什么更伟大的事业呢。毕竟你以前不是说过，要连做它几十本畅销书，还有要亲手做一本让全世界的人都捧在手里读的书……什么的吗？"

嗯，我现在也是这么想的啊。

"可你做的是什么东西？在线文艺杂志是什么啊？"

通过互联网，不就可以让全世界的人读到它了吗？

"那用博客什么的，不就够了？"

不是，跟这种东西比有点儿不对吧。毕竟，杂志上的文章可是专家写的，是专业的作家啊。

"那访问量呢？我一个大外行，写的博客多的时候一天都有两千多点击量呢。你做的东西，总该比我多吧？"

不是，所以说，你的博客……不是那啥吗？评论区总是战火纷飞的，所以才有很多人过来看热闹吧？虽然从前我也是其中之一。话又说回来，她的博客写得真是够呛。文面之尖酸刻薄，或许她本人以综艺节目的毒舌嘉宾自居，但那已经超出嘴毒的范畴，纯属谩骂了。而且要命的是，她谩骂的对象通常是偶像明星之类的艺人，以及小说家。他们的粉丝像潮水一样涌来，评论区几乎每日战火熊熊。都这样了美绪还不吸取教训，还能每天继续发表她的谩骂，其神经之大条，果然无可救药了。

"所以浏览数到底有多少？你那个《文艺一路》到底有多少人看啊？"

不是，所以说……唉，虽然确实不怎么多。

"但是作家阵容很厉害，很豪华的。"

"比如有谁？"

"比如真梨幸子。"

"真理……杏子？"

"你不知道？她写过《孤虫症》……"

"哦，原来是写那本烂书的人。那本小说太难看了，简直是小孩子瞎写一气。那个人原来还在当作家啊？我还以为她早就销声匿迹了呢。所以，她就是你说的豪华阵容？"

"不，嗯……真梨幸子的确不算什么，其他人还是很厉害的。"

"……总觉得，挺对不住你的。"美绪并没有收下我递出的名片，任它摆在桌上，无精打采地默念这句话。然后，她慢慢放下筷子，"今天约你出来，不好意思了。在你这么忙的时候打扰你。"

然后，她就像先前的大胃王比赛从没发生过一样，用餐巾捂住嘴。

她的眼神里,甚至透出一丝怜悯。

到了这个地步,我反而感觉是自己做错了事。

"没关系的,我一直挺在意你怎么样了,今天能见一面真好。"

我甚至脱口说出这无心之言。

"你一直……很在意我?"

美绪的身体微微后仰。

——所以,今天之后,你就忘了我吧。不要缠着我哟。从今往后,你要是敢联系我一次,我就马上报警说有跟踪狂,送你进局子。

她曾经说过的话闪过我的脑海,我慌忙咳嗽几声。

"不是,与其说在意,那个,这个……你看,你结婚以后,好像都没碰上什么好事嘛。比如孩子的事,还有工作的事。"

"讨厌啦,谦也先生,你早就知道了吗?"美绪退得越来越远了。

"不是,不是这样,所以说……你看,刚刚你不是都告诉我了吗?说自己过得很辛苦。"

"我的确是说了,但是,我是刚刚才告诉你的,所以谦也先生,你不是应该今天才知道吗?"

"嗯,对啊,怎么说呢,你看,总会听到些风言风语嘛……哈哈哈!"

这种时候,我也只能笑了,但美绪的面色越发阴沉,她再次握紧筷子,道:"我知道了,是浩子吧?"然后一筷子捅进煎饺里。

……浩子？

"山田浩子啊。她以前是我的同期，就是我跟你认识的那次联谊会上，跟我一起来的那个女人。"

哦，她这么一说，当初她好像是跟另一个人一起去的，但是我想不起来。那是个什么样的女人啊？

"真是的，那女的在男人方面太不检点了，脚踏两三条船都像没事人一样。"

不不不，这件事你也没资格说别人吧？你跟我交往的时候，不也几乎同时在跟另一个男的谈吗？

"而且我还听说，每个男人在被她狠狠利用完后，就被她随手一丢呢。真是过分的女人。"

你当初不也引导我有那个想法，最后却一脚把我踹了吗？你给我造成的心理阴影，搞得我后来都有点轻度恐女，到现在还没结婚呢。

"总之她这个人，就是自以为只要自己出手，世上所有的男人都手到擒来……以前她还说过，要让你也拜倒在她的石榴裙下呢。"

这样啊？

"你装什么傻？谦也先生，你不是还在跟浩子联系吗？"

不不不不，那没有，毕竟我直到刚刚那一刻，都想不起来有这么个人。

"你撒谎，明明就在联系，我的那些事，你也是听她说的吧？"

所以说，这是没有的事儿啊。

当我的人生一帆风顺时

"你们俩凑在一起，嘲笑我过得不好，对不对？"

要是我说没有笑……那是撒谎，但是，我真的不认识你说的那个叫浩子的人啊。

"算了，无所谓了。你们想笑，就尽管笑我吧。反正我就是个小丑，是你们的笑料。"

所以说……唉，她这种麻烦的性格还是没变，跟以前一样，自己认定什么想法，别人说的话就一个字都听不进去。虽说以前，就连这一点我也很喜欢，但是一旦去掉恋爱这层虚假的滤镜，就只剩下纯粹的麻烦。

于是，我确信了一件事。

我对这个女人没有丝毫的留恋，没错，我的心理阴影彻底消散了。今天之后，我就要从我的人生里彻底抹除这个人的痕迹。

然而，美绪却这么说："我失败的理由……"

没错，她那煞有介事的神态，一下子把我的意识拉了回来。

"你想不想出一本书，就叫'当我的人生一帆风顺时'？"

"啊？"

"所以说，我今天来，是给你带企划案来了。你肯定每天都因为自己的企划通不过而抱头烦恼吧。"

那是以前的事了，我还在新书出版部门的时候，我每个月的确为最少二十篇的企划要求而抱头烦恼，还跟美绪抱怨过这件事……但如今那已是往事，毕竟，现在的我可是当上《文艺一路》的主编了！企划这种东西根本用不着我亲自想，因为我成了那个叫别人上交企划案的人。

"总之，你先看看我的企划案吧。"

然后，她把一个棕色信封推到我面前。我本可以拒绝，却没能顶住她那几近强迫推销的热情态度，只好不情不愿地收下。

+

归根结底，这个世界就是这样，人能达到的高度是有限的。能成功抓住机遇、讴歌幸福人生的人，只有那么一小部分。不，或许连一小部分都没有，顶多只有相当于沾在小脚趾指甲盖上的沙粒那么点儿而已。自己哪有希望成为其中之一，所以，现在这样就够了，一个人能有自己一路走来、无功无过、平平淡淡的人生就够了。

开篇第一段，就看得我心跳漏了一拍。这……这说的不就是我吗？

我打开美绪塞给我的那个棕色信封是在次周周一的午餐时间。

这天早上，本该送到的原稿还没到，我只好焦虑地吸溜面条，眼中却忽然看到那个从包里露出一角的棕色信封。可悲的是这些年我染上了"文字成瘾"的毛病，要是眼睛里不看点儿什么字，连饭都吃不香，所以当时的我没多想，竟直接把信封里的东西抽了出来。我本来是打算大致扫一眼就丢掉的。

然而……

本书将会列举几个具体的案例，帮助您看清失败的真容。

每个例子都非常典型，都是很小的失败。案例中的主角，是一群由于没能避免这些失败，而与成功的大团圆结局失之交臂，陷入最坏境地的人们。

……在我读到这一段的时候，有一阵奇异的心动沿着我的下半身缓缓往上攀。

不仅如此，我脑中瞬间展开书籍的装订、书腰上的推荐语，连届时放在书店里的卖点广告，都清晰地浮现在脑海里。

这……或许能大卖。如果起点定高些，初版三万册的话，最终销量甚至有可能突破百万。这年头能做出百万销量的书，毫无疑问能拿到社长级表彰。到了那个地步，或许跻身董事会，也不再是遥远的梦想了。

我正沉浸在幻想中，《文艺一路》编辑部唯一的员工却说着"哎呀，真是头疼了"这种一听就一副老练编辑的论调，然后走进房间。

此人姓三上，入职已是第五个年头，去年还在营业部供职，但因为他又懒又爱迟到，被营业部扫地出门，贬来了我这儿。今天也不例外，都这个点了，他才慢悠悠地来上班。

"唉,真是头疼,头疼啊。"

他翻来覆去地说"头疼""头疼",实在没完没了。我又没法不理会,只好问他:"怎么了?"

"哎?"

然而三上本人却一副"你干吗跟我说话啊"的样子歪着身体,丢下一句"没事"。

唉,这家伙也够麻烦的,明明平时那么积极展现"看我一眼看我一眼",可我一旦回应,却只落得这种待遇。

唉,为什么我唯一的下属,偏偏是这个家伙?

"唉,真的是太头疼了。"

三上一边频频瞄我,一边改向邻桌的打工妹——驹田发起了攻势。负责整个文艺部杂务的驹田即便在午餐时间也很忙,她一手拿着三明治,一手正专心整理员工们交上来的发票呢。挑这个时候跟她说话简直太讨人厌了,但立场上她又不能不理会,于是好心气地回应三上"怎么啦"。

……驹田真是好孩子。

可别往外传,我现在悄悄抱有好感的人,就是这位驹田小姐。在这之前,我都比较喜欢自我主张清晰、拥有大姐头气质、说一不二的女性,但过了不惑之年,就更偏爱拘谨缄默,同时拥有坚定的自我意识,气质上又温婉稳重的女性了。这跟吃东西的口味是一个道理,就算一个人年轻的时候喜欢刺激的味道,但是年纪越大,就越爱柔和的味道。

恐怕三上也对驹田小姐有意思，他老是试图引起驹田小姐的注意，等着对方跟他说话。他这种阴暗的性格我也对付不来，还是不理这种人，专心吃饭吧……我正用筷子搅拌桶里的泡面，三上却开了口："你知道樱并木堇吗？"

他说出一个无比令人怀念的名字。

樱并木堇，我当然记得这个名字，此人是二十多年前流行的"泥沼推理"之领军人物。泥沼推理顾名思义，就是像泥沼一样的推理作品。在我刚刚入职，还是菜鸟的时候，这个品类的人气之高都到了人送评语"无泥沼不成推理"的地步。其中以樱并木堇的作品最受欢迎，几乎每个月都会发行一本新书，而初版至少二十万册，而且当然不可能止步于初版，连连再版之末，最终能卖到五十万，甚至八十万册，她可以说是超级畅销作家。她赚得也相当多，据说月收入可达两千万日元以上。不是年收入，是月收入哟。菜鸟时期的我不禁想，作家真是太厉害了……甚至还想，要不我也去挑战当作家试试？

然而不久后，我的幻想便无情破灭。

那好像是我进公司第三年的事。传说樱并木堇连夜逃跑了，说是因为身上背了巨额债务，资金周转不过来。她可是月收入两千万的人啊，真的假的？我一开始还不相信，然而确有其事。樱并木堇背着十亿日元的大债开溜，最终自主破产。

为什么会到这种地步啊？

不，那个时候"泥沼推理"的确前景蒙尘，销售额开始回落，只求数量、不顾质量的"粗制滥造"的局限性渐渐显现，读者开始厌倦了。

但即便如此，樱并木堇作为该领域的一把手，销量应该还过得去才对。

可是，为什么呢？

"樱并木……堇？"

然而驹田小姐的反应，就像她根本没听说过这个名字。这也难怪，樱并木堇已经是二十年前的流行作家了。那时她顶多还在上小学，当然不可能知道。

不过怎么说呢，曾经卖得那么火爆的超级畅销作家，到了现在名字也被彻底遗忘。虽说这是世间常事，但也实在残忍。或许像夏目漱石、江户川乱步那样去世几十年还能为世人所知的作家，已经属于奇迹的范畴了吧。

我感慨地想着这些，继续吸溜我的泡面，三上却开口道："其实我也不太了解樱并木堇这个人啊。"他一边说，一边盯着手里的一张名片看个没完。

"我刚刚在前台那里忽然被一个奇怪的大婶拦住，塞给我这张名片。她问我是哪个部门的，我回答了，结果还被塞了这种东西。"

说着，三上指指他夹在胳肢窝下的棕色信封。

"虽然我也不懂怎么回事，她好像想让我把它登在《文艺一路》

上,这是不是很莫名其妙啊?"

言罢,他没品地嘎嘎笑起来。驹田有些不知所措,也只好跟着微笑。

……她这样也好可爱呀。

"然后木下文艺局长碰巧路过,以前好像正好是他负责的樱并木堇,他点头哈腰地跟人家说话呢,搞得我也不能爱答不理,只好拿着原稿回来了。唉,真是头疼啊,头疼。"

这次,三上带着非常明确的意图看了我一眼。

然而我假装专心享用眼前的泡面,避开了他的目光。

5

咦?我失败的理由?

原因嘛,当然有很多啦,所以没法一句话概括。真要论起来,会说很久,没关系吗?

言罢,樱并木堇顿了一拍,窥视我的眼睛。

而我……

"没关系,时间的话,我们有得是。还请您务必一叙。"

我缓缓地抱起胳膊,俨然一副大牌制作人的派头。

现在是十二月了。

案例2 独立

自我与前女友美绪重逢已过去半年。这半年的时光过得真是兵荒马乱，对慢性子的我来说，几乎匹敌了十年的经历，无法用一句话简单总结。假如我将来有机会把这半年发生的事写进简历，那就会是：

六月末，地球出版社再遇破产危机，《文艺一路》忽然停刊。七月中旬开始号召部分员工提前退休。七月末，我提出提前退休申请。十月末正式离职，同时以提前退休补偿金作为启动资金，开了一家小型出版社。

……这是我人生中从未有过的骤变。不，不仅仅是我，恐怕很多人一生都难有机会体验如此急剧的改变。

如今我好赖也是个社长了。当初只为了小小的主编头衔就那么满足的自己，简直像假的一样。

"社长"是个多么悦耳的称呼啊！固然我司只是个注册资金为一百万日元的小公司，但我的的确确站在顶点。就是嘛，身为男子，还是要站在顶点才像样啊！

"不过，没问题吗？不管怎么想，你都不是当社长的料啊。"

说这话的人是我姐姐。她从前是个小有名气的人，但现在也只是平平无奇的地方公务员之妻。

"每个人的才能都是不同的，不是好或不好的问题……怎么说呢，每个人都有个天职吧？因为，如果大家都去抢着当主角，社会的秩序不就乱套了吗？偶像组合也是，要是大家都去争中心位，就会起内讧，然后被迫解散。踢足球、打排球也一样，大家各自负责的角色不都是决定好的吗？要是每个人都只顾着表现自己，本来能赢的比赛也打不赢了。听好了，本来在二把手、三把手，甚至群众演员的位置才能发挥能力的人，要是贸然去争第一，会惹上大麻烦的。你姐姐我就是最好的例子。"

没错，我的姐姐以前是某个剧团的演员，曾经攀到过首席的位置。

"但是，我的才能最多也就到三把手为止了。刚一当上首席，马上就遇到一堆倒霉事。然后搞坏了身体，后面的事你也看到啰，我在剧团也待不下去了。你也一样，咱们家的基因就不是当老大的那块料，所以，你还是放弃吧，还是当个在组织里打下手的小喽啰最适合你。"

然而，别人越这么说，就越是赌气要做，这也是土谷家的基因。姐姐她自己也一样，就是因为不服输，才会主动投身那场壮烈的首席之战啊。

……因此，我不顾家人反对，申请提前退休，拿到了三千万日元的离职补贴。我已经没法回头了。

当然了，我也知道自己不是当老大的料，而一旦坐上了这个位置，就会知道所谓的才能并没有多大意义。没错，说白了，重要的是环境，我听说，蜜蜂们刚出生的时候也都是同一个规格，只是根据出生在蜂巢哪个位置来决定成为女王蜂还是工蜂。生在女王蜂位置的幼蜂从小吃蜂王浆，然后就会变成女王蜂了。也就是说，天资没什么大不了的，重要的是环境，以及从环境中得到的能量。

我若无其事地看看自己拿到离职金当天就跑去买下的劳力士手表，道：

"时间的话，我们有得是。还请您务必一叙。"

话虽这么说，但讲这讲那，其实已经浪费三十分钟了。这个会议室的使用时间是下午两点到四点，只有两小时。

这是一间出租会议室，位于赤坂某电视台附近的写字楼内。预约的时候工作人员一再强调"不能超时"，但要是我此时贸然催促，只会让采访草草收场。我一边注意时间，一边对眼前的女人口出狂言："您真的不必在意时间，请按您自己的节奏来叙述吧。"

好了，那么……我简单介绍一下事情发展到采访眼前的女人——樱并木堇的经过。

虽然我用离职金开了一家出版社，但说实话要出版什么，我完全没有计划。这话一出，想必会有人批判"这太荒唐了""何等不负责任"，但是说实话，我独立的时候，对未来真是一点儿展望都没有。

不，可以说，正是因为没有任何展望，我才能够独立。要是预想这、预想那，肯定就做不到了。说到底，我本来就是个胆小怕事，想法还特别消极的人，不论什么事，都会先做最坏的预想。等电车的时候会因为害怕有什么突发事故让我摔下铁轨，于是退得离白线老远，怕成这样，走路不看手机更是不必说的。哪怕我乘上了电车，双手都会用力抱在胸前，以免被当成色狼。

因为我这个性格，就算设想了一些愿景，也只会全都变成对风险的预设。老大不小还没结婚也是因为这个，因为我会不由自主地先去想"结婚"这个系统中可能发生的一切风险，怎么都不敢主动踏出自己那一步。我觉得，这点大概世上绝大多数男人都一样吧？女人们决定结婚就好像去个美发沙龙一样轻松，可男人不一样。对男人来说，那简直伴随着仿佛被逼到悬崖边上的恐怖。哎，怎么说呢，就跟那种从桥上跳进海里的试胆游戏似的。按我说，如果没有破罐子破摔的气势，可实在不敢跳。

没错，气势。我这次独立，其实全凭着心里的一股气势。在此重申一遍，未来要怎么做，我心里是一点儿设想都没有的。

"设想这种东西，做着做着就有啦。"

笑着说了这话，从背后推了我一把的人，我也不瞒了，正是现在坐在我身边的美绪，我的前女友。

在此，我也补充一下有关美绪的事。

她时隔五年主动联系我是在半年前的五月下旬。

尽管她单方面塞给我《当我的人生一帆风顺时》这本书的企划案，但当时的我当然没有理会。

可她每天都联系我，跟我报告自家附近发生的那起杀人案的详情。本来不理会就好了，可她的报告又还算有意思，我被好奇心牵着鼻子,每次都会回复她"然后呢"。这样的交流持续了大约一个月的时候,《文艺一路》被停刊了,之后公司很快就开始号召员工提前退休。就在此时,美绪忽然说"既然这样,谦也先生你独立不就好了吗",鼓励我自立门户。

我从来没想过自立门户的事,本来连辞职的打算都没有,可美绪那亢奋的情绪,竟把我也给卷了进去。

"听好了,你想想看,要是再这么下去,你估计只会被裁员吧?然后拿那么一点儿少得可怜的辞退赔偿。如果不是裁员,而是公司先倒闭,你不但会被扫地出门,连离职金都拿不到哟。既然如此,我觉得你还不如趁现在多拿点儿钱,自己主动退出呢。"

可是再找工作很难,而且做编辑的人出了公司大门几乎什么都不会,这份工作经历也没法成为之后的武器啊。

我这么回她,然后对方说:"既然这样,你自己开一家出版社不就好了?这样别说能不能活用经历,你都是社长了啊,是'一国之君'了。身为男人,还是要站在顶点才像样啊。"

社长!顶点!这两个词听在耳中格外响亮,但我既不年轻,也没鲁莽到轻易被这两个词牵着鼻子走的地步,可美绪还说了这么一句话:"谦也先生,你现在有心仪的人吗?"

驹田小姐的面孔浮现在我眼前。

"喏,我就知道有,而且我猜,你是单相思吧?"

她怎么能这么笃定啊?我正有些不爽,对方接着说:"你要是当

当我的人生一帆风顺时

上社长的话，你看上的那个姑娘肯定会对你刮目相看的，比如'啊，社长呀！好厉害！'这样。女人嘛，嘴上说这说那，其实对'社长''企业家'这些头衔最没抵抗力了。你看那些女明星的结婚对象，不也都是这种人吗？"

结婚？我的心就像东映电影的片头一样掀起一片巨浪。

"对啊，结婚。谦也先生，你也想跟你的意中人结婚吧？"

在美绪的言语诱导下，我脑中浮现出在明治神宫举办婚礼，还有在高级酒店举办婚宴的场景。新郎当然是我，新娘则是驹田小姐。设想中，我也不再是缩手缩脚的小小主编，而是昂首挺胸的社长。

虽然我刚刚说对未来没有一点儿展望，但准确地说，这才是我的展望。没错，就是跟驹田小姐结婚。

驹田小姐虽然在出版社打工，但她可不是普普通通的打工小妹，她毕竟是大型图书出版集团会长的大小姐，打工不过是她新娘修行的一环。她老爸的意思，简而言之就是要她一边在出版社打工，一边挑个好女婿回家。既然想当这么一位大小姐的驸马，区区主编的头衔就有些丢人了。如果只是个主编，约她吃饭都要犹豫再三，但只要有了"社长"的名头，别说约她吃饭，感觉约她去开房都很有希望。

"……我嘿嘿笑着盘算这些事，美绪喘着粗气说："那就这么定了。你要独立的话，我也来帮忙。毕竟是公司嘛，总要有董事吧？"

"什么？董事？"我一头雾水，美绪这滑头却早把我丢在一边，以董事自居了，而且她还擅自决定公司的名字叫"红宝石出版社"。

"毕竟红宝石是我的诞生石嘛。"她说。

就这样，短短一星期，她就成立了"红宝石出版株式会社"。就连敲定经营范围、设计印章、制定章程，以及开银行账户和登记这一连串繁琐的手续，她都一个人做完了，只用了短短一星期！

我总是想，女人这种时候真是厉害。不，应该是美绪特别厉害吧。要是没了她的这种热情和行动力，我恐怕一辈子都没机会当什么社长。

话又说回来，我很好奇美绪的家庭情况，她老公都不会说什么吗？

"哦，他嘛，反正也是不打招呼就创业去了。"

听说她老公从公司辞职，跟朋友们一起办了个私教工作室。既然她丈夫也创业了，那她去给丈夫帮忙不就好了吗？我虽这么想，但总觉得其中有很复杂的内情，于是没再多问。

总而言之，目前我就作为红宝石出版社的社长，坐在这个位置上。

没错，为的正是给红宝石出版社值得纪念的第一本书籍——《当我的人生一帆风顺时》收集素材。

在此，我也简单地介绍一下《当我的人生一帆风顺时》这本书。

企划者是美绪。据她说："我们要收集失败者的访谈，不论对方是名人还是草根。我希望这本书，可以让人从他们的访谈里找到'失败的理由'在何处，以及'失败'本身究竟是什么。也就是说，我最终目的是做成一本启蒙大众的成功学书籍。"

当我的人生一帆风顺时

　　原来如此，不坏……甚至是个很好的点子，毕竟我第一次读到这份企划案的时候，就感受到一种难以言喻的、从肚腹深处喷涌而出的心动。这是我在亲眼看到可能大火的东西时，身体会做出的反应。从小就对流行物品和可能会火的东西很敏感的我，一旦遇到它们，就不知为何会腹泻。据说有一种"青木麻里子现象"，说人一到书店就会想上厕所，大概我的情况跟这个类似吧。不论如何，读到美绪的企划书的时候，我的身体确实产生了反应。

　　"这本书能大卖。"

　　所以，我本来打算用这个企划在《文艺一路》上开个新连载，但紧接着杂志停刊，外加提前退休，又在毫无计划的情况下设立了新的出版社。不过在我的心底，还是有把这个企划作为新公司第一炮的念头。或许也正因如此，我才原谅了美绪的多事。

　　于是，《当我的人生一帆风顺时》企划就这样随着公司的设立一同启动了。

　　然而，问题在于要让谁来讲述失败故事呢？

　　我找美绪聊了聊，她却说她并没有考虑得那么具体。

　　这点也跟从前一样，这个女人做事总是很仓促，毫不在乎具体细节，只凭大致的点子就开始推进行程。不过，我也没资格说别人。

　　不论如何，这个企划如果不能收集到一群有"惨烈失败"经验的人，一切都无从谈起。如果只是考试落榜、求职落选、婚姻不幸这种随处可见的小小失败体验，就没有意义了。我在自己家里苦思良久，眼睛忽然瞟到纸箱里的棕色信封。这个纸箱里装的都是我在离职的时候带走的私有物，里面没装什么要紧的东西，所以我一段时间没管它。但在那一刻，我鬼使神差地看见了那个信封，它仿佛浑身散发着一种妖气，呼唤我"赶紧把我打开看看"。在那非比寻常的妖气诱惑之下，我取出内容物瞧了瞧，是一叠原稿。

"啊，这个，是不是那天三上拿回来的原稿啊？"

没错。这就是樱并木堇强塞给我曾经的下属三上的那叠原稿，怎么会跑到我这里？我有些疑惑，而就在同时，那种心动又出现了。

樱并木堇！

她的失败可谓壮烈无比，毕竟月收入一度超过两千万日元的超级畅销作家忽然破产，而后她便被打入欠款地狱，就这样销声匿迹。据说，她现在仍然还在地狱里没法脱身呢。

可她究竟何以至此？

到底是什么原因让她从天堂坠入地狱的？

想要知道答案的人肯定很多。既有为了满足好奇心的人，也会有想把她当作反面教材的人。

……世上还有什么比这更好的题材吗？樱并木堇正是最适合充当《当我的人生一帆风顺时》开篇第一位主角的人啊。所幸那个棕色的信封里还附有联系方式。我把这事告诉美绪，她也非常赞同我的看法："这点子真不错！那我们就去找她吧！"

综上所述，我就安排了今天这次采访。

当我的人生一帆风顺时

　　大约迟了十五分钟才来到约定地点的樱并木堇看起来，怎么说呢……就是个很平凡的大婶，身高一米五五左右，体重……应该有七十公斤？身上那件苔藓绿的束腰裙，看起来有点儿像医院的检查袍，用发箍拢得光溜溜的额头上深深刻着两道皱纹。至于年龄，她今年应该有五十五岁了。我隔着透明文件夹一边偷瞟昨天晚上事先打印的她的个人档案，一边迎她进门。

　　……她以前是长这样吗？我从透明文件夹里抽出那叠打印资料，缓缓翻开。里面印着我在网上找到的她的作者近照，说是近照，也是二十五年前的东西了，也就是她三十岁的照片，但照片上的人身材纤瘦、楚楚动人，根本看不出有三十岁。用一句话形容，就是当年流行的橄榄少女①吧。再加上她还透着一种文艺系的巴黎淑女氛围，跟当年演圣诞快车广告时的牧濑里穗也有几分神似。

　　然而我面前这位女性，丝毫没有牧濑里穗的影子，不，的确从拍这张照片之后已经过去二十五年了，是人都会变的，可就算这样，变化也太大了吧？

　　"啊，那张照片！"

　　樱并木堇探出身子，让桌沿托住她肥硕的三层油肚。

　　"好怀念啊……是二十五年前出的《少女残虐史》里收录的作者近照吧。"

---

① 指喜爱1982年创刊的日本女性向杂志《Olive》，模仿其中的穿搭风格、生活态度等的年轻女性。——译者注

说到《少女残虐史》，就是让樱并木堇一跃成为畅销作家的成名作。那是一本从头到尾每个字都沉闷无比的黑暗小说，但以某个偶像公开表示"就是这点最让人上瘾"为契机，达到一个月卖出两百万册的成绩……以上是昨晚我上网突击搜索到的情报。当时的我是高中生，忙于备考，根本没有闲心看课外书，因此对这些事不太了解，但还清楚地记得当年在读初中的我家妹妹看这本书看得废寝忘食。我那个妹妹向来只看漫画，既然能让她都特地去买来读，说明这位作者曾经真的很受欢迎。

"那个时候的她长得真是可爱啊。"

樱并木堇仿佛事不关己一样说道。

"是啊，长得这么可爱的女性作者，写的却是无可救药的黑暗小说……就是这种反差，叫人欲罢不能呢。"

我回答道。当然，这也是网上看来的评语。

"但这么个小姑娘，现在也是大婶了，人到中年就发福了。"

樱并木堇又像事不关己一样说道。

"那个孩子啊，现在早就没有这个时期的影子啦。从前我被人跟她比较的时候，有好多不愉快的回忆，但是现在，她跟我也就半斤八两呢。"

我一边满头问号，一边看着说完这话大笑的樱并木堇。坐在我旁边的美绪大概也是一样的想法，有些心神不宁地给我递眼色。可看我过了老半天就是没有提出那个疑问，忍无可忍的美绪只好开口：

"那个，请问您真的是樱并木堇女士本人吗？"

听了这开门见山的问题，樱并木堇回答："对啊，怎么了？"

语气甚至有点不悦。

"啊，不好意思，我们并不是在怀疑您。"

我慌忙打圆场。

"只是您从前的照片，跟现在的样貌相差实在太大……"

然而，说完这句话我就后悔了。这样说话，反而进一步触及她的逆鳞。

可樱并木堇却豪爽地笑道："那当然啦！因为这张老照片里的人，根本就不是我啊。"

"啊？"

我和美绪同时凑上前去。

"讨厌啦，怎么，你们不知道啊？"这次换樱并木堇露出狐疑的神色，"我还以为你们今天就是为这事找我来呢。因为半年前我把自己的原稿交给一个自称《文艺一路》编辑部的员工了。你们不是读了那篇稿子才联系我的吗？"

哦，那份原稿啊，她强塞给三上之后，不知何时就跑到我的私人物品箱里了。其实，内容我还没有读过。不是，您瞧，我被各种事务缠身，根本没时间看啊。可就算这么辩解，也只会进一步招致对方的不信任。我正扭扭捏捏，不知如何回话是好，一边的美绪给我打了圆场。"我还没有读过您那份原稿呢。"她说，"社长昨天才交给我，让我读一遍。他说稿子写得很好，让我务必要认真去读，但是我昨天，忙于收集您的资料，于是就没能……真的很抱歉！请问，稿子里写的是什么内容呢？可以劳烦您为我们总结一下概要吗？真的非常抱歉！"

真有她的，在这方面，她真不愧是从前做宣传岗的女人，话术很是高明。

"那么究竟是什么内容呢？"

见美绪仍不罢休提出同一个问题，樱并木堇无奈地笑了笑，道："哎，其实说白了就是揭秘。"

"揭秘？"

我和美绪又同时探出身子，但我很快反应过来，慌忙掩饰道："没错，就是揭秘，出人意料的揭秘！"

"原来如此，是揭秘啊！那真是太棒了！不过，揭秘具体是什么意思呢？万望老师您能亲口为我解说一番！"

美绪，接得漂亮！我也不甘其后，跟着喊"万望老师能在此亲口揭秘一番"。

见状，樱并木堇先是"嗝"一声，也不知是打了个嗝还是叹了口气。然后她说："……那张老照片上的人是我外甥女，我姐姐的女儿。"

"啊？""什么？"

我也不禁和美绪一样发出意外的声音。

"原稿里也写了，以'樱并木堇'身份抛头露面的人是我外甥女,她是我姐姐的大女儿。出版《少女残虐史》的时候她十八岁,也就是说,她是我的替身。一开始设这个替身的时候本来没多想……"

"这就是您失败的原因吗?"

美绪立刻插入一个问题。

"失败?"

"是的,这次我们想要采访老师的,正是您失败的直接原因。请问老师,您认为自己是为什么会失败的呢?"

也不必满口"失败""失败"这么直接吧。我轻轻顶了顶美绪的腿,她却没有发现,甚至还继续发动攻势:"老师,您是为何会走到失败这种地步的呢?从前您那么成功,为什么会落得今天这步田地呢?"

真是毫不留情。我捏着一把冷汗看向樱并木堇那边,她却一脸轻松地这样回答:"咦?我失败的理由?原因嘛,当然有很多啦,所以没法一句话概括。真要论起来,会说很久,没关系吗?"

+

说到底,我本来就没打算写小说的。一定要说的话,我对电视节目或电影方面的制作兴趣更大,但是大学时代受到我父亲的熟人邀请,稀里糊涂就去文学艺术出版社给编辑当助手了。当时好像是昭和五十五年吧,那是一本中间小说[①]周刊,总之,当年忙得我头晕脑

---

① 指居于纯文学和大众通俗小说中间的小说。——译者注

涨的。

什么？你们不相信以前有专门登中间小说的周刊？当时的确是有的，毕竟那年代最流行中间小说了嘛。当然不止中间小说，大众小说也卖得很火的。啊？中间小说和大众小说有什么区别？这……我也不太懂啊。

总之，当时的作家都是像神一样的存在。一边随叫随到伺候他们，一边收取由神挥笔写下的原稿，就是我的职责。尤其是那些女作家，你们不知道她们有多霸道啊！不论怎么任性，怎么挥霍，怎么乱来，都是可以允许的。当年对着男人能说出"住嘴"这种话的，除了女王大人也就女作家了。

真是耀眼啊……说实话，当年我很向往"小说家"这个头衔。

世上虽然有很多职业都会被人称呼"老师"，但我觉得"小说家"是其中尤为特殊的一种。说起印象……小说家大概就是在允许无法无天的同时，又能被世人尊敬的文化人吧。不过到了现在，这种形象也渐渐崩坏了，但是当时，"小说家"这个名头叫起来，还是带有神秘色彩的。

所以，我也想试着当当小说家啊。你也觉得我动机不纯吧？但是，动机就是这样的东西，你不觉得，那些高谈阔论自己的理想有多么崇高的人，反而更可疑吗？

总之，我也试着写了写小说，好像是在昭和五十七年吧？当时我上大学四年级，几乎没怎么正经去找工作。因为那段时间，我是真的想当个小说家。我家里人都对我这个决定很无语就是了。

顺便一说,当时我老家在东京都多摩市,是公共住宅。一家四口人,住在面积可能都没有五十平方米的2DK里头。我爸在公司上班,我妈是全职主妇,还有个比我小三岁的妹妹。

……啊?你问我不是有姐姐吗?

对,我有个姐姐,年纪跟我差很多的姐姐。

我发现姐姐的存在是在上初中的时候,因为参加高中入学考试要户口本复印件,所以去找母亲要了。就是第二天吧,我回家一看,我妈手里攥着户口本,像魔鬼一样叉着腰站在家里,她还吼:"给我解释一下这户口本是怎么回事!"我拿来一看,户口本上有个陌生的名字,而且旁边还印着"承认"两个字。

我当时不知道"承认"是什么意思。所以什么都没想,竟然直接问我妈:"妈,'承认'是什么意思啊?"

当我知道"承认"是什么意思时,是几小时之后了。我妈没有告诉我,所以我去查字典。目光追着字典上的释义一行行看的时候,我感觉好像有虫子以同样的节奏在我背上爬。

简而言之,就是我爸承认自己有个私生女。按照户口本上写的,那个私生女比我大十岁,昭和二十五年出生,所以她是在我爸跟我妈结婚之前就有的孩子,可我妈在那天之前都不知道有这个私生女的存在。不过这也是因为我爸知道有这个女儿是在昭和四十七年,也就是我为了考高中取来户口本的三年前。此前都没什么机会看户口本,所以她也没发现。

总之,那天家里真是风声鹤唳。我爸在公司喝了点儿小酒,以微醺的状态回到家,忽然被我妈劈头盖脸用水杯砸。我妈把户口本甩到他脸上,我爸当时脸都白了,他大概想都没想过,我们这个家的户口本上会印上"承认"两个字吧。那晚我爸一边哭一边给自己辩解。

上学的时候他年轻气盛,对一个叫卡巴莱舞厅里的女人出了手。虽然他们之间有了肉体关系,但很快就分手了。后来他得知那个女的怀孕生产,是在他们分手十年后的事。对方说那孩子是他的女儿,但那个时候他已经有了家庭,给不了对方名分。于是对方叫他资助抚养费,所以他每个月都从工资里拿出一点儿汇过去,一直抚养到那个女儿成年。但是在她二十二岁的时候因为要结婚,所以叫我父亲"承认"她。因为女儿的妈哭着来求我爸,说女儿都要出嫁了不能还是个没爹的孩子,所以才在三年前办了认领手续的。

听了我爸这番解释,我妈又是一个杯子甩过去。第一次是听说他有"私生女"时砸的,第二次是在听到他说"给对方汇抚养费"的时候。

"也就是说,你从工资里面偷偷拿钱,起码拿了十年!怪不得家里的钱每个月都不够花!"

比起私生女的事,我妈好像更气钱的事。

而且连我妹都来凑热闹,说"那个私生女真的是爸爸的孩子吗"这样的话。那天晚上啊,家里真是乱成一锅粥,连离婚这个词都被提出来了，但是考虑到我们，他们才犹豫的。

总之呢，我们家虽说背地里一团烂泥，但表面上还是正常生活，直到我成了畅销书作家。

回到之前的话题，没去求职而是打算当小说家的我迟迟没能出道。我当时在写的作品是言情小说，但是现在想想，肯定不适合我吧。

但是因为一直在出版社打工，所以常常做类似于写手的工作。当时杂志界掀起创刊热潮，像我这样的外行也接到不少工作。我就是在那时认识了地球出版社的木下先生。那会儿我已经二十七岁了。我跟木下先生明言"想当小说家"的时候，他说："那你要不要试着写写悬疑推理？"当时好像是推理热加上小说热，正好很缺写东西的人。所以就连我都被他们叫去帮忙了。虽然我完全没有写过悬疑推理，但是还挺爱看"两小时电视剧[①]"的，还有犯罪纪录片以及恐怖类作品。我这么跟木下先生说了以后，他就建议我写写纪录片风格的恐怖推理小说，还说："你要写自己喜欢、感兴趣的东西。没错，心动才是对你来说最重要的感觉。"我听了之后醍醐灌顶。在此之前我都有一种先入为主的观念，觉得身为女作家就必须写言情。因为我崇拜的女作家写的就是最王道的言情小说啊。但是仔细想想，悬疑推理这个领域里，活跃的女作家才是最多的，当时我总是没能想到这一层。我

[①] 指一般在黄金时段（二十一点到二十三点）播出的，面向中老年群体的单集电视剧，因题材以悬疑和刑侦居多，又称"两小时悬疑剧"。——译者注

这个人有个毛病，就是一旦认定一件事，就很难从思考的困局里抽出身来了。

所以，木下先生那番话，真的就像神奇的咒语一样。要是没有他那句话，我恐怕就抓不住当时的成功了。

然后，我写出来的就是昭和六十二年发表的出道作《黑暗同学会·地狱篇》。我自认为写得很好，也第一次在写小说的时候感到很快乐。木下先生也说我这本书会大卖。作为一部没有头衔的新人作，这本书的初版史无前例地印了三万册呢！我本来还担心，印这么多要是卖剩下怎么办……但是这书很快就再版了，好像在我还顾着吃惊的时候，就不知不觉卖了六万册。这个销量放到现在可是大热级别，但当时还有其他小说也很畅销，所以只算可圈可点吧。虽然没引起什么热烈讨论，但好歹达到了及格分，所以其他出版社开始找我约稿，次年我就跻身"流行作家"的行列了。

我跟你们说实话，出道那年，我的收入将近八百万日元，第二年超过一千万日元，到了第三年，已经到了一千五百万日元的程度。那些数字，在一个此前靠着每月顶多十五万日元收入生活的人看来，真的一点儿都不真实，所以也没有去报税。啊，不过，税金我是付了的，因为印税和作品的稿费都是所得税嘛。我当时以为这样就可以了，但是第三年，税务署来警告我，说我没付居民税。我才慌慌张张地去弄报税那些东西。不过到第三年还可以随便对付一下，但是第四年《少女残虐史》火得要死，我的收入靠以前那种随便应付的报税已经蒙混不过去了。

哦，说到这儿，我先稍微说明一下《少女残虐史》的情况。

在这本小说公布之前，我都是蒙面作家。你们也看到我长什么样，对吧？我对自己的外貌完全没有自信，所以很抗拒轻易露脸、破坏我在读者心目中的形象。我的小说里不是有很多美少女角色吗？这就给读者造成了作者大概也是美少女的印象……所以，我才决定当蒙面作家的。

本来打算一辈子都蒙面下去，但是地球出版社的木下先生又说："为了多卖几本书，你露个脸吧。"我当时反驳他说："开什么玩笑，要是那么干，反而会卖不出去的！"他却说让我随便找张美少女的照片就行了。那不就是找替身吗？我更不乐意了，木下先生却说："不是替身，是印象照。只是印象而已，这种事每个人都在做啊，把美少女和美少男的照片放在封面，或者放在封底。反正我们可没说这就是作者本人，要不要把照片里的人当成作者，是读者的自由。"

……他这么一说，好像的确如此。那个时候的我莫名其妙就接受了这个说法，可又让我上哪去找这么一个美少女呢？我这样问，木下先生就说："不是有吗？就在你身边。"

没错，他说的人选，就是这个长得像牧濑里穗的美华子。

美华子这个人……我刚也说了，是我父亲的私生女——园子的女儿，也就相当于我的外甥女。当时她十八岁，我让她在我身边做助手。

嗯，我为什么要让那位私生女的女儿来当我的助手呢？

要认真论起这个嘛，一天时间恐怕也不够吧。概括来说就是——

……我爸跟美华子其实一直有联系。这个也没办法，毕竟是他第一个孙辈啊。怎么能放着她不管呢？所以我妈也默认了这点，甚至我妈也跟他一起宠美华子。他们经常叫她来我家，还留她吃饭。这么说，也是因为园子姐那边的情况有点儿复杂。园子姐跟美华子的父亲离婚之后又再婚，这倒无所谓，但是那个新爸爸的脾气有点儿暴躁……所以美华子就来我家避难了。那个时候我用美华子的故事当原型，写出了那本出道作。

总之，挺可怜的一孩子。她遇到了很多事，最后连高中都辍学了。从那以后，就正式住进了我们家。那个时候呢，我已经赚到不少钱，全家人搬出那套2DK的公租房，来到稍微大一点的高层公寓里住，所以多来个美华子完全不是问题，但是她自己大概比较不自在吧，主动提出要帮忙，我就让她帮我做事了。开始共事之后呢，我发现这孩子实在可爱，常常会让我觉得自己不如她，我当时心情还蛮复杂的呢。有些刻薄的编辑，还会一本正经地说"这孩子真是您的血亲吗？跟您可是一点儿都不像"这种话。不过，她毕竟算是我小说里的美少女的半个原型嘛，所以我带着她出门的时候，别人就会擅自误会，说："哎，那个漂亮的小姑娘，是不是就是樱并木堇啊？"

所以呢，木下先生就对我说，让我好好利用他人的误解就行。

后来出版社不就把美华子的照片登在《少女残虐史》的封面了吗。这事果然引爆舆论，世人顺顺利利地把美华子当作"樱并木

当我的人生一帆风顺时

董",同时把我当成了她的经纪人。

……这其实无所谓啦,不论怎样《少女残虐史》大火,而且还开创了"泥沼推理"这个品类,我得以跻身超级畅销作家的行列。总之我当时赚了好多钱,还登上富豪榜了呢。

但是,问题在于税。

没错,《少女残虐史》之后,我可真是赚了好几亿,光是预扣所得税当然不够,而且税务署也盯上了我,靠我自己根本处理不来了。到了这个时候,我才终于去找税务师求助,但是据税务师说,这样下去我得支付非常高的一笔税。为了合理避税,建议我最好设个法人。让家人当董事和员工的话,花在家人身上的钱就能按"经费"处理……什么的。我是搞不太懂,但鉴于我爸快退休了,我妹也自诩当年流行的"飞特族",每天过得吊儿郎当。我就说,干脆带上全家人一起开个公司吧……于是设立了有限公司。社长是我,董事让父母做,妹妹当监察,员工是美华子。我呢,说是社长,其实也只是挂名,实际的经理工作和繁琐杂务全都交给父母去做。

当时正处世人口中的泡沫时期。经理事务交给父亲后,他就用公司的名义买了好几栋房产以及高尔夫会员权,还理所当然地对股市也伸了手。我爸大概也想以自己的做法为公司增加资产吧。总之,他参与了一堆好赚的生意。本来他这个人就爱赌博,那时好像狠狠散了一把财。

就是在那个时候,美华子的妈妈园子来了。园子姐,也就是我爸的私生女，我的姐姐，她跟再婚对象又离婚后，就跑来我们公司了。

她毕竟是我父亲连认领手续都办过的女儿，不能待她太冷漠，于是我就雇她当了经理。

哎，听到这里，你们是不是有不好的预感啊？

比如，会不会就是这个园子姐挥霍无度，才导致公司破产之类的。的确，这种故事，在演艺圈明星的身上常常听到。但是，不是的。

园子姐长年以来一直在经理岗位上工作，她做得挺认真的。她甚至还会提醒对钱没什么概念的父亲，叫他花钱不要大手大脚呢。

公司运转得很顺利。多亏当初让美华子当我的替身，我的作品一直卖得不错，资产也像鲤跃龙门一样节节攀升。

但是到了平成十年，换成公历就是一九九八年吧，公司破产，我也不得不宣告自主破产。

要问理由的话，可能不止一个。那年我妈得了阿尔茨海默病，必须有人照顾。我妹沉迷邪教，拿着公司的钱出家去了也是一个原因。不过最大的原因，还是我写不出来了吧。

没错，某一天，我忽然就写不出来了。某天早上一股巨大的虚无感涌上来，反正不论写什么，评论家都不会理，读者也只会笑我写书都一个套路，就连责编也只字不提小说的内容，只关心销量……既然一直受到这种对待，我继续写下去有什么意义？于是我开始厌烦所有的一切。这就是瓶颈期吧？不，那时的我是抑郁了。总之，那会儿我

当我的人生一帆风顺时

连吃饭都觉得很麻烦、很痛苦。我的公司全靠我赚的钱运转，如果唯一能赚钱的人倒下的话，一切也就完了。

我爸勉力运作的房产和股票全都暴跌，根本靠不住，甚至还欠了债，欠了整整十个亿啊。可能我爸因此觉得对不起我吧，他自杀了，这件事让我的抑郁越发严重。由于我是这么个状态，园子姐也终于受不了我，离开了公司。她拿走了离职金跟父亲遗产里她应得的那份，户头里剩下的所有钱都被她取光了。我本来以为她是个好人，但是她心里大概还是恨我爸和我们家的吧。她真的一点儿情面都不留，账户里的钱，里里外外全被她搜刮得干干净净。

……就这样，我身无分文，家也散了。我申请自主破产，从那以后，就一直靠低保生活。

也就是说，失败的理由根本不止一个。哪怕只有一个齿轮出现问题，就会引发巨大的连锁反应，让一切都失控。

哎？就算这样，也总有个导致第一个齿轮失控的直接原因吧？

是啊，或许有吧。

要这么说的话，大概就是设了那个倒霉公司了。如果我继续单枪匹马写作，哪怕有天接不到任何工作了，应该也不会失去一切。至少，还能留点儿存款下来。按那个时候我赚的钱来算，我光靠存款应该也能活下去的。

但是，就因为我设立了公司，我赚的钱就成了公司的钱，我不能再以个人身份自由行动了，甚至为了保持公司的体制，什么人工费、保险费、事务负担费……还在这些方面耗了很多钱。一开始明明是为了合理避税才开公司的，可避来的那些税跟公司的运作开支比起来，简直是小巫见大巫。没错，公司的存在就是在烧钱。

我觉得，我最终是被"公司"这个系统摧毁的。

人就不应该轻易开什么公司，尤其是男的，特别容易为了"站上顶点"这种撑场面的想法开公司，其实应该要冷静才是。

你知道吗？新开的公司里，有百分之三十五会在三年内倒闭或解散，百分之八十五撑不过五年，等到第十年的时候百分之九十三点七都会撑不住，到了第三十年，这个数字会变成百分之九十九点九七五。也就是说，能维持超过三十年的公司，一万家里只有二点五家。你不觉得这风险比什么赌博都大吗？

真的，人就不该去开什么公司，因为有百分之九十九点九七五的概率会失败啊。

+

"到了最后，樱并木堇也没揭秘什么啊。"美绪在要回去的时候说。

哦，这么说来确实。先前感觉终于要迫近核心的时候，樱并木堇却像电量耗尽的玩具一样陡然闭上了嘴，使用时间结束的提示铃也在同一时刻响起。

"不过谦也先生,她给你的原稿上应该写了'揭秘'的部分吧,但我看你还没读过。"

没错,但是今天,我一回家就会拿出来看的。

"唉,结果我们也没问出她失败的直接理由。感觉一上来就碰了个钉子啊。"

美绪说着噘起嘴,但樱并木堇不是告诉我们了吗?她"失败"的直接原因。

——大概就是设了那个倒霉公司吧。

"不过,下一个目标那里肯定能听到好故事的。"

美绪天真无邪地说了下去。

"下一个目标,我打算找市原俊惠。喏,我之前不是跟你说过?就那个杀了邻居一家四口的主妇。她现在在看守所里,但我写了封信过去,她就同意接受采访了!能听到杀人魔失败的理由,你不觉得很兴奋吗?"

美绪兴致勃勃地说着这些话,但却没几个字传进我的耳中。

樱并木堇的声音,现在还在我耳中不断地回响。

——真的,人就不该去开什么公司,因为有百分之九十九点九七五的概率会失败啊。

可我已经开了公司。

从我腹部深处涌上来一股什么东西，是心动吗？

不是的，这恐怕是……恶寒。

案例3
选举

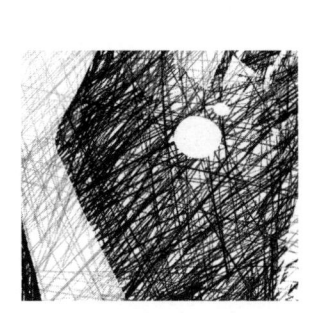

6

谢谢你的来信。

时光飞逝，自我来到看守所，已有五个月了。

这也就代表开庭是在五个月前。是的，才过了五个月！

可是，前些日子，法官却下了死刑判决。我当然上诉了，因此判决还未确定，可是，竟然仅仅用了五个月，便判了我的死刑。世人称这是庭审迅速化、效率化的结果，可那也实在太快了。

但托它的福，如今我才能像这样与朋友书信交流，因此从这点来说，或许是值得感激的……可自己被判了死刑，这样说也实在有些怪异。

直到上个月，我都被禁止会面。因此，不必说平日能见到的人只有律师，他们还不许我购买报纸、书籍，更不许我对外寄信。美绪小姐寄来的信，实际上也被扣押至今，前些日子它才终于交到我的手中，这才导致我回信推迟至今，真是抱歉。

如今的我乃是"未决犯"。所谓"未决犯"，指的是被判了死刑，但并未确定要执行死刑的人。得到这一判决之后，我才在某些方面拥有了自由。由于他们不再禁止别人对我的探视，接下来我可以与任何人会面，也能够像如今这样写信给你了。

当然，禁止探视期间，我是可以自己写信的，只是不能寄出。如今，我身边写好的信件已堆积如山，每一封信都无处可去。

看守所和拘留所以及监狱不同，没有时间上的约束。因此，在就寝时间之前我做什么都可以（能在单人牢房里做的事也很有限），但正如我先前所提到的，我被禁止探视，所以既不能购读书籍，也不能阅读报纸，在这里的每一天只有时间在无尽地流逝。

或许，这才是终极的自由吧。

事到如今，我发觉了一件事，在高墙之外生活的时候，我其实不知不觉间被限制了时间、行动和思考。

从早到晚，我必须完成的事多如牛毛。我分明不在服刑，也不在他人监视之下，却听从着看不见的看守的指示，每日遵循着紧张的时间表而不得喘息，像一只陀螺鼠①似的不停地劳作。

早晨，不论我多么困倦、疲惫，都得离开被窝去做早饭，匆匆忙忙收拾好，准时去上班。中午在单位里，被时间追着跑，被客人追着跑，被同事追着跑。晚上下班回家呢，也没有喘口气的空闲，马上要照顾公婆，给他们做晚餐。哪怕只停下来歇个五分钟，公婆就要催命。不论做什么，他们的反馈都只有挖苦和抱怨。我就像个仆人、奴隶。

---

① 一种原产于中国的鼠，于日本饲养的突变种因先天性三半规管异常而有在平面上打转的习性，因此称"陀螺鼠""舞鼠"。——译者注

我的自由在何处呢？本以为看电视是我的自由时间，电视却强迫我看大量的广告，那不过是给我植入大量他人的意见与思考的时间罢了。

我的自由，究竟在何处？

现在想来，或许曾经在高墙之外时，我才处处受制于看不见的牢狱。

时间是牢狱，他人的目光是牢狱，不得不做的义务是牢狱，生活中的道德是牢狱，必须遵守的规则是牢狱，以浪费为耻的节俭是牢狱，一面不允许浪费，一面又强迫我花费金钱购买商品，更是强买强卖的牢狱。

……总而言之，现在想来，在高墙之外的我，是终日被什么催促着、追赶着、操纵着过活的。

我就是一个囚犯。

而在这里，牢狱只有一个，我只需停留在这单人牢房里，足不出户便可。我在这里，便不会被治罪，不会遭到攻击，不必在意他人目光。尽管如今我成了真正的囚犯，可我却比从前更有解放感。

单人牢房的生活其实是相当舒适的。

……写下这些或许又会招你误解，但其实我这个人，被关在狭小的空间里时，会觉得莫名安心，就像孩子把壁橱当作秘密基地、猫咪总爱钻入狭小的袋子一般，这或许是出于某种防卫本能吧。

不仅如此，在这里，我能把用不完的时间全都花在自己身上！我得到的不仅是安宁,还有难以言喻的奢侈!

所以,我在这里写了很多很多的信。

明明我活到现在几乎从未写过什么信。

因为从前我不仅没有那个时间,最主要的是,我有一种奇怪的强迫观念,总觉得若是被人看见我在写信,对方一定会说些什么。我总认为他们会责备我,说我懈怠了自己的职责。

曾经的我,不得不四处奔波,实在没有机会坐到桌前,定心写下一封信。若我那么做,一定会有人问"你在做什么",到了最后,公婆或丈夫必然要强加些事务差我去办。

但现在不同了,如今的我只需老老实实待着就好。没错,只要我老老实实待在这里,不论我在信中多么无法无天都没有关系。

尽管我身处单人牢房,却能在信件里飞遍世界,结识全世界的人们,甚至超越时空,前往一切可能的地方。

没错,我写了很多很多的信,寄给从古至今、四海内外的人们。

玛丽·安托瓦内特、吉田松阴、萨德侯爵、安妮·博林、爱德华五世和约克公爵理查……每个都是死于刑罚的名人。啊,萨德不是的,他后来在法国的革命里趁乱得以释放。可我很想骂他一句,都怪他在狱中写的小说,所有名字叫"萨德"的人都被他害得好惨。毕竟,这个名字都成为变态的代名词了。如果寄出这样的信,萨德会怎么回复我呢?他会回"你这臭女人,看我不××了你的××"吗?

做这些想象,真的既好玩又开心,还有快感。我在这里,品味到

当我的人生一帆风顺时

了在高墙之外没能体验到的幸福时光。

这样的信在我旁边还有很多封,都是无处可寄的信。

但是,我现在正第一次以"寄出"为前提写信。一想到这封信真的会被你读到,我就感觉有点儿紧张。

扯得太远了,我们回归正题。

美绪,你开了一家出版社呀!好厉害呢。

我早就觉得,你不是一个寻常的主妇。

我们还在一起工作的时候,你的心恐怕恰好在患上感冒的时期吧。不过你不但做事恰当、正确又细心,还很为他人着想,我早就觉得,你跟那些空有朝气却成天犯错的打工仔,还有大事小事全都推给别人做的正式员工,根本不是一类人。

毕竟那家超市里,小时工比正式工更能干,当然,其中不包括我。我完全不行,因为我实在不擅长接客,我这个人很怕生,在那儿的每一天都过得非常痛苦。

你居然开了一家出版社啊,我真心恭喜你。我相信只要由你来经营,它就一定会成功的。

……对了。

你说你想要采访我,但接下来这可能会变得有些困难,因为这些天,我可能又要受到禁止探视的处分了。

我目前正在上诉。下次二审的时候,我打算主张自己无罪。

就是说呀!我是清白的啊。

我没有杀任何人，也没有伤害任何人。

案发当天，你在便利店里见到我了吧？

美绪，你在法庭上也是那么作证的。

你说你见到我了。

我看到你作为检方证人站在证人台上的时候，非常难过。为什么你要撒那样的谎呢？

是的，没错，那天我的确见到了你，但是，请你好好回想一下。

时间不对的。

根据你的证词，你是晚上十点左右，在那家便利店见到我的。

但是我见到你是在晚上九点，二十一时刚过的时候呀！

这个时间，同时也是命案发生的时间。也就是说，某种意义上来说，你是能够证明我无罪的人，可是你为什么会站在检方？

我唯一可以倚赖的便利店监控不是也没有吗？那天，它似乎出故障了，所以独独缺少那天的监控录像。

也就是说，我会只因为你的一句证词就被判死刑呢。

这等于是你害我被判死刑的。

不，这样说有点儿过了。

的确，还有其他证据可以证明我是凶手。

首先是沾在我衣服上的死者的血，但那纯属偶然。

我真的很倒霉。

不仅如此，犯案现场还发现了大量我的指纹，这也是警方判定我

当我的人生一帆风顺时

为真凶的证据之一。

那当然会有啊!

因为那天傍晚,我去死者家里了。

我承认平日里我和那家的人一直有矛盾,就是噪声问题。我不知道是房子本身的问题,还是住在那里的人故意制造噪声,总之真的很吵啊!

我还找管理公司的人商量过这事。

可是,他们却告诉我必须要当事人双方自己商量好,达成一致才行。我就找他们家的人谈了好几次,可对方却坚持说自己没有发出噪声,而且还反过来威胁我,说自己家的亲戚有人是从政的,我再胡搅蛮缠,当心他们找亲戚帮忙。

虽然并不是被他们这话吓的,但我选择了逃跑。

不是常说"三十六计,走为上计"吗?

归根到底,那家人本来就不对劲。要是跟那样一家人扯上关系,生活只会更糟。那么,虽然有点儿不甘心,我还是决定主动远离对方。关于这点,我丈夫还有同住的公婆都是赞同的。这种情况很少见,我没想到我们一家的意见居然会如此一致,可见那家人是真的很吵啊。就是在这个时候,我们家找到了不错的二手房,贷款审查也通过了。

真的有人会在这种紧要关头去杀人吗?明明再坚持一段时间,就可以跟那家人断绝来往了啊。

没错,再过两三个月,我们一家人就要搬离那里了,所以,或许我也有些大意吧，不然的话，我是绝对不会接受那种邀请的。

案发当天傍晚，我打工下班后先去了图书馆，回到家差不多是晚上七点之前。我刚换上家居服，隔壁家的太太就打电话给我，问我能不能去一趟她家。

当时，我其实觉得有些奇怪……对方一家人对我们也挺警惕的，还跟整个公寓的居民散播谣言，说我们一家人的坏话，所以按常理来说，她应该不可能请我去她家才对。可是，就在那一刻，那家太太的态度忽然变得特别友好。

"我家最近收到了很多枪果，想要分给邻居，还请您务必收下一些。"

既然要分享吃不完的食物，那对方送过来不就好了吗？她却说"请您现在马上来一趟"。

当时我的确也起了疑心……但又想到，我们家马上要搬走了，最后这几个月，接受一下邀请应该也无妨吧？所以，我就没换下身上的家居服，匆忙地去了。

结果，果然是陷阱！那家太太最近好像在做类似直销的生意，家里堆满了纸箱子。她不仅卖枪果，还有土锅、衣服、鞋子、包包，全都用传销的语言技巧强卖给别人。

没错，才不是所谓的"分享"，而是强买强卖，我被她逼着买了一整箱枪果。就是那时，就是那时啊，那家太太的血沾到了我身上。她说让我尝尝味道，帮我切了一个枪果，却好像不小心被刀划伤了手指。我的吸汗衫上沾到的污渍，好像就是她当时出的血。

除了枞果，我还被她逼着买了其他东西，有奇怪的发箍、包包，还有不合脚的鞋子，而且她还逼我全都穿上戴上。

我心里下了判断，果然不该跟这家人扯上关系的。身上穿戴着那些她硬让我买下的商品，我离开了她家，那应该是晚上八点半刚过的时候。

我回到家里，公公婆婆凶神恶煞地催我给他们做饭。所以我才戴着那个奇怪的头箍，拿着奇怪的包包，穿着不合脚的鞋，慌慌张张地跑出去买东西。

就在那时，我在便利店里遇见了你。

那个时候，我不是穿得很奇怪吗？可那绝大多数都是邻居逼我买下的东西。我根本没想到会在那种时候碰到熟人，所以才没换衣服直接出门的。现在想想真的好丢人。

跟你道别之后，我也一直在避人耳目，一路蹑手蹑脚地走回家，可能就是因此我才会被警官拦住进行例行盘问的吧。

可就算这样，我也没想到自己竟然会当场被他们逮捕。当时的我，搞不懂到底发生了什么事。只是因为我穿得奇怪了一点儿，就以杀害四个人的罪被捕并被送上法庭，到了最后，竟然还判我死刑。世上还有比这更不讲理的事吗？

……你问，我不是认罪了吗？

是啊，没错，可我是被逼的。逮捕当天，警察对我说："你只要承认自己五月二十七日二十一时左右在堀口家，就可以回家了。"

那个时间，我在便利店里。我不论怎么说，他们都不相信，但是我又很想回家，只好照他说的承认了。

从那以后，事情就好像崩塌的积木城堡似的变得一发不可收拾。"只要你承认这件事，就可以做什么什么""只要你承认，就原谅你"，不断重复这些过程之后，我终于成了凶手。

或许你会想，怎么可能会有这种事呢？要是放在以前还好说，都这个年代了，居然还有冤案……可就算在这个时代，也有人为制造的冤案。跟从前不同的是，他们使用的手段并不是露骨的"拷打"或"暴力"，而是更巧妙地操纵你的心理，促使你主动招供。可怕的是，你还会陷入自己真的有罪的错觉之中。

就算换作是你，在当时的情况下你也无法抵抗。就算他们诱供，逼你承认自己去了从没去过的地方，杀了素未谋面的人……如果你是被他们审讯的那个人，你能说的就只有"是的，是我干的"这句话。

你可能会想，那么，只要在法庭上坚称自己无罪不就好了吗？

这件事，其实出乎意料的难啊。

法庭这个地方从某种意义上来说就是舞台。

我上高中时以及之前都参加过话剧社，所以想起了当时大家一起合作，创造出一个舞台的感觉。当年我总是演配角，但只要一想到"我是创造出这个舞台的一分子"，浑身就会充满非同寻常的紧张。舞台上不允许失败，你的一点点小失误，可能就会搞砸整场演出，好

当我的人生一帆风顺时

几个月积累下来的辛苦练习，都会瞬间化为泡影。最主要的是，不能给大家添麻烦！舞台带给你的就是那样的紧张感以及重压感。

还有便是不能打乱团队合作的某种责任感吧。

当我还是台词都没几句的配角时我都那么紧张，而我在法庭上感受到的，那才真是无可比拟的重压感。

毕竟，我是主角啊！

主角要是失败了，那可怎么办呢？

除了主角外还有审判长、审判员、检察官、律师、陪审员，以及旁听者，所谓的法庭，就是这么多的人以我这个被告人为中心演的一场戏，而且是按照给定的剧本来演的！

是的，剧本早就已经写好了，是检察官早早拟好的。你要是敢对他们的剧本提出哪怕一点儿异议，检察官那如刀子般锐利的眼神立刻就会飞来，陪审员也会发出无声的叹息。整个空间都会陷入一种"别打乱节奏。这里不需要你即兴演出，给我闭嘴"的沉重氛围里。

我向来很不擅长应对这种氛围，所以我总是注意着不去捣乱，一直以来都看别人的脸色过活。

虽然这个社会总是谴责不识趣的人，可其实我很羡慕他们。如果像我这样过于识趣了，就会参演自己从未经历过的故事，到头来还不得不承认自己从未犯下的罪行。

毕竟，整个庭审过程都是以"我是凶手"为前提来推进的，在场的所有人，都基于"我是凶手"的故事情节，扮演他们自己的角色。

哪怕其中有任何一个环节出了一点儿差错，都会招来一片嘘声。

法庭既是舞台，也是一块针毡，毕竟反派只有我一个人。

你可曾扮演过反派角色？

在现实社会里，人们很少有机会体验扮演反派角色的感觉，因为不论是谁都会认为自己是正确的。人可能会把别人当作反派，但从没有人主动成为反派，即便旁人认为你是反派，但很少有人自己也这样认为。

没错，在现实社会中，根本就没有像电视剧、小说里会登场的那种典型"反派"，毕竟善恶是相对的，是很主观的东西嘛！没有人能决定什么东西是百分之百邪恶的。

但是，法庭上就不一样了，在法庭上，被告就是"反派"，也是"恶人"。

如果是真正的恶人，在这种紧要关头大概能为自己而战，但像我这样的凡人，就只有一个想法——"我好想赶快离开这里，我好想赶快结束这一切"。

所以，我老老实实地遵从了检方写好的剧本。我以为只要这么做，一切就都会结束。

可是，在听到死刑判决时，我感觉自己好像听到了让人从睡梦中惊醒的闹铃声。

没错，到了这个阶段，我才刚刚理解了自己当前所处的境况。

这是冤案。

判决下达之后大约已过了一周,日复一日之中,我渐渐恢复冷静,并取回了"我必须战斗"的信念。

现在,我的律师想必正为我的事而四处奔走。检方也差不多要开始行动了,他们会申请给我下达禁止探视处分,法院想必也会应承。

这样一来,这封信大概会卡在审查环节并被扣下吧。

不,即便他们不禁止我的探视,这封信的内容也不宜对外公开,且一定会出问题的。

因此,我决定不寄出这封信。

作为替代,我写了一张明信片。我会把那张明信片寄给你。

+

落合美绪女士:

感谢您寄来的信件。

关于采访一事,请容我再考虑一些时日。

若有机会与您会面,届时我会再行函复。

市原俊惠敬上

7

"可是,现在没法跟她见面啊。昨天我去看守所,他们说禁止探视呢。"

美绪很失落地垂下肩膀说道。

她手上拿着据说是"田喜泽市一家四口命案"的凶手——市原俊惠寄来的明信片。先前她给我看过了，可这上面哪句话写了"同意采访"？

前几天，美绪的确说过"市原姐回复说同意接受采访"。如果那是真的，此事一定能成为《当我的人生一帆风顺时》这本书的卖点，甚至不必花一分宣传费，各大媒体也会争先恐后报道此书，引爆舆论，毕竟那可是杀人案……尤其是杀了那么多人的凶手的手记，没有比这更吸引人的东西了。我刚刚还紧紧握拳，心想："好嘞，这下我可看到大销百万的未来啦！"

……结果，就这么个情况？

看来，果然不该将美绪的话照单全收。这个女人总爱武断地说些其实她自己也不确定的事。虽然她从前就这样，可看来现在是变本加厉了。

"到底为什么会忽然禁止探视呢？"

美绪的脸难看地扭曲着，继续抱怨道。

"我给她写了那么多封信，才终于收到一封回信，还以为终于能见面了，却是这个结果。真是的！到底为什么不许探视啊？反正都判死刑了，还有什么好禁止的？"

这说的是什么话啊，可要是放任她继续说下去，这次会轮到我变成她的抱怨对象。

"她不是要上诉吗？所以才会禁止的吧？"

我静静地说道，以平复美绪的情绪。

"上诉？"美绪呆呆地瞪大眼睛。她该不会连"上诉"都不知道吧？

"就是那种如果被告不服一审判决，可以上诉要求再判的行为啦。"

"可她杀了整整四个人哪！就算上诉，最后的结局不还是一样吗？想不到，市原姐还挺爱垂死挣扎啊。"

你怎么把人家说成这样？不，其实美绪说得没错，就算上诉，她杀了整整四个人，我实在不觉得二审能推翻一审的死刑判决。都到了这个地步，她不会还打算主张自己无罪吧？

"不过你放心吧。"

美绪的身子忽然凑过来。桌子一阵猛烈摇晃。

我看这张桌子果然有问题吧？虽说这是美绪从品牌折扣店买来的，但晃得也太厉害了。

不，不仅桌子，就连这间办公室本身都让我感觉哪里不对。

办公室位于从赤坂见附车站出发徒步六分钟远的混用商厦里。如果只看地名，那里还算得上"一等地"，离某电视台很近，周边设施也相当方便。我起初很佩服她居然能租到这种地方，而且房租只要十二万日元！不过，办公室的面积确实不大，只有一层，不知有没有四十平方米，但对于只有我们两个人的公司来说，那是足够了。

但问题在于它的建造年份，说是建于东京奥林匹克运动会十年前，那么已有六十一年了。据说二十年前这里进行过一次大规模修缮，可仍然相当不妙，电梯没法用，设备也很老旧。都这个年代了，厕所还是蹲坑，而且因为漏水，地上常年湿漉漉的。墙上有很大的裂纹，地板又坑坑洼洼，最主要是很臭。我甚至觉得这房子租金要价十二万日元都嫌贵了。这副样子，我都不好意思在这招待客人。

但是，也只需再坚持一段时间就好。

我的打算是，只要《当我的人生一帆风顺时》能成功发售，成为畅销书，就搬去更好的办公室。

……但来到这里以后，我的野心也打了退堂鼓，因为我们最重视的企划一下子就受阻了。

前几天采访的樱并木堇的故事，跟期待中的大相径庭。我们本以为会是更戏剧性的内容（例如她遭到家人的背叛，事情背后有什么阴谋，或涉及犯罪之类），谁知她的败因，竟是作家常见的瓶颈期。故事本身还算有趣，可并没有特殊到足以当作卖点的地步。虽然她通过别的门路提交的原稿，还算让我有那么一点儿收获，但这又是另一件事了。嗯，是的，那件事，我决定先暂时不说，直到能最高效地利用那张手牌的时机到来为止。

比起这件事，眼下的问题是《当我的人生一帆风顺时》的采访对象。如果不能采访最大的卖点——市原俊惠……

"所以说，你放心吧。"

美绪又凑得更近了些。马克杯里的咖啡一阵猛晃，飞沫甚至溅到了我的衣服上。

"我身边就有个过得很失败的人。"

美绪两眼放光，不停地重复"失败"这个词。

我一边用湿巾擦拭衣服上的咖啡渍，一边心不在焉地听美绪说。

反正，肯定又是那种没什么大不了的失败吧？如果是随处可见的失败，那根本不够格。

"她无家可归了。"

美绪说。

"无家可归？"

"对，是一个主妇，变成了无家可归的流浪汉。她以前还当过高中老师呢。怎么样，是不是很感兴趣？"

我的手停了下来，然后我在思考之前便回答了她："嗯，很感兴趣。"

8

"我失败的理由吗？理由是……理由是……理由啊……"

女性像法庭里被赶上发言台的被告一样，伏下双眼默念道。

这位女性名叫村上英里子。

美绪带来的人就是她。

原本《当我的人生一帆风顺时》的第二位受访者预定为杀了四个人的市原俊惠，计划却陡然夭折。而这位女性，就是美绪找来替代的人。

据美绪说，村上女士实在太消沉了，看起来随时像是要自杀的样子，于是才找的她。

自杀？我不禁警惕起来。

采访一个连自杀都考虑过的人，风险会不会太大了？要是因为采访，进一步助长了她的自杀情绪……甚至，如果她真的自杀了，连我们的企划本身都会破灭的，那我们就血本无归了。

"没问题，她绝不是那种会自杀的人。"

可美绪却笑着，一句话盖过了我的担忧。

然后，她还像什么心理咨询师一样说："她只是整天把自杀挂在嘴边而已，那并不是她的真心话，因为她是个生命力比别人强上一倍的人呀。不过目前她的心灵确实受了很大的挫折。要是放着她不管，她就会变成从前我那个样子，整颗心变得又冷又硬，不论看到什么、听到什么，都不会再心动了。

"……嗯，也就是俗称的抑郁状态。必须要赶在自己变成那样之前，把堵在心里的话全都吐出来。要想做到这一点，最重要的是以俯瞰的视角来观察自己。

"也就是说，只要能客观审视自己失败的原因，那么应对的方法也会自然显现。我以前就是因为没有那么做，什么话都憋在心里，才会无法前进的。"

美绪的这番话很有说服力，足以令我大呼"原来如此"。

"所以，那个人在什么方面失败了？她到底搞砸了什么，才让自己无家可归的？"我问。

"选举。"

"啊？"

"所以说，就是选举啊。她呀，有决心参选是很好……可是落选了啊。"

美绪的神情，一下子从之前的心理咨询师，变成了东家长西家短的长舌妇。

"真是的，她也太欠考虑了。区区一个主妇，一个在超市里打工做收银员的普通主妇，居然去参加选举？正常人会这么做吗？当然了，她从前的确是在高中当过老师。"

"原来她以前是在超市收银的啊？"

"嗯，对。半年前，她还跟我在同一个超市里打工呢。之后她把田喜泽市的房子卖掉，去练马区买了套新公寓，也就不去那家超市打工了。"

"……我还以为她肯定会搬走，再也不回来了呢。有一天，对方却忽然打电话给我。她说，因为田喜泽市议会的议员席位有空缺，她决定要去参加补缺选举，所以希望我能给她投上公正的一票。"

"她去参选田喜泽市议会的议员了？可是，她不是搬去练马区了吗？"

"不是，所以说，这是搬家前不久的事呀。"

"她为什么忽然要去参选啊？明明马上都要搬家了。"

"对吧，你也很想知道吧？而且啊……"美绪压低声音，"问题就出在这个'补缺选举'上，为什么会忽然要进行补缺选举呢？"

"那当然是因为在现任议员任期结束之前，议会有了空缺的席位吧？"

"没错，但是，如果缺少的人数不到定额的六分之一，一般是不会进行补缺选举的。田喜泽市的议员定额是十八人。也就是说，如果不空出三个席位就不会进行补缺，但到去年为止，已经有两个议员因病请辞了。到了今年，又有第三个人辞职。好像就是因为这个，市里才紧急展开补缺选举的。"

这家伙明明不知道"上诉"是什么，对选举的事却格外清楚。

"谦也，你平时会参与投票吗？"

我总觉得她这个问题问得我浑身不自在，但我还是回答："不是我自夸，我一般不会积极去参与，尤其是市议会的选举，我一次都没去过。"

"我也是，如果是统一地方选举，那还会随波逐流投投票，但是市议会的单独选举……我就完全不感兴趣了。所以村上联系我的时候，我也就随便回答'这样啊，你要去参选啊，那你加油'之类的话。但是仔细想想，你不觉得很厉害吗？那可是选举啊，选举！那是一般人会去参加的吗？"

"但是，市议会议员这种职位，普通主妇应该也能参选吧？难度又没多高，要是在当地住得久，能混出各种各样的关系，所以还算有机会吧？"

"的确，是这样没错。村上不仅以前是高中老师，还加入了她小孩儿学校的家长委员会啊、町内会什么的。好像就是因为在这些地方做事受了好评，她才决定参选市议员的。"

"对吧？不是什么稀奇事。"

"所以说，问题不在那里！"

美绪忽然大叫起来，她的脸涨得通红。她的老毛病终于又犯了吗？我戒备起来。

"你不懂吗？问题在于为什么会忽然进行补缺选举啊！"

"所以说，不是因为空了三个位子吗？"

"对，前两个辞职的理由都是很常见的病退，但是第三个……就有点儿意外了！"

"那个人不是因为生病之类的吗？"

"猜对了，那个人也是生病。"

"什么嘛，那不就是常有的事吗？"

"哪有，才不是呢！"美绪的脸越来越红，然后她摆出一副正像是在选举台上演说的气势，提高了嗓门儿，"要问第三个议员为什么会生病……就是因为议员的亲戚被人杀了啊！"

"被人杀了？"

"没错，田喜泽市一家四口命案中被杀的那一家人，其实就是第三个议员的亲戚啊！"

"真的假的？"

"真的啊！我也是最近才知道这事的。"或许是为了给通红的脸降降温，美绪一口喝干了马克杯里已经凉透的咖啡，然后她继续说，"那个命案里，死掉的是丈夫、妻子和两个孩子，而那位妻子的伯父就是辞职的第三个市议会议员。案发之后他心神劳累，病倒了。听说从那以后，就一直在住院。

"话说回来，这也是一种缘分吗？在同一个超市打工的两个人里，有一个成了杀人犯，另一个却因为那起命案，要去参选市议会。而且，曾经是她们两人同事的我又在这里，计划采访她们！"

先不说这能不能称作缘分，看来美绪有门路这事是千真万确。

据她说，村上英里子尽管申请参选，却落选了，同时失去了她本来要买的公寓和此前居住的房子。此后她的丈夫失踪，孩子离家出走。成了孤家寡人的村上目前是在"网咖"里生活，也就是无家可归之人了。

"真的好可怜啊。她以前住在丽丘呢，那可是丽丘呀！是田喜泽市屈指可数的高级住宅区。可现在……她却拖着一只行李箱，辗转各地的网咖。落选之后，她就没了消息，所以我还挺担心她的，可我真没想到，她竟然会落魄成那副样子，真是太可怜了。"

"你是怎么知道她现在无家可归的？"

"是巧合呀，巧合。我碰巧在池袋车站碰见了她。当时村上看到是我，本来打算逃跑的，我追了上去，毕竟她看起来一副马上要死了的样子，我怎么能放着她不管呢？她真的好可怜啊。不久之前，她还住在丽丘呢。人啊，不过短短半年时间，人生就发生了天翻地覆的变化，真是太可怜了。"

嘴上这么说，美绪的眼睛却大放异彩。

他人的不幸甜如蜜。

啊，难不成这才是她真正的目的？

虽然她以前说，她希望这本书可以让人知道失败究竟是什么，也就是说，她的最终目的是做成一本成功学书籍，但其实，她只是想挖开别人的伤口，享受别人痛苦的样子吧？

没有什么东西比他人的失败更令人心动了。当然，这心动先在无意识中产生，再转换成"真可怜"的怜悯，然而一旦揭下这层怜悯的面具，就会暴露出哈哈大笑的素颜。

没错，嘲笑别人的失败也可以说是一种娱乐，而且恐怕是人类史上最古老的娱乐。例如，每当看到别人打猎出丑，或是摔得四仰八叉，又或在决斗中落败的样子，人类必定是这样一路大笑过来的。就连现在，搞笑逗乐的基本桥段也是"滑倒"。

原来如此，既然这样，这本书就更会大卖了。虽然表面上说自己的主旨是"提供前车之鉴"，但实际上，它的本质是用别人的失败经历当笑料的"娱乐"啊。

然而美绪本人似乎丝毫没有察觉到她低劣的本性。

"真是太可怜了。她还考虑过自杀呢，所以我才对她说，反正你都要死了，不如等把肚子里憋的话一股脑儿全吐出来再死吧。死的时候，肚子里要是塞满了说不出口的怨气，会很难投胎吧？"

她这算什么话啊？不，她的话直白到这个份儿上，或许对方反而会想要去抓这根救命稻草。美绪就这样轻轻松松拿到了对方的应承。

因此，第二位采访对象，就决定是村上英里子了。

十二月二十二日。过两天便是平安夜，在这一天，村上英里子应邀来到了某电视台附近的出租会议室。

我从盒子里拿出在附近日式点心店买的铜锣烧，推到村上英里子面前，一共是五个。她把这些一扫而空后，慢慢开始了讲述。

"我失败的理由吗？理由是……理由是……理由啊……"

村上英里子的眼珠滴溜溜打转，她左看看右看看，啪啦啦地摆弄手上铜锣烧的包装袋，然后她仿佛忽然想起什么似的，一口喝干了瓶装茶。

"我该从哪里开始说起呢……"村上英里子先是把目光固定在窗外，无声地叹息，"马上就到圣诞节了啊……"

我仿佛也受她影响，看向房里唯一的窗户。外面天色昏暗，但随处可见圣诞节彩灯闪烁的光芒。

"差不多就是去年的这个时候吧？我们俩第一次见面。"

美绪不知从哪儿变出一大盒点心，放在桌上。

"这是新大谷饭店的叶子饼。"

"哎呀，新大谷饭店！"

村上英里子的三白眼明显亮了亮。

"来这里之前，我正好去了一趟。你以前说过，你喜欢吃新大谷饭店的叶子饼嘛，结婚的时候还用它当作宾客礼盒了呢。我记得，你就是在新大谷饭店办的婚礼吧？"

"哎呀，亏你知道这件事呢。"

村上英里子一边伸手去拿叶子饼，一边直勾勾地盯着美绪的面孔。

"毕竟，你不是常常炫耀这件事吗？"

"我……有吗？"

"有呀，就是在去年这个时候，我在那家超市打小时工。第一天上班的时候，是你负责带我的，在快要给我说明完工作流程以后，你就很突然地说'我呀，婚礼是在新大谷饭店办的呢'。我当时想，你干吗忽然提这个啊？很快就看到，你的手上拿着婚礼专刊。村上，你是在给我讲解杂志货架那里该怎么摆货的时候，提到这件事的。"

"是这样吗？"

"还不止那一次呢。每次一有机会，你就会炫耀'我可是在新大谷饭店……'什么的。你知道吗？临时工背地里都管你叫'新大谷姐'。当然，我们小时工是从来没有这么叫过你的。那些做兼职的可真是残忍啊。"

到底谁比较残忍啊？

美绪这家伙，到底为什么要提这种话题？不，她从前就喜欢在聊天儿的时候忽然说起冒犯别人的事，让气氛降到冰点。可这次实在太明显了，威力还升级了。瞧瞧村上英里子的表情，简直像下一秒就要大声咆哮的样子。

我捏着一把冷汗，旁观两人对话。

"那些做兼职的？他们在背地里是那么叫我的吗？"

"是的，比如长谷部。你还记得吗？你们休息时间不是经常聊天儿吗？"

"啊，那个人。她果然不是什么好人，居然背后那样说我。"

"不过最开始给你取这个绰号的人，是正式员工就是了。"

"正式员工？"

"对，就是宫里副店长。"

"哦，宫里啊。"

村上英里子拿起一包叶子饼，"嚓"的一下粗暴地撕开包装。

"我有今天，就是那个宫里害的，她就是罪魁祸首。"

然后她一边"咔嚓咔嚓"大嚼饼干，一边凶神恶煞地开始了讲述。

当我的人生一帆风顺时

+

宫里京子。

她因为职务调动,来到盛大超市田喜泽南店工作是在两年前。

这个人本来好像是在盛大超市总公司企划部上班的,也不知道到底捅了什么娄子,被贬到地方店铺来当代理副店长了。

你说宫里背地里管我叫"新大谷姐"?而且是因为我整天炫耀这件事?

哈哈!最爱炫耀的人是她吧。天天把总部的事挂在嘴边,什么"在总部都是这样的",还有"总部可不会那样"。

话又说回来,唉,市原姐她也挺可怜的,居然被判了死刑。不过,嗯,也没办法,她一时冲动,杀了四个人嘛。我记得,那时候市原姐很明显没把宫里当回事来着,她还说:"那个人呀,天天炫耀自己是总部来的,其实就是个'普岗',在总部好像也就给别人打打下手,根本没什么好自豪的啊。"

顺便一说,所谓的"普岗",就是指一般职[1]……哦,落合,这个你应该比我清楚吧。你还在上班的时候不是综合职吗?

……你问我为什么这么清楚?因为宫里她很兴奋地把来应征小时

---

[1] 一般职负责的工作较为固定,以辅助综合职为主,同时升迁机会较综合职也更少。——译者注

工的人的简历拿给我看啊。

就是呀，那个人把应聘者的简历像传阅文件一样传给所有人看，也就是把个人隐私当下酒菜喽，真是太不知羞耻了。

然后，一旦有像你这样简历好看的人过来应聘，她就真的特别高兴，会一边说：" 以前上班的单位这么好，职位这么高的人，居然跑来应聘收银员，可惜了这么好的履历！" 一边咧着嘴坏笑呢。

看见宫里这个样子，市原姐打从心底里讨厌她。市原姐这个人心气很高的，大概很讨厌宫里这种人吧，不过宫里也很讨厌市原姐就是了。她俩的性格，就像水和油，不，应该是同类相斥。没错，其实她们两个，从根本上讲有一部分是很像的。

哦，对了对了，说到这个。

市原姐杀的那家人，其实是宫里的熟人。你知道吗？那家太太跟宫里好像是老同学。宫里是田喜泽市出身的人哟。

也就是说，她会调到田喜泽南店上班不是偶然，是因为这是她老家。大概是总部的人事想着给她一点慈悲吧，但是对她本人就很尴尬了，毕竟这里有一大堆她的熟人啊。一个从前意气风发地去银座总部大厦上班的人，接下来却要穿上那身土气的制服，跟临时工和小时工混在一起接客。

那身制服真是够土的。到底是谁设计的啊？就跟囚犯的衣服似的，要不就是像路边卖艺的。你知道吗？附近的小孩儿都管我们叫小丑呢。

所以啊，宫里不是很少到卖场里来吗？她说什么自己是副店长，老是窝在后场不出来。她明明根本不是真正的副店长，而是"代理"，而且那明明只是个徒有其名的空头职务。连店长都会亲自来卖场，从收银到贴价签，什么都做。她一个代理副店长，有什么脸一直缩在后场啊？

不过那个店长也是，有点太注重一线工作了。毕竟店长嘛，坐在办公桌后面摆摆谱就行的，那个店长却从打扫到捡垃圾，什么活儿都带头干。不过人家本来就是从一线员工提拔上去的，倒也难怪。可就算这样，天天贴在官里屁股后头跑又算什么呢？店长一碰到总部的人就不敢说话啊。

……算了，这些事都无所谓。

你们想听的，是我参加选举失败的理由对吧？

……我该从哪里开始说起呢？

+

村上英里子说到这里，欲言又止。她那薄薄的、有裂纹的嘴唇四处脱皮，微微渗出血来。不，那不是血，是红豆馅，是先前她吃的那些铜锣烧里的红豆馅。我正想着，只见她的舌尖从唇缝中一下子探出来，然后它仿佛什么奇异的天外生物一样，准确地卷走了红豆馅。

黑暗的念头在我心中涌动。

面前的这个女人，半年前还是个足以参加当地选举的人物。

虽然说是选举，也就是市议会的议员而已。

但她既然能参选，说明她应该有相应的人格、人望和人品吧？何况她从前确实是当高中老师的，还住在高级住宅区里呢。嗯？

我垂下目光，看了看美绪准备好的资料。这是一份有关村上英里子的简略档案。

这档案里，完全没有关于她丈夫的详细记述。我问了美绪，她也说不清楚。

相反，村上家曾经居住的那栋房子的信息，占据了简介大半篇幅，而且"二〇〇四年五月竣工""售价四千五百万日元""占地面积一百八十九点八三平方米""建筑面积一百零二点三七平方米""4LDK"这些部分用粉色高亮标出，再加上"二〇一五年五月""以四千万日元卖出"这两个部分除了高亮，还用红笔画上了波浪线。

不仅如此。

"贷款余额两千万日元"这里更是用笔用力画了好几圈。

也就是说，卖房所得四千万日元减去贷款余额两千万，得到的两千万日元，就是目前留在村上一家人手头的钱。

不过据美绪说，这笔钱已经做了练马区那套新筑公寓的首付，所以即使留下来了，也不是以现金的形式。

即便如此，村上家也没有倒赔，可以说幸运地顺利换房了。换购新房时，一个不好可能会陷入背负双重贷款的局面，但村上家已经避免了这种最糟糕的情况。

可为什么她会落到这步田地，连吃铜锣烧时沾在嘴边的红豆馅，都依依不舍地舔个干净呢？

再者说，作为以前住在高级住宅区的人，她的收入应该不菲吧？说到底，她老公到底是做什么职业的啊？

"我老公失踪了。"

村上英里子一边吃叶子饼一边说。

"啊，这一点我们听说了。因为这次的事，您丈夫失踪，孩子离家出走……"

我如此回应，村上英里子却回答："不对！"

她仿佛在呵斥答错问题的学生。

"我老公失踪，是在十年前，也就是我买了丽丘那栋房子的第二年。"

"什么？"

我和美绪同时做出反应。我扭头看美绪，她一副"我也不知道啊"的样子轻轻摇头。

"啊，不好意思，关于我丈夫失踪的事，我对打工单位的同事实在说不出口。"村上英里子耸耸肩，"所以，我才表现得好像老公还在家一样。"

"啊，不过这样就对得上了。"

美绪轻快地一拍手。

"我一直觉得奇怪,丽丘可是个高级住宅区,传说还有很多名人住在那里啊。我早就在想,你一个住在丽丘的富家太太,怎么还要来打工呢?"

"那地方虽然叫丽丘,其实就是个普通住宅地,才不是大家想象中的什么'高端住宅区'。那边住的都是普通的上班族、普通的太太,还有普普通通的小孩子。的确,是有零星几个名人也住在那儿,但他们反而才是例外。我再强调一遍,丽丘,是个很普通的地方,是S不动产公司新开发的住宅楼盘。那里本来就是荒无人烟的沼泽地啊。"

"那里以前……是沼泽地?"

我这么一问,村上英里子的下眼皮倏地一抽搐。她没理会我的问题,继续说:"所以,住在那儿的太太去打工,根本不是什么稀奇事。到了年底,丽丘起码一半的太太都会跑去邮局打工呢。"

"啊,那边我也去过一次,分拣贺年卡的工作对吧?虽然我干了一天就不干了,因为那份工作也太辛苦了吧!真是的!"

美绪豪迈地扯开一块叶子饼的包装袋。她取出内容物,像参加大胃王比赛的选手一样,"咔嚓咔嚓咔嚓"地把那块饼干按进自己口中。

村上英里子不甘落后,也拿走了一块叶子饼。

"话虽这么说,但老公不见踪影的只有我们一家,所以我先是跟邻居说,我老公是去国外单身赴任,可后来实在是瞒不住了。"

"啊,难道就是因为这个,你才换了东京都内的房子吗?"

"没错，我家孩子读书也在都内，我觉得是个好机会。"

"原来如此！我记得你家孩子考上了K高中吧，K高中分数线可高了，真厉害啊！"

美绪以目不暇接的速度吃完一块又一块饼干，村上英里子紧追其后。

整张桌子上已经掉满了饼干屑。要是我再继续发呆，连自己身上都会沾满饼干屑的。再这么下去，这儿真成了叶子饼快吃大赛现场了。话虽如此，可美绪并没有忘记她原本的职责。

"那……你家孩子现在怎么样了？"

听到这话，村上英里子停了下来。

"所以说，"她慢慢把手里的叶子饼放在桌上，"孩子离家出走了啊，就是因为这次的事。"

"哦，对。"美绪也停下了手，姑且摆出一副严肃的神情，但她并没有忘记提问，"……那你老公是为什么失踪的？"

美绪这家伙，虽然平时看不出来，但她或许挺适合给人做采访的。

"十年前，你的老公为什么会失踪呢？"

村上英里子向沙发背上靠了靠，一副败给美绪的提问轰炸的架势，自暴自弃地开口道："他跟那女人跑了。"

"跟女人跑了？"我不禁大喊出声。眼前这两个女人早就遗忘了我的存在，因此这声大叫也包含"倒是让我也能听明白啊"的意思在内。

"对,他跟那女人一起失踪的。说是失踪,其实我知道他人在哪,因为失踪第二年他联系我了,求我跟他离婚。我当时就骂他不要开玩笑,这样孩子多可怜啊,要是没有父亲的话,各方面都会很难过的,比如说在学校里。所以我就吼了他一顿,说在孩子成年之前我是不会离婚的。毕竟,我还要让他跟之前一样付生活费和抚养费啊。如果正式离婚了,可能就会让他跑了嘛,所以我们一直维持着徒有其表的婚姻。"

"那与其说是他失踪了……"我为了整理脑海里乱作一团的信息说道,"更像是你们在分居吗?"

"嗯,差不多吧。"

"您丈夫目前身在何处?"我一副新闻记者的架势,拿着笔探出身子。

"菲律宾。"

"菲律宾?"

"他在菲律宾开了家拉面馆,听说生意还挺火爆的。你看,日式拉面在全世界不是都挺受欢迎的吗?"

"您丈夫还真是豁得出去啊……啊,那么,请问他的对象是?"

"是个菲律宾人。他们在车站附近的菲律宾酒吧认识,然后他就彻底沦陷了。人家对他一口一个'社长'地叫,他也就以社长自居了吧?肯定没错。这男人真是气死我了。"

"您丈夫本来的职业是什么?"

"他以前在广告公司上班,G公司。"

"G公司可是超级大企业啊!"美绪探出她圆滚滚的身子,大叫起来,"我以前也跟G公司有不少业务来往的!啊,真怀念!我到现在都忘不了他们的便当啊!"

……便当?我瞟了美绪一眼,只见她手里又抓了一块叶子饼。

"有'今半'的寿喜烧便当,有'叙叙苑'的烤肉便当,还有'月村'的幕之内便当……'白金屋'的稻荷寿司也超好吃的!每次去磋商,他们都会提供员工餐。每次我差不多都是为了吃那个便当才去参加磋商的呢。"

美绪列举的便当每一种都是高档品。根据具体食材,一份要价可能得两三千日元。不愧是G公司,招待起客人来真是一丝不苟。美绪的上司受到的招待只会比这更夸张。传闻G社的接待规模那可不是开玩笑的。

"话是这么说,但我老公自打进了公司,就一直在财会部门打转……"

+

所以,他的部门跟接待无缘,反而是负责监督过度接待的部门。

他是个很认真的人,而且还很节俭,花钱省到我看了都着急的地步。另外,他这人还异常神经质。

我和丈夫是同乡，都来自群马县的一个小镇，我们是经熟人的介绍去参加了相亲。我还在当地的时候是那儿的高中老师，说是老师，也只是兼职的讲师，每周过去三次，教的是美术。

没错，我本来是美大毕业的，还是东京挺有名气的美大，可我没有才华。虽然在我们老家，我是个引人注目的天才，但升入大学之后，就是个凡人了，因为其他人都太厉害了啊。

所以毕业之后呢，我打算找份普通的工作，就看准广告公司什么的去求职，但是没一家要我。于是我就回老家了。

当然了，我也觉得我那时候挺悲惨的。

直到高中我都是大赛的常客，还拿了不少奖。老家市政府的墙上，现在还展览着我画的壁画呢。

周围的人都很看好我，觉得我以后肯定能成为很厉害的艺术家，可我却丢人现眼地从东京逃了回来。我当时在老家真是待不下去啊，感觉每条街上的人都在小声说我辜负了他们的期待。

就是在我那么失意的时候，别人建议我去相亲的。相亲对象好像还跟我沾点儿亲缘呢，不过实在是太远的亲戚了，其实几乎没有关系。

说实话，他不是我的菜，甚至还是我讨厌的类型。

不过，他在大型广告公司上班这点吸引了我，而且正好还是我求职时刷掉我的那家公司，那就更吸引人了。

可能不知不觉中，没能进入广告公司工作的事成了我的心魔吧，不过只要我能跟这个人结婚，或许就能洗刷当时的屈辱了……我之所

当我的人生一帆风顺时

以会跟他结婚，就是这么动机不纯。

如果老公在广告公司上班，我就可以跟朋友炫耀，亲戚之间说起来也好听，毕竟那边待遇不错嘛。大家也确实都很羡慕我。听到他们说"好厉害呀""好羡慕你呀"之类的时候，爽得我都感觉自己要融化了。

但我最大的目的，其实是离开那个我从小长大的地方。我觉得，只要能跟在东京都市中心工作的人结婚，我就能离开故乡了。

动机越来越不纯粹了是吧？但是，结婚不就是这样的吗？

……落合，你也一样吧？不是吗？

不过现在想来的话，他……我老公，之所以会跟我结婚，好像也是另有所图。总之，他当时非常急着结婚，毕竟相亲的时候，他都过了四十岁了，不论他的家人还是公司的同事，好像都绕着弯子给他施加压力，叫他赶紧结婚呢。

男人要是一把年纪还未婚，也会被很多人碎嘴嘛。这点跟女人一样，"单身贵族"什么的，如果没有相应的脸蛋、经历和气场，那可不是说当就能当的。更何况，"贵族"这个词本来就是讽刺。

……哎呀，土谷先生，难道你是单身？

+

村上英里子看了看我，目光中明显带有怜悯。

"嗯，我是单身。"

而我话音未落，美绪便在一旁插嘴："对，这个人就是所谓的单身贵族。"

"您到现在都没结过婚吗？"村上英里子继续发问。

"就是呀，他还没离婚呢。"美绪又把我丢在一边，如此回答。

"真的是，男人的话，履历上最少有一次离婚反而比较镀金，可是谦也他呀，却是一张白纸。真是太丢人了。"

美绪到底是以什么立场说的这话啊？我先前就隐约觉得有点儿不对，如今这违和感越发强烈。为什么她一直"谦也、谦也"的，直呼我的名字？就连我们还在交往时，她都从未用"谦也"这么自来熟的叫法称呼过我。她这么叫，听起来简直像我们有什么特殊关系啊。

"那个……我能问个问题吗？"

村上英里子看着我，那目光，就仿佛是在电车上聚精会神地阅读车顶悬挂的女性杂志广告。

"你们两位是什么关系啊？"

"什么关系都没有！"

听她这么问，我反射性地回答。可美绪这家伙却在一边宣称："讨厌啦，怎么可能什么关系都没有呢？你也看到了，我们是工作上的搭档啦。"甚至，她还进一步说出"我们可是订过婚的呢"这种话。

……订婚？我们俩订过婚了？从前我的确有把结婚这事放在心

当我的人生一帆风顺时

上，可我怎么不知道进展到订婚那一步了？

"我们俩都已经订婚了，谦也却一直不肯具体地计划结婚的事，所以我才先抽身的。"

你竟敢说你是"抽身"？才不是啊，实情是——

"呀，那你还真惨。"

"那个时候，我真是烦恼得要死了。"

"到了紧要关头却犹豫的男人真是讨厌啊。"

"说得太对了。在这点上，我现任老公就很会拿主意。"

"男人还是要找能拍板的啊。"

"但我老公这个人又太有主意了，连说都不跟我说一句就做了重大决定呢。"

"哦，这么说来，他辞了职，去开健身房了是吧？"

"是呀，所以我也想开启自己的新事业。就在此时，谦也来邀我，所以才开了这家出版社的。"

什么叫我邀请你？不对吧，实际是——

"那你们两位真是有缘。"村上英里子意味深长地笑了笑，"都分手过一次，却还能像这样一起工作。"

"其实，是我的祖父母对我说，谦也是我命中注定的人。"

听到她这话，我感到浑身窜过一阵寒意。命中注定的人？不对，绝对不是。我可是有意中人的，我可是喜欢驹田小姐的！

"不过，谦也已经认定一个人了吧？"

美绪仿佛看穿我的心声一般说道。

我夸张地点了点头,表示"没错"。

"那你还是尽早跟对方在一起为好。"村上英里子嘲弄道,"不然的话,不知道别人会怎么说呢,毕竟,一个男人过了四十岁还没结过婚,这要让别人在背后议论起来,可比女人还难听啊。"她像个长老一样独自点了点头,然后继续说:"不过,因为是今天,我才说一句,我建议你还是和自己真正喜欢的人结婚。如果是为了世人的目光,或者钱之类的小算盘才结婚,那一定会失败的。我就是最好的例子。"

+

不过,反正那个人跟我结婚,也只是为了自己的算计,因为我比他小了整整十五岁,他大概很想跟别人炫耀自己娶了个年轻老婆吧。不过说是年轻,那时我也有二十六岁了啊。

如此这般,我们就在完全没有爱情的状态下结婚了,那是在一九九八年……也就是十七年前。

第二年我怀了孩子,又过了五年,我们在丽丘买了独栋的房屋。

到那时为止都是一帆风顺的。虽然我们之间完全没有爱情,但怎么说呢,我们夫妻靠着不同于恋爱的另一种"情"结合在一起了。不过,看来最终这么想的只有我一个人,他的"情"从结婚时开始就没有给过我。虽然他会帮忙一起维护夫妻的形式，但那估计让他越来越痛苦了吧，从买了那栋房子之后，他就不回家了。

然后，他就失踪喽。

所幸，银行账户还原样留着，所以我当时能靠那里面的钱生活。他主动联系我以后，也给我打了生活费和抚养费，我跟小孩儿两个人勉强还能生存。

但是我老公不回家的事渐渐被邻居们知道了……虽说似乎很早以前就穿帮了。

然后我就渐渐在那个镇子待不下去了。嗯……好像也有点儿不对。

的确，多少是有点儿待不下去了，但最大的理由……是虚荣吧。

没错，虚荣。

一个妻子被丈夫抛弃，传出去真的很难听。大家都小心翼翼地跟你说话，哪怕只是随便聊两句家常，他们都会斟酌措辞。

这该叫什么？特别露骨地被所有人同情的感觉？

同情，不是人们对不如自己的人才有的情感吗？也就是说，整个镇子的人都觉得我低他们一等，我成了整个镇子的人怜悯的对象。

我就是丽丘的最底层。

你说我想太多？不，我没有。整个镇的人都因为有我这么一个值得怜悯的对象而认识到"自己过得很幸福"。没错，怜悯只不过是翻了个面的优越感，或者是那些通过怜悯别人能够有所收获的善人的自我满足。也就是说,我不过是一个为了满足丽丘其他居民的优越感和自我满足,而存在的"装置"。

当然,也有反过来抓住自己是"装置"这点,去利用人们的好意和施舍这一招儿。不如说,那样活着大概会更轻松吧。

但我做不到。这跟我在老家的时候一样,我就是因为无论如何都不想被别人看作是"在城里混不下去而逃回来"的人,才会跟我并不喜欢的人结了婚。

这次也一样。

我可不是其他人怜悯的对象!因为,我是成功人士啊!为了展示这点,我才在东京都买了新建的公寓。

当然啦……我也觉得自己这样挺欠考虑的。可是有一天,我随手翻翻传单,不就看到了那套以三千万日元出售的练马区新房了吗?五十五平方米,2LDK,还朝北。条件比我之前住的房子差多了,但我和孩子两个人住的话就足够了。何况,它在东京二十三区内啊。就算一整天都晒不到太阳,就算离车站很远,就算房子面对着高速路,我也完全不在乎,毕竟,那可是东京二十三区!其实,我骨子里还是个乡下人,对二十三区的名号完全没有抵抗力。真的,我心里还有作为乡下人的自卑情结,实在可悲。

扯远了,我回到之前的话题。

丽丘的那套房子,二手卖价大概三千五百多万日元。如果顺利的话,可以用卖房的钱还完贷款,而且还能匀出首付来。实际卖的时候，事情的走向也跟我预想的差不多，不，甚至比我预想的还要好。

我也没想到，丽丘的房子竟然卖了四千万日元！十一年前花四千五百万日元买的房，卖了四千万日元啊！虽然社会上说这说那，但楼市行情还是向好的嘛，我真的很吃惊。

这样贷款就还清了，甚至还能多出两千万作首付。剩下就是贷款审查了。我抱着试试看的心理，用我老公的名义去申请了贷款，而我老公好像在菲律宾赚了不少钱，轻轻松松就通过了审查。当然，我跟他打过招呼的。他好像是想把这笔钱当分手费，以达到他离婚的目的。不过嘛，我也有我的想法……我打算将来把公寓的名字改成自己的，那样的话跟他离婚也不是不行。

因为，那样一来每个月的贷款只要还五万日元就好了啊。要是那样的话，靠我打工挣的钱和老公给的分手费，我跟小孩儿两个人虽然奢侈不了，但普通生活还是没问题的。所以，我那时才打算跟老公断个干净。

到此为止事情都很顺利，直到这一步……

就是那个时候，宫里忽然说了那种话……

+

"这位宫里是……"

我一开口，美绪立刻用胳膊肘顶了顶我。

"所以说,宫里就是盛大超市田喜泽南店的代理副店长。刚刚不是介绍过了吗?他是从总部被贬到店里的正式员工。"

哦,对。我的目光落到记笔记的纸条上。

"宫里,盛大超市田喜泽南店代理副店长。"

上面清清楚楚地记着呢。

话又说回来,笔记上的东西真是一团乱。"新大谷""失踪""菲律宾""拉面馆""丽丘""虚荣""贵族""算盘""练马""底层"……

我只是原样记述了村上英里子说的重点,可只看这些关键词,根本不懂记了些什么……简直就是涂鸦。不,哪怕随手涂鸦也会基于特定法则,可只看这张笔记的话,根本察觉不到其中有任何规律。

我渐渐搞不懂我到底在采访什么了。

"宫里那个人,真是太讨厌了。"

而且,美绪老是这样在旁边横插一嘴,让话题的走向变得更加混沌。

我在"宫里"二字旁边添上"讨厌的人"字样。

+

就是那个宫里,她说了那句话。

"你有没有兴趣参加选举啊?"

她忽然这么问，你说叫我怎么回答？

本来我会随便说句"啊，嗯……不好说"搪塞过去，可那个时候房子多卖了不少钱，新房的贷款审查又通过了，我就有点儿兴奋。而且要是我回答"没兴趣"，感觉又会被宫里看不起，所以我就当着她的面说：

"选举？我超感兴趣的，我都想自己报名当候选人呢。这年头的政治啊，简直充满了错误，真想给它来一拳，打出个窗户通通风。"

现在想想，这说的是什么傻话啊！

不过一般人都会把这种话当作玩笑吧？可宫里却没有。

她说："那你要不要试试去竞选？"

一开始，我还以为是在盛大超市田喜泽南店内部要搞个什么选举，比如有个提升营业额的企划，需要选个组长之类的。那类的选举之前也有过，正式员工、小时工、临时工，无关立场，纯粹选一个人出来带队的那种。八成是从偶像选举之类的活动学来的形式吧。

所以，我以为这次也一样，就回答："竞选？嗯……很可惜，我最近正好打算辞职不干了呢。"

其实我本来不想让宫里知道我要辞职，本来打算只跟店长悄悄打个招呼，到了时间就默默走人的，因为要是让宫里知道，各方面都会很麻烦。她可是个大嘴巴，而且还会添油加醋，说些有的没的。

但是那个时候的我，因为比较亢奋，口风就松了。然后宫里就说："啊，你准备辞职啊？真巧，那更好了。"

"啊?"

我愣在原地,宫里就张开她那张机关枪一样的嘴,叭叭叭一个劲儿地说了下去:

"其实啊,最近市里要组织一次市议会议员的补缺选举,我就在找能参选的人。啊?你问为什么是我来找?别往外传,其实我父亲是某个政党的党员,他们党派找他谈了谈,说希望这次选举能选个公认候选人①,最好是女性,能展现女性的独立自主和积极活跃就更好了。我听了这话,脑子里首先想到的就是你。"

说实话,我听了感觉还不错,甚至还挺受用,因为虽然我平时跟宫里不对付……但她认为我是能展现女性独立自主和积极活跃的人呢!

不过当然,我当时本打算拒绝的。

"不不不,我不行的,毕竟我马上要搬走,想参选市议会议员的话,必须要是住在田喜泽市的人吧?"

而宫里也没有放弃:"那你的搬家计划能不能往后推几天?"

"不行的,房子的买主都找好了。按照合同,我下个月就必须把房子搬空了。"

"你说的合同不能作废吗?"

---

① 日本政党对候选人的支持方式分为公认、推荐、支持三种。支持力度从高到低。某政党在某选举区的"公认"候选人将强力代表该政党,受到该政党及相关政治团体在各个方面的大力援助。——译者注

"都说不行了。"

"你为什么不住在丽丘了啊？那里不是个好地方吗？别卖房子啦。"

被她这么一说，我也有点儿动摇，毕竟，丽丘的确是个好地方。虽然跟邻居交流有点儿尴尬，但是，那地方真的不错，而且这次房子卖了四千万日元的高价，我自己也不由得重新审视了一遍丽丘。然后我觉得，虽然说这说那，这片土地的确是物有所值。相反，我准备搬过去住的那套练马的房子呢……虽然是新房，可是又小、又暗、又吵……其实我不太提得起劲搬过去。于是官里继续抓住我的犹豫，说："你现在卖丽丘的房子，那就太可惜了。"

据她说，丽丘的房价以后还会继续大涨。附近要建个著名大商场，所以到时候，房价才真是鲤鱼跃龙门呢。等到三年后，房价会涨到六千万日元。所以反正要卖，她建议我不如等到那时候。

她这么一说，我不就晕头转向了吗？

"可是，还是不行。买主连定金都打给我了呀。"

"定金有多少钱？"

"卖价的十分之一，也就是四百万日元。"

"这笔钱你花掉了吗？"

"还没，还存在户头上。"

"那你把钱退回去嘛。然后，合同最好也作废。"

"……可是，还是不行。要是这么做，练马区公寓的定金就没了。"

"那边是多少钱?"

"三百二十万日元。"

"那你不如放弃掉好啦,干脆点儿。三年后这房子还能比现在多卖两千万日元,比起眼前的三百二十万日元,要是我的话,肯定会选三年后的两千万日元。这可是投资者的常识。"

她说到这个份上,即便是我,别说晕头转向,根本就一败涂地了。我彻底被带进她的节奏了。

"所以说,你丽丘的房子先别卖,还按原样住着,然后,你要以住在丽丘的家庭主妇代表的身份去参加竞选。"

"啊,那还是不行。"

"为什么?"

"因为……我要离婚了。不如说,我跟我老公的婚姻早就名存实亡了,所以'主妇'这个头衔根本没有说服力。"

就是啊,所以我还是不能去竞选。一想到这里,我的心里忽然觉得好遗憾。

真是不可思议。明明前不久连做梦都梦不到自己要参加竞选这种事,可对方一提,我心里就飞快地浮现了各种图景:我成了议员,每天四处奔走;我向着秘书,还有后援会的人发号施令;我在议会里宣讲何谓正义……幻想中的那些身姿,仿佛一口气逆转了我至今为止寒酸的人生。这可是"底层"的大翻盘。而且,要是能成为议员的话,姑且是有工资拿的。田喜泽市议员的工资，我记得年入能破一千万日元吧。市里做宣传的时候是提到过这一点的。

年收入一千万日元！

这个数字，轰的一下在我心里膨胀开来。

"虽然我不能以主妇的身份参战，但作为单亲妈妈的话，或许能打开一个切入口。"

不知何时，我竟然自己开始提议了。

"不是单纯的单亲妈妈，而是有过丈夫逃家经历的可悲妻子。我要刻意展现出自己实际上想对大众隐瞒的部分，因为我觉得还有很多女性的境遇跟我相似。我们都是在结婚这个系统里饱尝屈辱的悲惨女性，我们被结婚这个系统牢牢捆住，没办法自立。宣传口号，就说是为了争取这类人的权利与保障……你觉得如何？"

"不错呢，就这么来吧。"

"那我马上去正式申请离婚。尽管遍体鳞伤，但我还是逃离了屈辱的结婚生活。有这样的背景故事，才更容易收集到同情票吧？"

从那之后，事情就一路顺风顺水。还没等我反应过来，自己已经参选了。

等我回过神，我就站在了选举车上。

话又说回来，选举真的很花钱。明明只是竞选市议会的一个小小议员，我却一不留神就花了五百万日元。还差一点点就要超过法定选举费用限额了。你看，除了选举保证金，还有人工费、事务所费、广告费……还有这个，还有那个。反正，就是很花钱，很花钱啊！

可党派却几乎没赞助我什么。本来按官里说的，大部分选举开销都会由政党来出……可实际情况却不是"公认"，而是"推荐[1]"，所以他们赞助的选举费也少得可怜。

但是我本来想，要是能当选的话，五百万日元一下子就收回来了。

毕竟，年收入可是有一千万日元啊！

可是……

可是，我却落选了，落选！

在那之后，我的生活就坠入了地狱。

选举花掉的五百万日元，直接变成了我背的债。

而且，而且……

因为我中止了丽丘那套房子的卖房合同，于是要背四百万日元的债。落合，我之前跟你解释过吧？房屋买卖合同上规定，如果是卖方原因中止交易，就必须加倍退还定金。虽然我当时自己说了那些话，可这事一旦发生在自己身上的时候，人就会忘记啊。我也彻底忘记了，我以为把那四百万日元原原本本退回去就行了。我太天真了。

也就是说。不仅选举花掉的那五百万日元，还要加上四百万日元，我一口气背上了合计九百万日元的负债。打工的活儿也辞了，收

---

[1] 日本政党对候选人的三档支持方式之一。"推荐"不会获得政党总部的"公认"，但能因其提倡的理念与政策与该政党相近，而受到都道府县联的支持。支持力度较"公认"候选人弱。——译者注

当我的人生一帆风顺时

入为零。我本来想和前夫求助，但对方说我们都离婚了，直接甩我冷脸，而且，丽丘那套房的房贷我也付不起，现在被银行扣押了。

于是，我不但丢了工作，也丢了房子，就连孩子都受不了我，离开我了。

我家小孩儿啊，直到最后一刻都是反对的。他反对我参选，还说如果我执意要参选，就跟我断绝母子关系。我是顶着这样的压力去参选的啊。

我做了对不起他的事。虽然本来我去参选也是为了小孩儿着想，毕竟我觉得，难得孩子考上K高中，当妈的却是个打工的，会让孩子在学校里很自卑吧？

可是，到最后我却欠了一屁股债，连小孩上学的学费都付不起了，所以，孩子只好自主退学。他给我留了一张纸条，上面写着"我不会再回来了"，就不知去哪里了。

……怎么样，是不是很好笑？

就是因为去参加了竞选，我才失去了一帆风顺的生活。

但是啊，我失败的理由并不是这个。

应该是……应该是潜藏在更深处的什么东西。

虽然我也说不好。

……没错，是虚荣。就我的情况而言，就是"虚荣"促使我选择了错误的道路。

可是，谁又能反抗"虚荣"呢？毕竟，那是一种非常甜蜜的心动啊。可仔细一想，心动可能也是一种警告吧，警告我……不要走上那条路，不要选择那条路。

但是，就像源于恐惧的心跳跟恋爱时的心动很相似，或许那种警告，和真正的心动也是表里一体，很难轻易区分的吧。

+

原来如此，这是吊桥效应吗？

那是一种……人走在吊桥上时，感受到的（源于恐惧的）兴奋心理。它有可能会被误解成恋爱的感觉。

要是这样的话，我现在所感受到的心动，或许也是我心中的恐惧对我发出的警告。

我回到家已是晚上九点过后了。

很难得的是，全家人都聚集在客厅里。祖母、父亲、母亲、妹妹，还有出嫁的姐姐。

"等你很久了，谦也。"

首先开口的人是姐姐。她脸上洋溢着非同寻常的决心。我以前见过她这副表情。没错，就是在她退出剧团之前，最后宣布决定时。

"我，嵯峨野摩耶，决定退出演艺界，然后结婚。"

从那以后，过了五年。

我的这个姐姐又要发表什么重大决定了。

"既然大家都到齐了,那么,我要宣布一件重要的事。"

瞧,来了吧。我摆好架势。

"我……离婚了。"

然而,大家听到这个消息,都没表现出惊讶。这么说是因为,她的离婚早已进入倒计时。说到底,当初她结婚本身就是个错误的决定,甚至我还觉得她这婚离得太晚了。

然而,她的下一句话,吓破了全家人的胆。

"我准备去参加下一届众议院选举。"

案例4
结婚

9

"那么，接下来开始表决。"

四周的空气一下子紧绷起来。

"认为今日缺席的1006室小谷业主……适合担任理事长的人请举手。"

十四只手一齐举起。

……在那一瞬间，我绷紧的肩膀才一下子放松下去，但长年以来僵硬无比的肩是很难恢复原样的。即便如此，目前最大的未决事项还是解决了。我抚着胸口，由衷地松了一口气。

第十三届田喜泽天际乐园理事成员第一次会议召开，是在去年四月份第一个周六的上午十点。由于我没出席在前一个月召开的业委会，所以被强行推选为总共十五个人的理事会成员。

我听说理事员是轮班制的，但根本没想到居然会轮到刚刚搬来的我头上。其实，根本就不是什么轮班制，而是缺席者审判。实际上，只是把麻烦的职位推给没到场的人而已。证据就是，在理事会召开当天被选为理事长的人是缺席没来的居民。

啊，我这么说，您是不是听不太懂？按顺序解说的话，是这样，在田喜泽天际乐园这栋住宅楼里，每年会召开一次业委会。这楼里的二百一十三户业主全都会到场。顺便一提，这二百一十三户里有大概一半都是租给别人住的，但房屋的真正拥有者也有义务出席这次会议。

而我在去年购买了田喜泽天际乐园的二手房，因此，这次是我第一次参加业委会，但是基于个人原因，我最后没有出席。其实，我有点顾虑，因为我之前住的公寓会在出席的人里挑选理事员，并决定职务。管理公司的人觉得，就算把事情推给缺席的人去做，大概也不会得到认真对待吧。于是，出席了第一次业委会的我们夫妻，就此被安上了理事长的头衔。既然当了理事长，之后我也不好缺席，结果第二年当书记，第三年当监事，第四年当会计……落得每年都被强塞职位的下场。到了最后，竟然还有人说"那个人是不是自己很想当官啊"这种话。我听了这话，真是气得无话可说。真是的，不论到哪里，都有一大堆事不关己高高挂起的人啊。这种人明明自己什么都不做，嘴上却只会抱怨。大部分来投诉的人，都是一次也没有出席过业委会的人。不过，最让我生气的是我老公。名目上这些职位本来应该是让户主，也就是丈夫来当的，可他却说自己工作忙，什么都不肯干！所有的事，最后全都丢给我。我想找他商量，可他都不肯听我说一句。我老公那个人，就算我找他讨论事情，他也只会说"这点儿小事你随便对付一下不就好了"，从来不把业委会的事情当回事。他还说那些工

当我的人生一帆风顺时

作简单到小孩儿都能干呢，说什么"不就跟小学生组织的学生会一样吗"。男人真是的，只要是没法换算成钱的工作，他们都不屑一顾，所以他们才会轻视家务劳动，连洗衣机都从来没用过，却只会抱怨个没完！

……啊，不好意思，我们是在说田喜泽天际乐园的事来着。

田喜泽天际乐园，是这一带最好的高层公寓。其实，在这栋大楼建成的时候，我是第一个跑来申请购房的，但是抽选购房资格的时候没抽到我，所以没办法，我只好去买隔壁镇的房了。

不过，自那以后过了十二年，有一套跟我当时想买的房子一样户型的二手房在出售，而且比当年便宜了快六成！我老公在传单上看见那套房马上就跟我说："喂，我们要换房子了！"会这么说，也是因为我老公对天际乐园的执念比我更深。当初抽选没抽中，搞得他更加恋恋不舍，好像因此一直在关注那边的二手房信息。可总是没人卖二手房，所以他本来都要放弃了。就是因为赶上了这个时机，老公和我才都振奋精神，心想这次说什么也要拿下来。

后面的事就顺风顺水了。所幸之前的房子马上就找到了买主，我们顺利买到了田喜泽天际乐园的房。

半年后，业委会召开了。我觉得我要是贸然参加，可能会像之前一样被强加上理事的职位，所以才故意缺席的。可是，结果却完全相反！就是因为缺席，我又被他们强塞了理事的工作！

隔壁家的太太还这么对我说：

"你为什么没去开会啊？不论有什么事，都最好去参加。这里的惯例就是把大事小事都一股脑儿推给没出席的人。我不会害你的，第一次召集理事的那次理事会，你最好一定要出席。第一次很重要，因为那天是要选理事长和副理事长的。要是不去，百分之百会被逼着当理事长。要是现在当了理事长，那可有你受的。这栋公寓的问题可多了，毕竟，还等着要做大规模修缮呢。"

我不禁背后发凉。我之前住的地方总共三十户，算是中等规模，可理事长要管理的事务仍旧繁多，让我忙这忙那的，侵占了不少我自己的私人时间。甚至业委会全体的存折和印章都要我保管，压力实在太大，毕竟户头上可是存了几千万日元的业委会经费啊。那么大一笔钱，光是叫我保管都要我半条命了！我每天都梦到家里来了小偷儿，感觉都要得焦虑症了。这次我绝对不能重蹈覆辙，绝对不要当理事长！基于这强烈的念头，那天我才去出席理事会的。

还好去了。我参选了看起来负担最小的监事，成功避开了理事长的职务。

真的，没被他们逼着当上理事长真是太好了。

因为，田喜泽天际乐园里没处理的问题堆积如山呀。隔壁太太真的没有骗我。

那次理事会散会后，我们去公寓一楼一家叫"香草园"的店里喝了一杯茶。她跟我说了很多，说是田喜泽天际乐园里的人大致分为三个派系。

一派是住在商品房里的房主派，一派是租了商品房来住的租客派。

这两派还是比较好理解的。不论哪栋公寓，在租客和自住房房主之间都有一层看不见的隔阂。然而，田喜泽天际乐园里还有第三派人，这一派就属于这里的特色了。

……实际上，田喜泽天际乐园的用地，有一部分本来是田喜泽市所有的，因此，这一部分会作为市营住宅被市里租用。也就是说，第三派人就是"市营住宅派"。据我所知……市里租用的，好像总共有六十五户。虽然市营派是规模最小的一派，但毕竟有市政府做他们的后台嘛，好像说话还挺有分量的。会这么说，也是因为那六十五户的房主代表着田喜泽市。要论表决权，他们会成为最大的派系，毕竟他们手头捏了整整六十五票嘛，这可是很大的势力。业委会的表决原则上是一户一票，普通房东当然只有一票，所以，每次要决定什么事的时候，手头持有六十五票的"市里"的意见，会发挥很大的作用。

因此，至今为止，所有的决策结果都是偏向市营住宅派的。例如停车场，基本上是一户分配一个停车位，但有人认为这不够用，所以扩建了停车场。可那些抱怨车没地方停的人是市营住宅派的，最后业委会好像不得不从活动经费里挤出好几千万日元来满足他们的需求。也就是说，那些并不需要扩建停车场的业主们，也为这次扩建出了钱。还有别的例子呢，比如宠物问题、噪声问题、公共设施问题……我听说，最后所有的处理，都是倒向对市营住宅派有利的一方。

问题还不止表决权。明明户型跟设备都是一样的，普通的出租房跟市里租借的市营住宅比起来，房租却完全不在一个级别。普通出租房的话，3LDK户型是九万到十五万日元一个月，可市营那部分，却只要两万到三万日元。有这么不公平的吗？对，没错，我也知道市营住宅是提供给那些生活有困难的人住的。可是，相比付了十几万房租的住户们，有人只用付两万日元，就能住到那些明显户型更好、楼层更高的房子呀？而且我听说，其实那些人全家的年收入加起来超过五百万日元呢，可是他们向政府上报的却不超过一百万。就是呀，有很多人都刻意报低自己家的收入，大摇大摆地住在市营住宅里面呀！

……我听说那些人好像都是市议员的关系户。有这么耍赖皮的吗？从某种意义上说，这是滥用职权，是舞弊了吧？因为有这些各种各样的事，居民之间可是剑拔弩张呢，尤其是市营住宅派跟租房派，关系差得要命。

第一次理事会上，这事也被提上了议程。

要怎么办才能让市营住宅派和租房派不吵架？会议一直在谈这件没有结论的事。

然后次月，也就是五月，出了那起一家四口命案。

大家都在说，之所以会发生那起命案，会不会就是因为市营住宅派和租房派之间的冲突呢？

会这么说是因为，被杀害的那一家人就住在市营住宅里，而那个杀了他们的嫌疑人住的是普通出租屋。那套出租屋3LDK，七十平

当我的人生一帆风顺时

方米，房租要十三万日元，而被杀的那一家人住的是4LDK，八十平方米，房租只要三万日元。你听了以后怎么想？是不是觉得很荒唐？嗯，我明白，市营住宅是给那些生活有困难的人准备的，但是啊……

……我也不想说死者的坏话，可那家人收入还挺高的，却说户主生病没法工作，于是每月只用付三万日元，就能住进那套房子。事实上，他们家买的是好车，一家人还经常出去吃饭。真要说起来，他们过得其实很奢侈的。据说，他们家是市议员的亲戚，说不定就是靠这层关系才住进来的吧。

这样的人住在自己家隔壁，换作是我，也会想东想西的。总之这事搁谁谁也受不了，毕竟，我们房主派和租房派每个月光是要付的管理费和修缮基金，就将近三万日元啊。他们连那笔钱都不用出，只要给三万日元房租，就能随便使用田喜泽天际乐园里的公共设施，像会议室、天台那些地方，向来都是被市营住宅组的那些人霸占着的。尤其是这次命案被害的那家人，我听说，他们真把公共设施都当自己家的东西用。据说，他们还看不起住出租房的人，嘲笑他们是"连公寓都买不起的穷鬼"呢。

……我觉得，这大概也是命案发生的理由之一吧。杀人的嫌犯……好像叫市原？那个人，肯定也是积怨已久了。

唉，话又说回来，我真不该买这里的房子啊。发生那种命案，房价都一落千丈了。

不仅如此，还有个不知叫什么名字的推理作家，以这里的事为原型写了小说呢。可能没卖多少本，所以我以前都不知道有这件事，但在田喜泽市好像挺有名的。我是觉得有点儿不对劲的，就算是二手房，这房子卖得也实在太便宜了，而且刚刚建好的时候，有些户型的抽选倍率高到十倍不止，这次我买二手房却没什么竞争，顺顺利利地拍了板啊。

让我知道那本小说的人，也是隔壁家的太太。

"你知道《孤虫症》这本小说吗？现在好像已经绝版了，所以书店里买不到。那本小说的原型，好像就是这里的公寓呢。"

听她这么一说，我马上去图书馆借来看了。嗯，那本小说写得挺夸张的，这算是猎奇吗？我读了以后很后悔，但总觉得谜团好像又解开了一点。当然，那是一本虚构的小说，而我怀疑里面写的东西有些是真的。公寓的居民里有人说要告那个作者，说是那本书害得他们的名誉也跟着受损。不管怎么说，毕竟这里都发生了那种案子呀，而且比书里写的更夸张。真是闹得没完没了。这次他们还气冲冲地说要告那个杀人的市原女士呢，都是她害得这里的房价下跌了。

不过就算这样，世上也有一些人是根本不会为那种案子而动摇的。案发的那个房子很快就租出去了，毕竟是市营住宅嘛，不论发生过什么，房租只用三万日元的话，有些人大概一点儿都不会介意吧。

新来的住户，我记得是个单身妈妈家庭。那个妈妈虽然很年轻，但是人很不错。她比较拘谨，也懂礼貌，人很好的。她女儿也守礼，还聪明。听说，她们母女的境况很可怜啊。不过，市营住宅本来就是为那样的人准备的，算是物尽其用，让本来该住的人进来住了。所以，公寓里没有人说她们什么。

甚至大家还很感谢她们愿意住进那种出过事的房子。要是那个房子继续空下去，整个公寓的房价还会一跌再跌。不过，如果那对母女能一直住下去的话，恐怕那个可怕的案发现场也能得到净化吧。

总之，我们接下来只能耐心等待，等那个案子被世人遗忘了。

+

"原来如此，那栋公寓果然有各种各样的问题啊。"

身穿粉色西装的姐姐登纪子按下录音笔的暂停键，"嗯嗯"说着并独自点头。然后，她让身旁的秘书俯耳过来，对其说了几句悄悄话。

看这架势，她做这个国会议员已经得心应手了。

三个月前，她忽然说自己要去参选众议院的时候，着实吓了我一大跳，但现在，我却觉得国会这个舞台或许正适合她。前几天，她还在国会里代表自己所属的党派发问。恐怕谁都不会想到，短短三个月前，她还是个很普通的家庭主妇。不过，我姐姐本来就不是个简简单单的主妇，而是曾经在J剧团做过首席大明星的主妇。

话又说回来，姐姐的运气还是那么好。她是替补合格进的J剧团养成所。她毕业离开养成所时，成绩是垫底的，所以在进入J剧团的时候，她还只是个属于"其他"分类的大隔间演员。不过后来，她的竞争对手接连离开，还没等自己反应过来，她就爬到了最顶端的位置。简直就像德川吉宗，或是井伊直弼一样。然而，我本来以为她的好运气跟着结婚一起到头了，却没想到她离婚后竟然打入了政界。她好像是作为某个大牌议员的对立候补，被在野党民共党发掘出来的，但那位大牌议员在参选之前得了急病死了。由于代替那位议员参选的是一个无名而又寒酸的大叔，所有的票都投给了姐姐。她在统计票数时获得压倒性的胜利，就连开票速报都第一个提到"她一定会当选"。托这项功绩的福，虽然她还只是新人，却能作为代表在议会上提问，可说是飞黄腾达了。我听说，她还担任了"女性问题对策委员长"这个职务，真是青云直上。

于是，我的姐姐登纪子现在应对的问题，就是"女性受刑者及女性死刑犯的生活条件改善"。虽然我不是很懂，不过，好像是一种"从女性的视角来改善监狱和看守所环境"的运动。作为其中的一环，她还在展开"拯救可能遭到冤判错判的女性"行动，选择的对象便是"田喜泽市一家四口命案"中被判处死刑的凶手——市原俊惠。

这并不是偶然。

姐姐听说我想跟市原俊惠取得联系，便主动来掺一脚。

在那之后，我一直在单独调查"田喜泽市一家四口命案"。当然，我是瞒着美绪的。

我之所以会这么做，也是因为我对《当我的人生一帆风顺时》这个企划的热情削减了一些。一开始我的确感到心动，但在不断采访的过程中，我渐渐开始怀疑那心动或许只是错觉。我甚至还认为，与其说那是心动，不如说更接近于不安时的心悸呢。

契机发生在两个月前。新年伊始，一个爆炸新闻就砸到了我们头上——樱并木堇复出了，她出版的书，忽然就成了最佳畅销书。

樱并木堇好像给好几家出版社都投递了当初那份原稿。绝大多数出版社好像连看都没看一眼，就直接丢进了垃圾桶，但某个自由编辑把它捡了起来，并出版了。书名为《少女B所见的一切》，是一本搜集了出版业界那些花边新闻，再赤裸裸地写成纪实文学，也就是所谓的"揭秘"作品。

当然，我也读了那份原稿。我以前工作的地球出版社的事，也都明明白白地写在上面。那是现任文艺局木下局长的惊天大八卦。简单来说，他挪用了公款，金额高达两亿日元。他好像到处跟无名作家说要帮他们出版作品，然后把一半的版税塞进了自己的裤兜。也就是说，他到处跟无名作家谈，说只要给他一半的版税，就能帮忙出版作品……这还不算什么，问题在于虚假订单。其实他根本就不打算出版那些书，却跟下游外包厂家发出虚假订单，然后跟地球出版社申请制作经费，其中大半都成了他的回扣。这些丑闻实在太劲爆了，所以我本来是打算先严谨求证之后，再把这份原稿作为"底牌"的。

……可是，却被别人抢先了。不，如果按照出版时间倒推回去，恐怕在我们采访樱并木堇的十二月，出版的事就已经确定了，可她却仿佛没事人似的来接受了我们的采访,这是何等手段啊!

那个时候的樱并木堇,乍一看明显是个搞砸了人生的失败者,可实际上,她的复出已经确定了。甚至搞不好,反而我们才是被她取材的一方吧?

我猜得没错,《少女B所见的一切》的后记中,就提到了我们的事。"世上有一种人,非常渴望看到他人失败的模样。他们高高在上地俯视堕入地狱的人,向对方投去好奇和怜悯的目光,殊不知这目光终会反弹回他们身上。到那个时候,他们就会知道,自己曾经的目光是何等野蛮,何等粗俗。"

我感觉被戳到了痛处,一度相当失落。而就在我对自己说"不,我没有错,这个企划一定会成功"的时候,我又吃了一记追击。

同为我们的采访对象的村上英里子,尽管一度面临家庭内部问题,但日子过得还算一帆风顺的她,却非常唐突地在小事上栽了跟头,一下子落得无家可归的境地。我们找她取材是去年年末的事。那个时候,我还觉得她接下来再怎么努力,恐怕都很难翻身了,所以她正是《当我的人生一帆风顺时》的绝佳素材。可到了这个月,事情却迎来了意想不到的发展。本来我只是随便打开电视看看傍晚的新闻节目,看到那一幕时,我却忍不住大叫起来。

荧幕上,出现在"波澜壮阔的人生——走向世界的日本妻子"栏目里的人,正是村上英里子。村上英里子以"支撑在菲律宾开连锁拉面馆的丈夫的妻子"身份登场。她那副行头,仿佛让人看到当年的菲

当我的人生一帆风顺时

律宾总统夫人。根据节目旁白所说，"基于一些原因，她长年与丈夫分居。原本在日本独自抚养独生子的她，却在频频不幸和厄运之下，与儿子也惨遭分离，最终落得无家可归的境地。就在除夕那天，她正在东京都里四处拾荒时，受到流浪汉救助团体NPO的采访，她的状态通过网络在视频网站上流传。那段视频被住在菲律宾的丈夫看到后，一直在寻找妻儿行踪的他紧急回国。与妻子重逢后，他也找到了儿子，暌违十几年，终于一家团聚。丈夫深刻反省了自己长年以来的失职，并道了歉，然后将妻子接到菲律宾——"好像是这样的情况。她的老公在菲律宾是无人不知、无人不晓的连锁拉面馆老板，是个登上富豪排行榜的成功人士。回到丈夫身边的村上英里子，则从无家可归的流浪汉摇身一变成了富豪之妻。仅仅两个月，事情的变化如此迅速！我张大嘴巴愣在原地，荧幕里面的村上英里子却瞪了过来。

"当我处在厄运的深渊里时，有不怀好意之人以八卦的心态来采访过落魄的我，说是想知道我如此落魄的理由。那时的屈辱，我绝对不会忘记，没错，绝对不会。"

简而言之，《当我的人生一帆风顺时》原本打算重点介绍的两名采访对象，别说失败，反而将巨大的成功收入囊中。既然如此，整个企划都必须重新审视了，可最关键的人物美绪，却不允许我这么做。

"就是这种时候才不能动摇啊！要是轻易动摇，这书就不上不下，没有意思了！"

美绪说得很对，如果只参考眼前的资讯频繁修正路线的话，只会被耍得团团转而已。那才真是会让至今为止花掉的采访费打了水漂呢。

"而且，就算她们眼下这一瞬间看起来很成功，可没准现在的成功就是以后惨败的契机啊！"

美绪还说了这么一句话，但我们根本不可能耐心等到她们下次失败为止。何况，她们也有可能不会失败啊。我们手头的钱可没剩多少了，今年夏天之前，书必须要做出来，而且还必须要卖得好！

"我知道，都说了我知道。"

美绪言罢，一脸愤怒地站起身。

我差点反射性地要跟她道歉，可这时要是不硬气到底，事情可能会进一步恶化的。美绪这个女人，哪怕我稍有让步，她就会蹬鼻子上脸，等我回过神来，她便早早地把责任全甩到我头上，所以我没搭理她。这回美绪好像是真的生气了，第二天，她给我发邮件，说想休息一段时间。从那以后，她就彻底没联系过我。这也是她惯用的手段了。她总是单方面"罢联"，等着我先服软。以前的我每次都会中招，哪怕百分之百是美绪的错，我也会全方面向她投降。但是，现在不一样了，现在的我不会那么轻易顺着美绪做事，毕竟这可是生意啊。

我自己也是有主意的。我的主意就是把焦点放在"田喜泽一家四口命案"的凶手——市原俊惠身上……写一篇专访市原俊惠的报告

当我的人生一帆风顺时

文学。

因为我觉得，与其广撒网收集所谓的失败谈，不如专注在最为字字珠玑的失败谈上，用它来一决胜负更好吧？

于是，我从头调查了一遍"田喜泽一家四口命案"。

听闻这个消息，跑来掺了一脚的人，就是我成为国会议员的姐姐——登纪子……即嵯峨野摩耶。

也不知姐姐从哪听说的消息，她忽然说："市原俊惠的案子，有可能是冤案啊。"

其实，我在继续取材期间，也发现了好几个不对劲之处。其中一份证词，来自田喜泽天际乐园业主委员会的理事员，A女士。

A女士是刚刚搬来田喜泽天际乐园的住户，或许正因如此，接受采访时她才没有顾虑什么，说了很多。

A女士的证言勾勒出公寓中特有的派系形象，揭露了公寓里扎根已久的黑暗内幕。

我总觉得，这"黑暗"并不仅仅存在于市原俊惠与受害的一家人之间，而是更加根深蒂固的……进一步说，是存在于田喜泽市全域的某种东西。

我这么一说，姐姐一副通晓内幕的神情，回答："毕竟，田喜泽市嘛，以前好像发生过很多事。"

"这里虽然经过二次开发成了卫星城，但是，过去的因缘可没有那么容易斩断。"

因缘……是什么？

"调查这个就是你的工作吧？"

姐姐这么一说，然后又让她的秘书俯耳过来。顺便一提，姐姐的秘书是在她还在剧团的时候就作为粉丝代表，照顾她饮食起居的女性。

"这个先不提了。谦也，你有喜欢的人吗？"

她忽然这么问，我的脸一下子涨得通红。

"你这孩子，真是什么都表现在脸上啊……所以，对方是谁？"

"干吗突然问这个啊！"

"执政党亲手培养的那些记者现在正在到处打听我身边的事啊。他们想找些花边丑闻，把我拉下马吧。所以，我一点儿破绽都不能让他们瞧见。"

"破绽？我有没有对象，也会变成破绽吗？"

"看具体人选吧。你现在也是国会议员的弟弟了，可得好好挑个正经人家的姑娘啊。"

"我可不想在这种事情上被人指手画脚。"

"所以，你的对象是谁？对了，之前你好像说过自己有个在意的人，那个人是哪种类型的？"

一旁的秘书俯耳对姐姐说了几句悄悄话。

"哎呀，你看上的人叫驹田织绘啊？大型书店集团的董事长千金？哦，那个董事长是我的后援嘛！这真是太好了。嗯，这人选很不错。你们赶紧结婚吧，要不，我给你牵牵线？"

"不用啦，这种事，你真的别管了。"

可是，姐姐和她的秘书却一边鬼鬼祟祟地看手机，一边继续密谈。

"帮你订好赤坂见附的日式西餐馆了，你下周六中午十二点到那里去。"

"啊？话说，为什么是日式西餐馆啊？"

"据说驹田织绘小姐爱吃那里的炸肉饼。"

你们怎么会知道的？

我一抬头，只见秘书正在一旁笑脸盈盈地点头。我以前就觉得她这个人收集情报的时候，简直就像个特务。可是没想到，居然连驹田小姐爱吃的食物都尽在她的掌握之中。

"驹田织绘小姐的父亲那边，就由我跟他打个招呼吧。你下周六一定要去那里哟。"

干吗啊，这么赶鸭子上架！为什么不是联系她本人，而是联系她父亲？这样下去，不就是相亲了吗？等等，这是相亲？

"你要去哟。"

姐姐一下子钳住我的胳膊。

"一定要去，知道了吗？"

10

下方传来小小的"噗吱"声。

"啊。"

只见驹田小姐羞涩地轻呼一声,稍微与我拉开了一点儿距离。

周围的空气里,一下子飘起一股奇香,但同时又暗含着一种熟悉的恶臭。

"你不小心踩到银杏果啦?"

我故意夸张地对她笑了笑。

"这个时候了,地上还有银杏果啊?都三月下旬了,按理说这个时间,樱花都该开了吧?这季节真是有够错乱的。不过,樱花偶尔也会搞错,在秋天的时候开得很艳,所以这个时间,地上有银杏果好像也不稀奇。你知道吗?银杏果这股气味的成分,跟人的脚臭的成分是一样的呢。"

我不停地向她展示小知识。

"具体是酪酸、庚酸这两种成分。酪酸同时也是奶酪气味的来源,也就是说,这个气味就证明它'绝对好吃'。银杏果确实很美味不是吗?"

"……我倒是不太喜欢银杏果。"

"你也是啊?其实我也吃不来。更进一步说,奶酪我也不是很喜

当我的人生一帆风顺时

欢……我实在是难以忍受那种气味。"

我一下子把一个小时前才吃过奶酪这件事抛在脑后,继续说下去。

"你知道银杏树有雌雄之分吗?只有雌树会掉落银杏果,所以,最近路边的行道树大部分都是雄树。"

但驹田小姐没有给我任何反应。她只是一直低着头,脸颊有点儿红红的。

我们在路上悠闲地朝皇居走去。在赤坂见附的日式西餐厅吃完饭后,接下来要去哪呢?这个时候,她喃喃道:"差不多快到樱花开放的季节了。"然后,她接着说:"说到樱花,就是千鸟渊吧。我的大学在那附近,一到这个时候,整个校园里的人都会因为这事而兴奋呢。"……所以不知不觉间,我们也就向着皇居走去。

从青山路进入平河町,快到一番町附近时,我听到下方传来"噗吱"一声,那股气味也紧随其后。

其实,我当然早就知道那不是银杏果的气味。都这个季节了,地上哪还有什么银杏果!银杏听了恐怕也要大呼冤枉,但此时此刻,我必须得把责任转嫁到银杏头上。话虽如此,要是一个劲儿地"银杏银杏"说下去,反而显得太过刻意。这个时候还是让话题来个一百八十度大转弯比较好。

"对了,地球出版社现在怎么样了?我听说……木下文艺局长好像自杀未遂?不过,毕竟出了那样一本'揭秘'的书嘛……虽然挺可怜的，但也是他自作自受吧。我听说木下先生因为自杀未遂患了后遗症，现在是植物人状态，难道他再也不会醒来了吗？"

我提出了问题，但驹田小姐仍然没有回答。甚至，她走路的速度还变得越来越快。

她大概相当难为情吧。如果换了美绪，她只会吐吐舌头说"讨厌，不好意思"，然后这事就过去了。如果不是这样，就会说"真是的，谦也先生，你真讨厌"，然后诬陷是我干的，把臭味的事情蒙混过去。不过美绪比较特殊，本来的话，女性就是会为"放屁"这事格外害羞。以前我还听说过，有个女孩在相亲的时候不小心放了个屁，因为过度羞耻而自杀了。对了，听说江户时代有一种尼姑会主动帮年轻姑娘担下放屁的责任，她们会在相亲时与姑娘同席，万一姑娘真的不小心放了个屁，尼姑就会举手说"不好意思，刚才是我失态"。

我在想这些的时候，驹田小姐更是越走越快，几乎在跑步了。

我一边追上去，一边后悔不已。早知道她害羞成那样，我干脆说是我放的不就好了吗？可能就是因为我用了银杏果这么蹩脚的借口，才让她越来越窘迫。唉，我这人可真是！基于一片好心做的事，却常常出现反效果。妹妹也说过："哥哥，你老是自以为很体贴，其实反而把对方逼进了绝路啊。"

等等我，等等我呀，驹田小姐！我根本不在意，是人都会放屁……不，只要是活物，那就是理所当然的生理现象啊。所以，你完全不用在意，不用害羞的，驹田小姐！

当我的人生一帆风顺时

可驹田小姐的速度却丝毫没有放慢，甚至越来越快。现在的她已经在全力奔跑了。她的前方，是皇居的护城河。她该不会想往护城河里跳吧？

不要，不可以啊，驹田小姐！

+

"什么？后来你就把她跟丢了？"

妹妹香乃子的语气听起来十分无奈。

"所以我就说哥哥你不行啊。"

"我也没办法啊，你知道她跑得有多快吗？我根本追不上她。"

"哥哥，你们当时逛的是这一带吗？"

从门缝里伸出一只拿着平板电脑的手，平板电脑上显示着地图。

"对对对，就是这一带。"

"原来如此。"

"什么？"

"所以我才说哥哥你不行。"

"所以说，什么不行啊？"

"首先，你提了银杏果的事。这个季节哪还有什么银杏啊？这么做根本就是适得其反，只会把对方逼上绝路。这种时候，你要坚持假装没察觉到的样子，继续说完全无关的话题才是正确做法。"

"可当时那股臭味实在很难假装没发现啊。"

"但你还是得假装没发现，那才是正解。哥哥，你总是这样。自以为照顾了对方的感受，但全都是咸吃萝卜淡操心。倒不如说，你的顾虑几乎算是恶意了，很恶劣。"

"也没你说得那么过分吧？"

"还有，我觉得你去追人家的做法也不太对。哥哥，你或许以为自己是个很体谅他人心情的人，但你并不是。你根本一点儿都不体贴，甚至总是察觉不到重点，你的观察力太差。作为一个编辑，这是你的致命缺陷。"

"你再说下去，我真生气了啊。"

"然后你最要不得的一点，就是像现在这样，把这种事当成笑话讲给我听。如果你真的喜欢她，就该把这事埋在心底，不要提起才是。"

"我才没有当笑话讲呢。"

"你要不要照照镜子？看看你的嘴角都弯成什么样了。"

"哎？"

我立刻转身看向贴在走廊里的穿衣镜，看着镜子里自己的面孔——就跟平时一样啊。

"我这张脸，生来就这个样啊。不管是生气，还是难过，看起来都像在坏笑。"

但是，妹妹说的我也不是不理解。本来这种事是不该跟别人提起的，但不知道为什么，在妹妹面前，我总是不自觉地和盘托出，就像忏悔一样。或许是因为我们的年龄相近，但最大的理由，恐怕还是我妹妹的境遇。

我的妹妹是人们常说的"家里蹲"。现在她已经恢复到能在客厅跟家人齐聚的程度，但是以前，她从不踏出房门一步，跟自己家里人也彻底断了沟通，却不知为什么唯独肯接纳我，会像现在这样隔着门，回应我的话。

我一来到这扇门前，就有一种进入忏悔室的心情。虽然我没进过忏悔室，但大概差不多吧。门里面不是活生生的人，而是什么特殊的存在。那个存在不会背叛我，所以不论我吐露什么，都不必担心会泄露出去，这是一种隐隐约约的信赖。

"所以，那位小姐没事吗？"

妹妹这么问。我答："大概吧。跟丢她以后，过了大概一小时，我手机上给她发的消息变成了'已读'，所以应该没有跳河。"

我一边回答，一边认真看了看妹妹递出来的平板电脑上的地图。

上面写着"WC"两个字。

……啊。

"懂了吗？哥哥。"

嗯，懂了。原来是这样，原来是这么一回事啊。

"我感觉挺对不起她的。"

虽然有些马后炮，但事到如今，我才开始咒骂自己的毫无察觉。

案例 4　结婚

妹妹会陷入如今的境地，原因无他，正是因为"WC"。我再次回想起这件事，狠狠地捏了一把自己的大腿。

我妹妹这个人，本身性格就内向，不论做什么，都会扭扭捏捏地站在原地，等着别人来问她"你怎么啦？肚子饿了吗？那你要不要吃点什么呀"之类的问题。

或许这就是她原本的性子，但我感觉，可能环境的影响也很大。妹妹是我母亲带来的拖油瓶。或许是因为这个，她从小就有很多顾虑，很擅长克制自我。或者，也可能是把自我主张相当清晰的姐姐当作反面教材了吧。在我们家里，姐姐这个存在非常特殊，甚至可以说为了衬托姐姐这朵红花，全家人都会给她当绿叶。或许就是因为这个，妹妹和我才都养成了看人脸色说话的习惯。

这点在妹妹身上体现得尤为显著。在我记忆中，我从来没有见过妹妹主张自己想做什么，想要什么，就算说出来了，被姐姐的气场一打压，她的声音恐怕也会逐渐消失。

扯远了。

接下来我要说的是，我的妹妹为什么会变成"家里蹲"。

那是十年前的事了。那年我妹妹二十七岁，在一家总部位于滨松町的大型药品公司上班，还有个马上要结婚的恋人，对方是她工作的药品公司社长家的少爷。当年的她，正是处在人生一帆风顺的时期。

妹妹既不是引人注目的大美女，也没有华丽的气场，但是多亏了她那

当我的人生一帆风顺时

含蓄的性格和那种让人感觉跟她待在一起很舒服的氛围，让她从小就受异性欢迎，也得到多方照顾，与此同时，她也常常招致同性的嫉妒。上学时虽然不到霸凌的程度，但她还是经常受到其他人苛待。不过会有更多的异性为她站台，多少能保护她。因此，她一路走来并没有遇到很大的麻烦，并即将成为社长之子的妻子。说到底，她是个运气很好的人，她自己也常常这么说。

——没关系，都说了，我的运气真的很好啊。

但是，运气这东西是反复无常的。有时，它就好像要妹妹把她至今为止赊去的幸运，带上高昂的利息全额返还一样，来个一百八十度大转弯。

当时，妹妹正在中央快速列车上。大家都知道挤中央快速列车有多痛苦，而且它经常紧急刹车也是出了名的。

想想看，那可是在车厢里挤成罐头的状态下紧急刹车，那才真叫"地狱"呢。我也经历过几次，只感到四下里无数的恼火和怒火咕嘟冒泡，光是想想它们会在什么时候、以什么形式爆发，就感觉浑身立刻紧张起来。有时候，这种紧张会给我带来难以预测的尿意。再加上我还不知道什么时候能脱离"罐头状态"，于是尿意变成无法拆除的"炸弹"，开始它的倒计时。那真是太绝望了！不过电车当时在我身上的"炸弹"爆炸之前就开动了，所以事情没有演变成最坏的情况，但我妹妹所遭遇的，是人所能想象到的情况当中最糟糕的那种，可以说，没有比这更绝望的事了。

当时她感到的是剧烈的便意，普通的便意她还能憋回去，但倒霉的是，那天的妹妹恰好有些腹泻。她跟我一样肠胃很不好。我记得她说，她那天从早上开始就不太舒服了，所以她在家先吃了药才出的门……但现在看来药并没有起作用。

据她说，电车是在中野站和新宿站之间，还差一点儿就到新宿站的地方，紧急停车了十分钟。如果只停了五分钟的话，她还能在新宿站下车直奔厕所，或许也就不会有后来的遭遇。

我清楚地记得，那天晚上我从公司下班回来时，家里的气氛格外阴郁。

祖母、父亲、母亲都不肯说话，唯一告诉我事情原委的，是正巧休假回到家里的姐姐。

听着姐姐的说明，我感觉连自己都要昏过去了。

"而且啊，那个时候还有人给她拍了照片，传到网上的匿名论坛去了呢。"

怎么会有这么坏的人！我气得举起拳头。

"现在，爸爸正在请那个匿名论坛的管理员删帖，所以，删掉应该是没问题的。"

但什么东西只要传上互联网一次，就会瞬间复制许多份，传播到全世界。就算原件被删除，事态也不会就此平息。

"最近这段时间，先让香乃子一个人静静吧。没事的，过个两三天，她就会从房间里出来了。不管怎么说，她其实是个很坚强的孩子啊。"

但是,从那以后过了十年,妹妹的心理创伤似乎仍未愈合。

在电车上便溺的耻辱,和被人拍成照片传到网上带给她的疑心病,让她陷入了极端的恐人状态。差不多到了去年,她才好不容易对家里的人敞开心扉,但平时基本还是窝在房间里生活。当然,公司那边她辞了职,谈的对象也到此为止了。

但她本人还是很有精神,都能像现在这样和我说话,我有时会觉得,她是不是早就克服了十年前的创伤?

妹妹平时还在写博客,写得也很顺利。她之所以会开这个博客,似乎是因为在网上受到的屈辱,就要在网上解消。博客的名称是"香乃子可不会笔下留情",内容也正如其名,全是酣畅淋漓的恶言恶语,实在看不出写博客的人是个心怀创伤的"家里蹲"。其中以小说的恶评最为刻薄,言辞之锋锐,让我看了都要捏把冷汗,作者要是看到会大发雷霆的吧?

"哥哥,你其实没那么喜欢那个女孩儿吧?"

妹妹忽然这么说。

啊?我不知如何作答,正词穷,妹妹继续说,"我再说得准确一点儿吧。你以前,的确是喜欢那个女孩儿的,虽说是单相思,但也到了单方面考虑结婚的程度。不过,现在不一样了,你已经不像以前那样对她动心了。虽然在姐姐的安排下,你和她吃了饭,但你总是心不在焉,所以,你连那个女孩儿很窘迫的事实都没察觉到。我说错了吗？"

她说得很对。那家日式西餐厅是出了名的难约，菜品的味道也的确不辱其名，每一道都很美味，可我的心也的的确确莫名的消沉，所以才没发现驹田小姐状态不佳。我本来以为是因为我很紧张……

"……不是的，哥哥，那是因为你喜欢别人了。你不如承认吧？"

在妹妹对我说出这句话的瞬间，一阵甜蜜的心动奔驰过我的心脏。

与此同时，那杏黄色的、楚楚动人的嘴唇浮现在我的眼前。

11

"您怎么了？"

说着，坐在我面前的女性轻轻歪了歪头，表示疑惑。

她那拘谨的目光，更进一步勾起了我的心动。

今天她的嘴唇，也是漂亮的杏黄色啊……我盯着她的嘴唇看得出神。

并不是因为她涂了什么，因为杯沿并没有沾上口红的颜色。可她的嘴唇却饱满而有光泽，唇缝间隐约可见的牙齿也是健康的象牙白。

真是太理想了，我心想。

我不喜欢女人涂口红，更讨厌太白的牙齿。最近连普通人都学着明星的样子，不遗余力地做牙齿美白，但我总觉得那样太假，怎么看

当我的人生一帆风顺时

都不对劲。

要说我的喜好,还得是自然态。如果用衣服的品牌打比方,就是玛格丽特·霍威尔①。

……对了,这位女性一定很适合玛格丽特·霍威尔的衣服。她现在穿的粗制切驳衣虽然也不错,但如果换成白色的条纹棉衬衫,配海军蓝的山羊绒毛衣,一定还会更美。

她的发型也很适合她,是有着自然弧度的波波头。

"您怎么了?"

她用双手握住杯子,拘谨得近乎有些可怜地用自己的目光缠上我的视线。

她的名字叫塚本绘都子,是田喜泽天际乐园3003室现在的住户。没错,尽管她明知那是一套发生过四人命案的凶宅,却仍然搬了进去。

"……要是我说完全不在乎,那当然是假的。"

我第一次采访塚本绘都子时,她无忧无虑地笑着,并清晰地说道。

"……但是,里面打扫得很干净,好像连驱魔都做过了,所以,我现在完全不在意。"

但我没有遗漏她眼神中的颤抖。

"你真的不在意吗?"

---

① 由设计师玛格丽特·霍威尔于1972年创立的英国品牌,以男装起家,女装设计结合了男女装的特点,款式简朴大方。——译者注

"……因为，我也没有办法啊。"听了我的问题，塚本绘都子尽管脸上仍有微笑，却伏下目光道，"我是单身妈妈嘛。有个快要上小学的女儿。靠我一个人的收入，不论怎么样，都只能寻求市营住宅的帮助。如果去租民营的公寓，就算只是小小的一个单间，都要花上四五万日元。当然喽，我也知道，不要浴室的话，的确还有更便宜的地方……"

塚本绘都子仿佛在找借口一样，语气强烈地甩出这句话。"啪嗒啪嗒"，泪珠打在桌上，留下水滴的图案。

"不，不是，我不是在责备你。"我慌忙打圆场，"既然你有女儿，那浴室是必需的！对于女性来说，浴室是最重要的配置吧？其实，我家除了我以外几乎全是女性亲属，所以我自认为能懂浴室对女性的重要性。"

"……谢谢您。"

塚本绘都子终于笑了。

第一次采访到这里就结束，但从那以后，每周两次……周一和周五，她都会配合我的采访。

像今天这样见面，也不知已是第几次。

"感觉我每次都打扰了你来之不易的休息日，真是对不起。"我说道。

周一和周五是她打工休班的时间。我正是利用她的假日请她协助。

"没事，没关系的。我女儿上的学校也定下来了，最近不是那么忙。"

"但就算这样，那也是你来之不易的休息日啊。"

我像个傻子一样重复。

"没关系的，您才是，每次都要劳烦您从东京特地来到田喜泽市这样的地方。哪怕坐急行电车，也是不小的开销吧？"

"不会，毕竟这对我来说就是工作嘛。"

"我……也是怀着工作的心态，来到这里的，所以我们彼此彼此。"

塚本绘都子把我先前放在桌角的棕色信封拉到自己面前。

里面装着五万日元，那是我给她配合采访的谢礼。

"想要拿到这么多钱，我必须一天七小时，总共工作九天。可是来这里，仅仅两三个小时，而且只是和您聊聊天儿，就能拿到这笔钱了。我真的很感激您。"

她把信封按在胸口，像少女一样低头向我行礼。那嘴唇看上去格外娇艳。

我忽然感觉自己在做什么不检点的事，脸一口气红到了耳根。

"哪里，毕竟这是采访嘛，给这些是应该的。"

我强调句中"采访"的部分。

"该道谢的人是我。这是在请求你的协助，所以给你谢礼是理所当然的……不如说，就这么一点儿钱，还要让你抽出时间来陪同，实在不好意思——"

+

"等一下。"

妹妹尖锐的吐槽隔着门向我飞来。

"采访一次给五万日元?"

"嗯,五万日元。"

我呆呆地回答。

"你采访她多少次了?"

"算上之前那一次……有五次了吧?"

"都五次了!你总共给了她二十五万日元?"

"嗯,是啊。"

我回答得更愣了。

"那个人身上真的有让你花整整二十五万日元的采访价值吗?"

"……算是吧。"

"可是,她只是现在住在那被杀死的一家人以前住的房子里啊!"

"嗯……"我找不出一个妥当的答案来回答妹妹这个问题,"嗯,所以说……"

这边我还在斟酌措辞,妹妹却接连不断发出有如飞矢般的提问。

"啊，该不会是那个人知道什么内幕吧？可就算这样，你居然采访她五次之多？为什么要周一跟周五啊？话说，那个人是什么人啊？"

说到这里，她才终于换了一口气。我看准时机，一口气回答了所有问题。

"她跟案子没关系，周一周五采访，是因为她打工只有那两天休息。她是单身妈妈，一个女人独自抚养马上要上小学的女儿。她今年三十五岁，但是看起来比实际年龄年轻，是个长得像宫崎葵的美女。她的名字叫塚本绘都子，是个过得很苦的人啊。"

"你这些根本都不算回答好吗？"

我难得一五一十地给她解答，妹妹却冷冷地甩下这句话。

"你说的这些哪里是采访了？"

"那就是采访啊！就是！"

我不肯服输，也斩钉截铁地说。

"她在男人身上失败了，所以我在问她的失败经历！"

"哦——"

妹妹的反应明显很脱力。

"……在男人身上失败？你不是不打算理会那种随处可见的失败，要专注在最为字字珠玑的失败谈上吗？"

她语气里的嘲讽意味实在太重了，于是我说："是啊——没错！她失败的经历那可真是不得了啊！"

+

"……您想知道我为什么会跟孩子的父亲离婚，是吗？"

塚本绘都子用左手轻轻拢起盖在眼前的刘海儿。她无名指上闪耀的银色戒指让我的心一阵喧嚣。

"……啊，这个……是他的遗物。"

"遗物？"

"是的，遗物——"

塚本绘都子的嘴唇似乎苍白了几分。

"不，你不想说的话，可以不说的，这毕竟是跟采访无关的事情，只是我个人有些好奇。不，你真的不必在意，可以不说。"

但是，塚本绘都子一边抚摸那个棕色的信封，一边一副"既然都收了这些钱那就必须毫无保留"，以及仿佛被逼得走投无路的神情，开始以只言片语，同时又口齿清晰地，讲起了自己的故事。

"……我跟他本来就没有登记。是的，我是他的情人。"

情人？这个词听起来格外现实，让我把手里的咖啡杯放回了碟中。

"……这或许是家族传统了，我的母亲也是没有结婚就生了我。"

塚本绘都子也把茶杯放回茶碟，"呼"地吐出一口气。

"啊，如果真的很难以启齿的话，你不必说的。"

"不，没关系的。"

虽然我这么说，她却像个坚强地应对面试官刁难的学生一样，一下子挺直脊背，开始讲述。

"我的母亲……是个很邋遢的人，她同时跟好几个男性有关系，我也不知道自己的父亲是谁。

"……我小的时候，生活真的就像地狱。我真的一点都不想和母亲待在一起，都不知道多少次想要离家出走，但是一个没着没落的女孩儿离家出走，最后的下场……可想而知吧？只会被坏男人骗，最后不知道被卖到哪个地方去。所以，我都忍下来了，不论母亲怎么打我，怎么骂我，我都默默忍住。我想，只要忍到初中毕业就好了，只要等我完成义务教育……

"初中毕业后，我终于离开了那个家。不是离家出走，而是我找到了一个包住宿的工作单位。那是一家美容院，我在那里一边工作，一边上定时制的高中，目标是进入美容学校读书，但是我在钱的问题上遇到了挫折，我拿不出读美容学校的钱，所以后来，我就在新宿的美发沙龙里做前台。

"那个沙龙的生意相当兴隆，好像还有不少明星也会光顾。沙龙的老板，是个人称顶级美容师的人，所以客人纷至沓来。我虽然只是个前台，但还没有放弃成为美容师的梦想。我想存够了钱，就去读美容学校，然后挑战美容师的国家资格考试。于是，我每天都非常努力工作。

"但是……

"我被那家沙龙的老板看中……最后有了男女关系。

"他虽然是有家室的人，但是我就是爱上了他，根本控制不了。他也跟我一样，他还对我说过，哪怕要他抛弃家庭，也想跟我在一起。明明百分之百是骗我的，可那个时候，我只有相信他这一条路，因为，我肚子里已经怀上孩子了。

"就是在那个时候，沙龙的经营陷入困境，他背了很多债务。或许是因此承受不住了吧，他杀了自己的老婆和孩子，自己也死了，也就是强迫一家人为他殉葬。

"而他留给我的，只有这个戒指和刚刚出生的女儿。当时的我真是走投无路了。"

塚本绘都子说到这里，双手包住茶杯，仿佛在说"请容我休息片刻"。

而我的目光却总也控制不住地朝向那个戒指。

或许戒指的尺寸本来就不合她，又或者是她戴着戒指期间消瘦了不少，那个银色的戒指就像玩具一样，挂在她的手指上打转。

塚本绘都子或许察觉了我的目光，她羞涩地用右手盖住左手。

就连这样的举动，都搅得我心乱如麻。她把一个对她不忠的男人送给她的戒指说成是遗物，而且现在还戴在手上。那个男人现在还通过这个戒指，把她牢牢地囚禁在自己手中。

一想到这里，我心中的情感就好似沸腾了起来。

我真想当场拔下她的戒指，代替那个男人，给她刻上自己的烙印。

但是，塚本绘都子浑然不知我这野蛮的幻想，继续说了下去。

"但是，女人当了母亲，就会变得坚强起来。不论怎样，我都要把女儿好好养大，不能让她走上我的老路。我的心中强烈地涌现出这样的想法。从那以后，我就一路横冲直撞地过来了。不论是自尊还是世人的看法，我全都抛弃掉，所有能求助的东西我都要试一试。孩子还是婴儿时，我就去寻求'母子宿舍'，也就是母子生活支援设施的帮助。孩子断奶的时候，生活保障的资格下来了，我就住在一间小小的市营公寓里。

"然后到了去年，我终于能去打工了，这才得以自力更生。现在，我打算重新开始学习成为美容师。

"……我现在能在盛大超市工作，真是多亏了官里副店长。她的妈妈是民生委员，我受了她很多照顾。

"……对了对了，我现在住的地方也是官里副店长介绍的啊。她真的是个好人，多亏了她，我女儿要上的小学也定下来了，就是田喜泽光明小学。"

+

"看吧？她的身世是不是很苦？"

我这么一说，妹妹好像也终于理解了，回答"是啊"，然而下一句——

"我完全明白了，你那根本就不是采访吧？"她充满恶意地抛来这句话。

"什么？"

"也就是说，哥哥，你只是想跟那个女人见面吧？"

听到她这话，我的脸腾地一下涨得通红。

"原来如此，所以，哥哥你喜欢的人就是那个单身妈妈啊。"

被她说中心事，我的脸更烫了。

"……我在考虑跟她结婚。"我觉得此事已经无法隐瞒了，于是实话实说，"……其实，她女儿我也见过了，名叫由佳里……是个非常可爱的小女孩儿。"

"……"

然而，妹妹没有反应。

"其实……我还送了她戒指，就是前几天。"

"……"

她还是没有反应。

是因为我说的这一切都太突然，让她无言以对了吗？

不是，我自己也吓得不轻啊。

仅仅三个月前，我还沉迷于驹田小姐，像个十几岁的处男一样，一边坏笑一边想着要是能和她结婚就好了之类的，可现在的我，却无比认真、现实地考虑起结婚的事。自己几个月前那个样子，现在想想都觉得丢人。

恐怕这就是所谓的"命中注定的相遇"了。

"你该不会在想什么'命中注定'吧？"

妹妹沉静地说。她是在揶揄我吗？我开启"战斗模式"，回答："对啊。不行吗？"

但出乎我意料的是，妹妹很干脆地回答："……或许是命中注定吧。"

"啊？"

"因为，她跟你以前喜欢上的女朋友很不一样嘛。以前虽然你也想过结婚，但也不像现在一样跟饿虎扑食似的。"

什么叫饿虎扑食……但她说的基本没错。

这次跟美绪那次，还有驹田小姐那次，都明显不一样。这种心动……

"哎，话说回来，那个由佳里小妹妹准备去上的小学，难道是这家？"

平板电脑从门缝里出现，上面显示着"市立田喜泽光明小学"的字样。

"啊，对的，她好像春天就要入学了。"

"哦——"

门对面响起"嗒嗒嗒"敲打触摸屏的声音。妹妹好像在搜索什么东西。

"哎,你那个长得像宫崎葵的女朋友说的'美发沙龙老板一家自杀案',是不是这个啊?"

平板电脑再次从门缝里出现。

上面写着"杉并区一家伪装殉死案"。

"伪装?伪装是什么意思?"

我从妹妹手里抢过平板电脑。

上面显示的似乎是收集谜案的网站。

"谜案……可是,不是那个老板逼着家人跟自己一起死吗?真相就是丈夫因事业不顺,所以在绝望之中把一家人都卷进来陪葬而已吧?"

"那也是故意杀人好不好,虽然媒体用'殉死'这种词,说得好像很浪漫。"

"话虽如此,法律上也应该是'嫌犯死亡'吧?可为什么是谜案呢?伪装又是怎么回事?"

"也许真凶另有其人?是他将案件伪装成全家殉死,实际是那个真凶杀了这一家人……"

"真凶?"

"这个案子里有很多疑点啊。那个网站上搜集了很多相关的传闻——"

当我的人生一帆风顺时

+

"嗯,是啊,似乎有很多传闻。"

塚本绘都子那修长的睫毛,在她的下眼睑上投下阴影。

"其实,我也被警察问了很多问题。他们大概在怀疑我吧。"

然后,她缥缈的目光落在桌子上。

"警察问我,是不是我干的,是不是我杀了自己的情人以及他的家人。"

我来之前,已事先调查过这个案子。

六年前的平安夜,在杉并区的独栋房屋里,发现了五个人的尸体。首先是在东京都内拥有多家分店的美发沙龙老板、年纪轻轻就被人称为顶级美容师的一家之主,然后是他的妻子和三个孩子。现场找到了丈夫的遗书,因此警方认为是丈夫逼着家人一同殉死,但案件仍留有谜团,也就是杀人的方法。他的妻子和孩子都被用类似电锯的凶器砍得乱七八糟。丈夫的遗体也有很激烈的损伤,他的头被砍了下来,而那颗头至今都没有找到。一旦找到遗书,就倾向于把案件定为自杀或殉死的警方,在这个案子面前也大挠其头。

"就算是这样,为什么?为什么他们会怀疑我?就算他对我不忠,可他也是由佳里的父亲啊。我还让他给孩子办了认领手续呢。未来,我还打算跟由佳里介绍她的亲生父亲。我生下来就是个没有父亲的孩子，童年的记忆不堪回首。没有父亲的寂寞、遗憾、还有屈辱，我都尝了个遍。虽然现在的社会说是对单身妈妈友好多了，但是世人的目光还是很冰冷的。在学校里也是一样，没有父亲的孩子也进不了好的学校。不论孩子多么聪明、有天赋，终究会是那些父母双全的庸才得到更多的优待。"

塚本绘都子的眼里落下一串串泪珠。

"……对不起，真是对不起。"

然后，她用手慌慌张张擦去了泪水。

在我看来，那是一双母亲的手，指甲剪得很深，没有任何光泽，手指上也有干燥与脱皮的现象。我母亲的手也正是这样。她是那么辛苦，那么辛苦……到了晚上，会一边涂护手霜，一边独自哭泣。

"我母亲也早早去世了。"我说，"所以，你的辛苦，我能理解。"

"我……并不辛苦的。"

塚本绘都子就像在说"我不需要您的同情"一样，凌厉地抬起目光。

"我只是在做身为母亲理所当然要做的事。我不想让孩子丢脸，不想让孩子难过，希望孩子快乐……有这些愿望是母亲的本能。"

她说了跟我母亲一模一样的话。

——我希望你快乐就好，那就是我唯一的愿望。

母亲这样说着便去世了。

"有什么事是我能帮你的吗？"

我不知何时脱口而出这样的话，然后——

"求求你，请让我为你做些什么吧。只要是我能做到的，什么都可以，不，就算是我根本不可能做到的事，我也会努力的。请让我去做吧。"

我简直就像一个依赖神明的信徒，向她乞求。

没错，这不是怜悯，也不是同情。

而是爱情。

那是这世上唯一能把正常的人导向疯狂的、最危险且最恍惚的东西——恋爱之情。

我在酩酊大醉的感觉中，不知何时，连这句话都说了出来——

"请和我结婚吧。"

12

"我这有个一点点善心结了恶果，最后栽了个大跟头的男人的故事，你有兴趣吗？"

突然说出这种话的人是我原来公司的前辈，国枝先生。

国枝先生也辞去了地球出版社的职务，目前在当自由编辑。不过他的离职跟裁员无关，而是他主动请辞的。

我被这位国枝先生叫出来，去了位于溜池山王的酒店休息室。或许是因为这里跟永田町很近，我时不时能够看到一些像是政客的面孔[①]。

国枝先生联系我是在今天早上。

"要不要出来喝杯茶？我知道一家店的下午茶很不错。"

收到这样一封简直像年轻女孩儿写的邮件，我摸不着头脑，于是给他打了电话。

"我实在是想吃那家店的下午茶啊，但是一个大男人跑去吃那个太需要勇气了。倒不如说，我实在做不到，所以你陪我去吧。"

的确，国枝先生一直非常喜欢甜食。便利店一旦上新，他就会第一个冲进店里，买一大堆回家，甚至会分给单位的同事吃。虽然他长得凶悍，内心却完完全全像个少女，对时尚知识也非常了解。话虽如此，他并不是"那种"人，而且已经结婚了。既然你都结婚了，跟太太一起去不就好了吗？虽然我这么想，但他说："其实啊，我跟老婆离了，所以，你就当是安慰你的前辈，过来陪陪我吧。"

既然他说到这个份儿上，拒绝的话总觉得他挺可怜的。算了，溜池山王离公司也不远。于是，我怀着轻松的心情前来赴约，但是……

我太小看下午茶了。这堆女性魅力百分之二百的亮晶晶、甜蜜蜜的东西是什么啊？这张圆桌本来能坐四个人，都差点儿摆不下那一大堆甜点。隔壁桌的女客也点了一样的餐，不知道是不是错觉，她们好像在偷偷看我们。那倒也是，这可不是两个大叔该点的玩意儿。

[①] 日本国会议事堂、首相官邸、众议院、参议院议长公邸、党派总部等均在永田町。——译者注

可国枝先生却优雅地拈起一块三明治，啜饮茶杯里的茶，就差翘起小拇指了。他脸上的表情十分满足，但从他口中吐出的话语，听在耳中却有些骇人。

"结婚这件事比我想象得更像赌博啊。"

"赌博？"

"有些人在那之前人生都过得一帆风顺，可如果没遇到对的人，就会被对方吸走全部的运气。当然，也有相反的情况就是了。"

"相反？"

"对，有些人通过结婚，能一下子洗刷之前半辈子的霉运，真让人难以置信。"

"国枝先生，您是哪种呢？"

"我的话……就任你想象了。比起这个，你在找失败经历对吧？"

"啊……算是。"

"那就是结婚了。有关婚姻的失败经历到处都是，多到想用畚箕扫起来倒掉啊。"

"不，我在推进的企划不是那种类型啦。"

"哦？"

"我找的不是那种多到想用畚箕扫起来倒掉的、司空见惯的失败啦。"

"你的意思是？"

"所以说，我想重点讲述的，是一般人连想都很难想到的、奇迹般的大失败啊。"

……是这样吗？感觉好像跟一开始的主旨偏离不少了，但我为了给自己加势，继续说："我想探究那种几乎没有机会降临到一般人身上的大失败是如何产生的，用手术刀对准失败的本质，来个深度剖析。"

国枝先生微微撇了撇嘴。这种表情我以前见过好多次。没错，就是在我交出漏洞百出的企划案的时候。

我戒备起来，因为这种时候他一定会吼我："你给我回去洗把脸，全部重写！回归你的初心！"

"原来如此啊。"

但国枝先生还是撇着嘴，给司康饼涂上奶油。那副样子，就仿佛在说……我已经没有立场指导你了，你随便去做吧。

"比起这个……你姐最近过得怎么样？"

"什么？"

"我是说嵯峨野摩耶。"

"我姐挺好的，为什么问这个？"

"我嘛，其实以前是你姐的……粉丝啦。"

"这样啊？那，您喜欢J剧团？"

"对，我家上下都是J剧团的常客。"

"这样啊？我完全没听说过。为什么以前您都不告诉我呢？"

"这感觉……不是挺'那个'的吗？"

"哪个？"

"比如我仗着自己是你的前辈，让你给我引见嵯峨野摩耶什么的……说不出口吧？我总觉得，有一种走后门的感觉，像是在作弊。"

"才不是作弊呢。"

"不不不，我自己不喜欢干那种事。我不喜欢用媒体人的特权，搞得公私不分。"

"前辈，您真是在一些奇怪的地方很认真啊，从前就是这样。"

"但是现在，我不是地球出版社的员工，跟你也不是前辈后辈关系了，我们只是……朋友，对吧？"

"朋友？"

听他这么郑重地说，我总觉得好像耳朵被人"呵痒痒"一样不自在。我跟前辈算是朋友吗？嗯，我们确实不是同事，可要说只是熟人的话，我们彼此又太了解对方了，那就算是朋友吧。

"所以……嵯峨野摩耶现在过得怎么样？"

"她好得很呢，说什么'由我来改变日本的未来'，意气风发的。"

"原来如此。"

"或许当一个政客还真是她的天职吧。"

"天职？"

"对，我感觉她整个人都在闪闪发光。她前不久还一副要出家的势头，情绪很低落呢。"

"这么说来,她去参加选举之前是全职主妇吧?"

"对,在退出剧团之后,她就跟一个公务员结婚了,虽然是相亲结婚的。她说,反正她退出剧团以后就要变回普通人了,与其赖在演艺圈当个三流四流的落水狗,不如干脆结婚引退比较好,但是她的粉丝不答应啊。"

"什么意思?"

"就算她结婚了,她的粉丝俱乐部好像也在继续活动,他们大概每三个月会举办一次茶会,来加深感情和促进交流。"

"J剧团的粉丝都是一辈子的嘛。我奶奶现在还是她以前很喜欢的前团员的粉丝呢。我奶奶七十八岁,那个团员都八十五岁了,但一到茶会的时候,她就会像少女一样穿那种轻飘飘的衣服出门去,甚至粉丝们还会轮班照顾那个前团员的饮食起居呢。明明那个年纪要请护工都不稀奇了。"

"我姐姐的茶会也差不多。以前还没离婚的时候,她的女粉丝都会轮班过来帮她做家事。我觉得,她离婚大概就是这方面的原因吧……从刚结婚开始,她跟老公就合不来。"

"原来如此,要说带着丈母娘还有拖油瓶结婚的话也就算了,带着几十个粉丝结婚,做老公的肯定也坐立难安吧。"

"不仅如此,我姐还决定要以全职主妇的身份开启第二段人生,但粉丝中还有人强烈要求她复出。说到底,她本人就不是一个甘于安坐主妇之位的性子。可就算这样,她说要进入政界的时候,还是给我吓了一大跳。"

"是吗？我倒觉得不意外。不如说，我觉得她这个选择挺聪明的呢，总比贸然回演艺圈复出，在综艺节目里变成那种被欺负的角色要好得多。"

"她的粉丝大概也这么想的吧。这次她会参选，听说也有她粉丝们提了请求的缘故。"

"哦？"国枝先生向前探了探。

"现在她每次去国会，议事堂门口都会排起长龙等她进出呢。姐姐的粉丝们会拿着清一色的团扇等着她。"

"团扇？"

国枝先生的脸已经凑到我鼻尖了。我若无其事地躲开，换了个话题："所以，你那边怎么样呢？我听说，你最近很活跃啊。"

"活跃？"国枝先生或许有些害羞，用左手无名指挠了挠鼻子。

"你做的书不是超级畅销吗？我刚去了一趟书店，柜台上堆成山了呢。"

没错，这位国枝先生，就是现在万众追捧的超级畅销书《少女B所见的一切》的制作人。

"不过，真没想到，樱并木堇居然把原稿拿到你那里去了。其实，她也给了我一份。"

……严格来说，那份原稿是给了地球出版社的三上，但偶然混进了我的物品中，不过这部分的内情我就按下不表了。

"前不久好像是卖到八十万册吧？这样下去，是不是轻轻松松就能破百万了？"

"嗯？大概吧。"

"您真是大赚特赚了呢。"

"是啊。"

"我也得学学您，在这个夏天之前，我也会向着百万畅销书努力的。"

"就是你说的那本讲失败的书？"

"对，要是能靠这本书把我们出版社的招牌立起来……我就打算结婚。"

"哦——结婚？"

"其实，在采访过程中，我遇到了命中注定的人。"

"命中注定？"

"不……怎么说呢，好难为情，我是不是太少女心了？"

"不，那倒没有，'命中注定的邂逅'的确是存在的。"

"对吧！我早就觉得国枝先生一定能理解我。"

"所以，你那个命中注定的人是——"

"我现在在调查某个案子……是个冤案。"

"你说的是不是田喜泽一家四口命案啊？"

"嗯？啊，是的，就是那个案子，不过您怎么知道的？"

"因为嵯峨野摩耶最近在做活动，说那个案子可能是冤案。"

"就是呀，其实本来那件事是我手上的素材，但是我姐来搭了便车。"

"所以……嵯峨野摩耶觉得谁是真凶？"

"不知道，她应该还没有具体的结论吧。"

"你怎么想呢？你觉得真凶是谁？说到底，你觉得那是冤案吗？"

"其实……我也不太清楚。我采访了公寓里的居民，的确打听到不少可疑的秘闻……比如公寓里的派系啦，金字塔结构啦，对立啦，但是，没有什么决定性的判断材料。我越是采访，越觉得不像冤案，越觉得市原俊惠就是真凶吧？"

"……这样啊。"

"哎？难道，国枝先生你也在调查那个案子？"

"算……是吧。其实，从去年开始，我就在有一搭没一搭地取材了。"

"真的假的！"

我有些灰心地拿起一个烟熏三文鱼三明治。

国枝先生不论作为编辑还是记者，甚至撰稿人，都是非常有能力的，尤其是他的嗅觉，不论是什么案子，他都能用他的嗅觉挖出真相，甚至到了人送诨名"松露猪"的程度。

就算我用同样的材料跟国枝先生竞争，也只会品尝到凄惨的失败而已。

我继续把烟熏三文鱼三明治丢进嘴里。

"……那，我就退出了。"

我干脆地举起白旗。如果美绪在这里，一定会骂："你这胆小鬼！孬种！还没战斗居然就放弃比赛，这样还算男人吗？"

但是……世上有很多事，输了才是胜利啊。说到底，世上那些赢家都是只参加能稳赢的比赛，才能留在赛场上的。那种自古以来的、明知会输却还是前去挑战的舍身精神，在现在的世道根本已经行不通了，甚至只会让自己变成冤大头而已。

"不，要退出的人是我。"可国枝先生却说出一句让我意外的话，"所以，你就继续跟着这个事件，紧咬不放吧。"

"……啊？什么意思？"

……啊，原来如此，也就是说，那果然不是什么冤案，所以国枝先生才要抽手。可他却叫我继续紧咬不放，他以前是这种坏心眼的人吗？

"不，那个案子的确是冤案，不会错的。"国枝先生压低声音，"……另有真凶。所以，你继续取材就好。"

"……那么，您为什么要退出呢？"

"不，我本来也想靠这个冤案的点子决胜负的，所以，这几个月我一直在暗中进行着取材。"

"那为什么……"

"……我已经赚够了。靠着《少女B所见的一切》，我已经赚了不少，要是再赚下去的话，我怕税务局那些人会找上我。"

"税务局？"

"对啊，税务局。要说的话，他们就像合法黑钱贷一样，是这个世上最可怕的魔鬼团体。刚赚了钱就被税务局盯上，后半生只能在臭水沟里过活的人，可到处都是呢。……在杉并区一家伪装殉死案里牺牲的那个顶级美容师，也是因为被税务局盯上了，才只得走上破灭的道路……"国枝先生目光飘远，低低说道。

"杉并区一家伪装殉死案"？

哦，那个案子。

"所以，我会退出调查，不继续跟'田喜泽市一家四口命案'了。"

"……这样真的好吗？"

"对，你要代替我去写。今天，我就是想把自己调查用的笔记托付给你，才让你来这里一趟的。"

说着，国枝先生拿出一册笔记本，放在桌角。

"这样……真的好吗？"

我仍然在窥视他的脸色，但手上已经把笔记本拉到面前，翻了翻。

"好厉害！"我脱口而出。

这真的是一本取材笔记，这可是撰稿人的命根子啊。查到这个地步，到底要耗费多少时间和劳力，还有金钱啊。不，这本笔记已经拥有金钱无法衡量的价值了。

我连自己身处何处都忘了，几乎把头埋进了笔记本里，连翻页都嫌烦。啊，原来如此，原来如此，是这么一回事啊，果然另有真凶，但那是谁？是谁啊？真凶是谁——

"啊。"

我没有花多少时间就找到了那个名字。

"落合美绪！"

"……美绪？"

或许对方也听到了我的喃喃低语，国枝先生立刻探出身子，问："你认识落合美绪吗？"

"什么认不认识的……她是我的工作搭档啊。"

"……这样啊？"

国枝先生脸上浮现出非常难以形容的表情。

"哎呀，真是头疼了。"

同时，我却笑了笑。

……这种时候，我也不知道该做出什么样的表情才是正确答案。或许对方也跟我有同样的想法，他像美国人一样夸张地耸耸肩，道："那真是巧了。"

"哎呀，真的很巧。没想到，跟我一起工作的人，竟然有可能就是'田喜泽市一家四口命案'的犯罪嫌疑人！"

"很厉害啊……你还真是走运啊。"

"是啊，我真的是走运呢！"

……现在根本不是相视而笑的时候。我毫无意义地开始抖腿，腋下冒出大量的汗，把我的衬衫都浸得透湿。

美绪？她就是杀害一家四口的真凶？

正好在我抖腿抖得越来越激烈的时候，国枝先生忽然站起来说：

"……那，我差不多该走了。"

可蛋糕架上还留着这么多点心啊。

"那些全都给你吃吧。"

"哎？话说，国枝先生，你要去哪里啊？"

"就是……去找下警察。"

+

"求求你，请让我为你做些什么吧。只要是我能做到的，什么都可以，不，就算是我根本不可能做到的事，我也会努力的。请让我去做吧。"

我简直就像一个依赖神明的信徒，向她乞求。

没错，这不是怜悯，也不是同情。

而是爱情。

那是这世上唯一能把正常的人导向疯狂的、最危险且最恍惚的东西——恋爱之情。

我在酩酊大醉的感觉中，不知何时，连这句话都说了出来——

"请和我结婚吧。"

"结婚？"

"是的，我一定会让你幸福的。"

"可是，国枝先生……您不是已经结婚了吗？"

"我会离婚的，我一定会离婚的。"

"可是……"

"我想让你幸福。"

"可是，我还有女儿……"

"我会让你的女儿也一起幸福的。"

"那……您自己的孩子呢？"

"我觉得，你更重要。"

我自己都觉得自己说出来的话真是一团乱麻，但是，所谓的恋爱就是这样，理性、常理、正义，都会被吹到九霄云外。

"……可是，我正受到别人怀疑，所以，现在根本不是考虑结婚的时候。"

"怀疑？"

"是的，有一位名叫嵯峨野摩耶的国会议员秘书正在调查我，怀疑我是'田喜泽一家四口命案'的真凶。"

"……"

"您其实也是这么想的吧？所以才会来采访我吧？"

她说得没错，我越调查"田喜泽市一家四口命案"，塚本绘都子是真凶的可能性就越高，不论我怎么另立其他的假说，她都会浮现在最前面。

动机便是田喜泽光明小学。这所小学表面上只是一所普通的市立学校,但其实是国家指定校,拥有媲美国立大学附属小学的教育资源。只要孩子能进那所小学读书,就能一路直升国立大学附属高中了,而且只需支付最低限度的学费,就能接受日本屈指可数的精英教育。或许就是因为这个,想让自己的孩子入读田喜泽光明小学的家长不计其数,但那所学校表面上终究只是一所市立小学,如果不是学区居民,不论谁来了都得打道回府。跨区上学原则上是不允许的,可那所学校指定的学区范围很小,建在那块土地上的集体住宅又只有田喜泽天际乐园一栋。即便如此,家长们也各出奇招儿,只想弄到学区的居住证,最后竟然还出现了买卖居住证的中介。

其中一个中介,便是盛大超市田喜泽南店的代理副店长官里京子。她滥用自己家住在学区内这一点,到处售卖自己家的居住证。据我调查所知,目前有最少十个人一起居住在她那小小的独栋屋。当然,这只是居住证书面上的说法而已,她家里实际没有住那么多人。

不知是这位官里促成的,又或是通过其他路子过来的,田喜泽天际乐园里接连入住了许多冲着田喜泽光明小学来的居民。那些以市营住宅名义出借的房屋,就成了他们最好的掠食对象,而且这种房子的房租相当便宜,很受欢迎。

但是,房屋抽选倍率很高,如果没法用什么特殊手段来降低倍率的话,几乎是租不到的。我听说,其中还有市议会议员的亲戚靠着走后门才得以入住的。这很明显是舞弊,可一旦住了进去,也就几乎不会被赶走了。

……而命案中被杀害的3003室住户,就是以为入住后就万事大吉,可以坐享其成。虽然他们家的人爱惹事,平时在楼栋里树敌众多,但他们之所以会殒命,并不是因为邻里纠纷。

而是因为他们住的房子被盯上了。

如果那套房子变成死了很多人的命案现场,想必很少有人愿意租,倍率应该也会直坠谷底。案发后,那套房子的倍率也的确降到了零。

就在这种时候,响应号召而住进那套房子的人,就是塚本绘都子。她理所当然地无须经过抽选就租到了那套房子。

这么说起来,此案最大的得利者便是塚本绘都子,而且,她也是最有作案动机的人。

不仅仅有间接证据,还有实物证据。

我就是为了把证据摔在她面前,才去接近她。

但是,我却因此正中她的桃色陷阱。

她就是真凶,这点不会有错,但坠入恋爱陷阱的我……却选择了帮助她。

"请和我结婚吧。"

我又重复一遍。

"只要和我结婚,我就会帮你。那个证据我也会处理掉的。"

这或许是一种威胁。

塚本绘都子的眼中，流露出丝丝厌恶。

但到了这个地步，就算被她讨厌，我也想得到她。我想在她左手的无名指上刻下我的印记。

"你要是不跟我结婚……以后就完蛋了。"

我的爱意熊熊燃烧，可从口中吐出的，却净是招她恐惧的威胁之词。

"你一旦被抓到，一定会被判死刑。要是那样的话，你女儿怎么办呢？她会变成死刑犯的女儿，痛苦一辈子呀？"

我还在威胁。或许是威胁起了作用，她终于开口："我知道了，我答应跟您结婚。"

她就这样回应了我的心意。

"但在那之前，我想请您消解我所有的担忧。"

嗯，我明白。威胁到你的一切，我都会想办法处理掉的。

我想想，土谷谦也，就利用他吧。据她所说，这个男人也在四处打探什么。

不过他这个人很好搞定，只要给他提供假情报，就能轻易误导他了。

"还有一点，请您和自己的家人彻底切断联系。我不想再见不得人地活着了。请您一定一定要断绝关系哟。"

为了回应她的恳求，我昨天向妻子提出了离婚。

我们的关系本来就日趋冷淡，离婚也只是时间问题，所以，我本来以为……事情很快就会结束。

但女人这种生物，为什么总会在紧要关头，说出跟从前完全不一样的话呢？以前她总说受不了我，想马上跟我离婚，满口只有抱怨，可当我真的提出离婚的时候，她却拔出了菜刀。

"那我就杀了孩子，然后自己也去死。"

女人这种生物为什么会那么冲动呢？

她真的把两个孩子都砍死了。

而且，连我也差点儿被她砍死。

……啊，原来如此。

"杉并区一家伪装殉死案"，或许也是这么发生的。

我心中仍然对塚本绘都子留有一丝怀疑，会不会她才是真凶？事情的真相可能就是妻子强迫家人跟自己一起殉死。说不定，就是妻子杀了孩子和丈夫，还砍下丈夫的头，埋到某处，最后再杀死自己。

不过我侥幸躲过妻子的菜刀，性命并无大碍。

相反，我夺走了妻子的命。

只有这件事实是无法歪曲的。

我是个杀人犯。

这个时候，恐怕已经有大批警察赶往位于世田谷区的我家里了吧。

那么，我接下来该去自首吗？

不，在自首之前，我想见塚本绘都子一面。

我想告诉她，我已经和家人彻底断绝关系了。

我还想对她发誓，自己一定会让她幸福。

13

不会吧？

国枝先生，竟然……

樱并木堇——也即池内郁代，听到这个消息时，是在二〇一六年三月二十三日凌晨。

她的确有不祥的预感。天都还没亮，这个时候响起的电话大半都是坏消息。

父亲自杀时，公司破产时，出版商跟她断绝往来时，患阿尔茨海默病的母亲死去时，木下先生自杀未遂时……所有的噩耗都在黎明时分。

所以这一刻，郁代在拿起话筒接听之前，也同样陷入轻微恐慌的状态。

什么？这次又是什么？

我好不容易才复出,好不容易才走出又黑又长的隧道,见到了光明啊。

可是,这就来坏消息了?这样简直就像"打地鼠"一样啊。我知道,这个业界到处都有无数的锤子等着打出头鼠,所以这次我才凡事都保持慎重,才会慢慢地、轻轻地从洞穴里探出头来,还准备了国枝旭这个最强的搭档做后盾。

国枝旭可不是一个寻常的自由编辑。他作为黑记者同样非常有名,是"那条道"上的大人物,也就是所谓的幕后操盘手,有很多八卦丑闻都是他暗中压下的。当然也有完全相反的情况。他怀里塞满了各式各样的八卦丑闻,他会巧妙地利用它们钓出更大的独家猛料,再牢牢抓在自己手中。他的精明可以说是无人能敌。

所以,自己才选了他作为这次复出的搭档。

可是,坏消息这就来了?

郁代几乎在过度呼吸的状态下拿起了话筒。

"您好,我是驹泽警局的田中。"

驹泽警局……警察?!

郁代的心脏几乎像个开始倒计时的炸弹了。

她的肺也"唏唏"惨叫不已。

"请问,您认识国枝旭吗?"

对于这个问题,郁代以"唏唏唏"的惨叫声做了回答。她很想问国枝先生怎么了,可话说出口却只会变成"唏唏唏"。

同时，给她打电话的人好像相当习惯这种情况，平静地回答了郁代那不成话语的疑问。

"国枝旭确认死亡了，是自杀。"

死亡？国枝先生竟然……

可是，这句话，她也只能用"唏唏唏"回答。

"因此，我们想找您了解一些情况，可以烦劳您来驹泽警局一趟吗？"

"不会吧？"

等到郁代嘴里终于蹦出一句像样的话时，已经是她放下话筒五分钟之后了。

"国枝先生竟然……"

在刚才那种状态下，她好像还是给对方说的内容记了笔记。电话旁边的笔记本上潦草地记录了一些杂乱的单词。

国枝、妻子、孩子、杀害、失踪、驹泽警局、早上九点。

"郁代姐，怎么啦？"

来家里留宿的外甥女美华子揉着眼睛，从客用和室里走了出来，她惯于称呼小姨为"姐"。

美华子是郁代同父异母的姐姐的女儿，作为一个很难被接纳的"秘密"，曾经郁代也对她视若无睹，但现在，她们之间已是能正常交流的家人了。

不，郁代心想，美华子与她的关系甚至比家人更紧密。不论是母亲得了阿尔茨海默病的时候，还是妹妹沉迷邪教出家的时候，还是父亲自杀的时候，公司破产的时候，自己写不出小说的时候，个人破产的时候，身无分文、要靠生活保障金生活的时候，都只有这个孩子一直陪在自己身边。

自己能出版《少女B所见的一切》也是多亏了她的辅佐。自己现在能在四谷租到3LDK的高级公寓，同样也是多亏了她。

"这是……什么？"

美华子探头来看电话旁边的笔记。

"国枝？国枝先生怎么啦？"

听了美华子的问题，郁代像个只会呆板念台词的蹩脚演员一样回答："他们说他死了。"

"也就是说，国枝先生杀了自己的太太和两个孩子，最后还自杀了。"

像这样把这些事用自己的话说出口，就能明白过来这是个了不得的大案子，但郁代却仍然有种事不关己的感觉，她就像在电视上看陌生人在遥远的陌生世界引发案件的新闻一样，以一个旁观者的角度冷眼看着，心想："世道真是不公。"

"……啊？"

可美华子与她不同。她简直就像亲眼看见了凄惨的命案一样，脸色眼见着惨白如纸，然后她手忙脚乱地找出自己的手机，打开了电源。

　　——二十二日晚上七时二十分左右，于东京都世田谷区，自由编辑国枝旭先生（五十二岁）家中，住在附近的家庭主妇（五十五岁）访问其宅时，目睹其妻庆子女士（四十八岁）、长女麻奈（十二岁）及长子大地（七岁）流血倒地之境况，随即报警。随后救护车将上述三人送至同区医院，但很快三人都确认死亡。国枝旭本人目前行踪不明，驹泽警局正在搜寻其去向。

　　"不会吧？国枝先生竟然……"
　　美华子低声说了跟郁代一模一样的话。不愧是自己的亲姨甥，郁代对这奇特的关注点深有感触地点点头。
　　"还有，'驹泽警局早上九点'是什么意思？"
　　美华子又探头看了一次那张笔记，语气激烈地问郁代。她似乎有点儿恐慌。
　　而郁代本人的情绪却仿佛跟美华子的慌张成反比，化作地板上落定的尘埃。
　　"他们好像想问我一些事情，所以叫我那个时候去警局。"
　　郁代回答。美华子听了，情绪却水涨船高："哎呀，那不就是叫你去自首吗？"
　　"自首？"

这个词终于点燃了郁代亢奋的情绪。她伸手捏捏眉间的褶皱，吼道："怎么会！才不是，他们只是找我去做笔录！"

"可是郁代姐，你——"

美华子的嘴唇白得就像刚从冷水池里爬上来一样，她的瞳孔也比平时小了一圈。

回过神来，郁代自己的指尖也冷得阵阵作痛。

郁代一边给手指头呵气，一边说："没错，就是做笔录而已。"

"姐——"

"可我该说什么呢？就算他们问，我也没法回答什么啊，毕竟我跟国枝先生只有工作上的联系嘛。他这个人，我真的一点儿都不了解。唉，我不行了！"

郁代终于软倒在地板上。

"姐，你振作一点儿啊。郁代姐！"

"我不行了，一切都完了。"

"什么完了？"

"我说，樱并木堇已经彻底完了啊！"

"没有那回事，你振作一点儿啊，郁代姐！"

"毕竟，国枝先生死了啊，木下先生也……都怪我，甚至可以说他们都是我杀的！"

"木下先生不是还没死吗？"

"可是，他跟死了也没什么两样！他们说他变成了植物人，再也不会醒来了。都是我的错。"

"木下先生是自作自受，不是你的错！"

"……不论怎样，反正都完了，樱并木堇彻底完了……"

"不行，你一定要振作，如果樱并木堇不存在了，我怎么办啊？你要我以后怎么生活下去？姐，你说啊，你快说，樱并木堇是不灭的！"

"不灭？嗯，没错，我得振作起来，因为樱并木堇……是不灭的。"

然后，郁代便像一头刚刚出生的小鹿一样，尽管脚步踉跄，但还是摇摇晃晃地站了起来。

案例5
家人

14

二〇一六年十月。

"您问这个做什么?"

听了樱并木堇的提问,落合海斗有些困惑。

他并没有隐瞒什么,而是真的不明白。

他的妻子落合美绪,为什么会陷入那种境地?

因为他不明白,所以至今为止如雪花般飞来的一系列采访申请,他都一概没有回应。这并不是逃避,而是因为他真的不明白,他不了解妻子。

但是,在樱并木堇联系他提出采访的时候,他反而是主动飞扑过去的,而且还是兴冲冲地赶来这里的。

虽然他没告诉过任何人,但其实,他曾经是樱并木堇的忠实读者。

当时他还在上中学,那会儿,简直就像中了邪一样痴迷她的著作。

他当年最喜欢的是《少女残虐史》,书因为被他多次翻阅而变得破破烂烂。每次书翻得太破就重买一本,最后总共买了五本一样的书。他还给作者写过粉丝信,虽然从来没收到过回信。进了高中后他忙于社团活动，对樱并木堇的热情也就自然消退了，但每每想起当年，胸口还会像回忆初恋一样阵阵抽疼呢。

因此，这可是他所憧憬的人说要采访他啊，哪有理由拒绝呢？唉，应该跟父母说一声，让他们把《少女残虐史》的单行本给他捎过来，然后自己再拿出来让对方给自己签名。这样做是不是太不严肃了？毕竟，今天的采访内容是关于他去世的妻子。本来他来到这里，应该垂头丧气、一脸沉痛，可他实在难抑雀跃的心。少年时代的憧憬是不灭的，就算憧憬对象的容貌发生翻天覆地的变化也一样。

话虽如此，关于樱并木堇的长相，他也只看过单行本封面内页里那张作者近照。

所以这一天，他来之前尽管对于自己能不能认出樱并木堇并没有信心，但实际上是他多虑了，他一眼就认出来了。虽然年龄的增长让她的身材有点儿臃肿，但不会错，就是这个人。这人的气场跟别人完全不一样，那正是作家的气场。

海斗难掩兴奋，径直冲到樱并木堇面前。

"啊啊，樱并木堇！"

然后，他就像下意识去碰自己最喜欢的职棒选手的小学生一样，伸手就要拍对方的肩。但很快他就回过神来。

"啊……不好意思。"

再怎么说自己也太兴奋了。海斗的脸红到了脖根，他怀着道歉和打招呼的意图深深低头行礼。

"您是落合海斗先生吗？"

樱并木堇沉着脸，用下巴指指椅子，示意他坐下。她那傲慢无礼的态度虽然让海斗有些在意……不，毕竟是曾经人称"文坛女王"的人物，这才是人家的做派。

"我就不客套了，今天是想问您一些问题。"

樱并木堇连招呼也没好好打，单刀直入地说。

"您认为，落合美绪……为什么会死？"

她的气势或许刺激到了海斗，一股苦涩的、灼烈的液体倒流进他喉中。

没错，她今天是为了采访他妻子的事而来的，而自己则是杀了好几个人的杀人犯的丈夫。樱并木堇的话仿佛让他再次回想起这件事，海斗不禁浑身一抖。

"不好意思，这么唐突。"

原本探出身体的樱并木堇往后退了退，道。

"谢谢您愿意接受我的采访。我真的很感谢您。"

樱并木堇的态度忽然一百八十度大转弯，像个卑躬屈膝的商人一样向他深深低头，然后她接着说："为了让您能够协助我的工作，我将毫无保留地把我的意图全都告诉您。我想收集此案的相关信息，然后写成一篇报道，接着再把这篇报道做成继《少女B所见的一切》之后的第二部复出作。或许您会觉得，我竟然拿杀人案当踏板让自己复出，是个何等冷血的人啊。是的，作家的本质其实就是偷窥狂。这是个见不得人的职业，我并不打算美化它，或是给自己找借口，但是，唯独这一点希望您能理解。正是通过这些见不得人的行径，我们才能够找出隐藏在背后的真相。"

樱并木堇那非同寻常的热情尽管让海斗有些难以招架，他却也十分感动。

可以的话，他也想帮忙。

但是……

+

说起来真是不好意思，可是，我真的不太清楚为什么事情会变成这样。

会这么说，也是因为从去年开始，我就和妻子美绪分居了。

原因有很多。

我在想，或许我们两人非常不般配吧。没错，其实我们也许根本就不该结婚的。我家的母亲本来就委婉地表示反对，说要是娶个姐姐回家，以后我就只能跟在她的屁股后面转。是的，美绪比我大两岁。她以前是我公司的前辈，我刚进公司时，就是她负责带我。

美绪娘家人看起来也不太赞同我跟她结婚。婚礼的时候，她祖父母还跑来到处挑刺，引发了一场骚乱呢。

但是，您不觉得人越是遭到周围的人反对，越会燃起对抗心理吗？也不知道该说是对抗……还是固执。

不过，我最近开始想，年长者的意见有些时候还是自有他们的道理。

我们开始过日子后，我才觉得……彼此好像有些合不来。我们是一时冲动结婚的……总会有些尴尬。虽然我们试着搬进了我一直很向往的都心高层公寓，可我总觉得不自在。

但我还是想，或许等她怀上孩子就好了吧。俗话说孩子是夫妻的纽带嘛。美绪在婚后不久就怀孕了。我想，或许这样我们就能成为真正的夫妻……但在开始休产假之后不久，美绪就倒下了。她死产了。

现在想起来，我还是觉得那段日子像地狱。

从那以后，美绪就开始变得不太正常了。

但她还是很坚强地尝试回归社会，但三个月后还是辞职了，大概是觉得在公司很尴尬吧。

然后，我们才处理掉当时住的池袋的高层公寓房，搬到田喜泽市租房住。

其实想想，或许这次搬家就是契机。

搬到田喜泽市后，美绪的状态就越来越不对了。她患了双相情感障碍……也就是所谓的躁郁症。

首先，她是从抑郁状态开始。

当时我简直就像跟一个机器人住在一起。不论我跟她说什么，她都没有反应，始终面无表情。

可不久，她又会忽然活泼起来，也不睡觉，一直滔滔不绝说个不停。她好像还经常更新自己的博客。因为那都是她在躁狂状态下写的文章，内容都很极端，简直就是坏话连篇，尤其关于推理小说，更是一点儿都不留情。那个时候有一个什么作家写的推理小说，被她贬得一文不值。就因为她这个样子，博客评论区就老是打嘴仗。别人一跟她吵架，她又会陷入抑郁状态……然后就是不断重复。

由于老婆变成这样，我感觉自己也要不正常了，就是所谓的焦虑症，总会忽然有一阵不安的感觉平白无故朝我涌过来。我在公司里犯错越来越频繁，一想着再这样下去两个人都会倒下的，所以我辞了职，打算换换心情，开始做自己的生意。

也就是私人教练业务。

当然，我也跟美绪谈过。不如说，甚至是她最先提出来的："你呀，其他方面完全不行，除了这个身板还算不错。你锻炼得很好，要不你去教别人怎么锻炼，说不定能赚不少钱呢。"当时，她是这样说的。

不过，她本人好像彻底忘了自己说过这话。

真是的，美绪她陷入躁狂状态的时候，一整天都会说个不停，可一旦抑郁的开关打开了，她就会立马躲进自己的壳里，甚至还会完全忘记自己在躁狂状态下说过的话，简直就像双重人格一样。我都搞不懂到底哪个才是真的美绪……不，不论哪个都是真的美绪，只不过是美绪这个女人本来就具备的积极和消极的特质，不过是以极端的形式交替出现而已。

不论如何，美绪夸我身材好，我是很受用的。她本来就是个不服输的人，很少会夸奖别人。她都这么说了，我一下子就有想法了。

我一直都是个体育生，从中学到大学都在打橄榄球。进社会之后，我也会去健身房锻炼身体。嗯，这可能类似一种轻度的健身上瘾吧。您问健身也能上瘾？能的。如果我一天不做力量训练，人就平静不下来。要是体形稍微走样了一点点，我就会陷入恐慌。

不过我会变成这样，也是因为美绪的一句话。当时我正好有点儿松懈，身上有了点儿脂肪。那是在婚礼之前，我准备在婚礼上穿的西服紧巴巴的，结果她一个劲儿地骂我"不像样""真丢人"。她甚至还说了"早知道你是这样，我就该跟那个人结婚的"这种话。

那个人，指的是她的前男友。

是的，她真是不放过每一个机会，遇事就要拿我跟他比较。年收入啦，学历啦，上班的公司啦，每一件事都比。

美绪本人可能没有这种意识吧。正因如此，我才格外受伤，因为这也就说明，她的心里还一直装着前男友嘛。

但是我也没输。我唯一强过那个前男友的，就是这副身板。她前男友好像是个骨子里的文科生，所有的体育运动都不擅长，美绪好像就是不满这点才甩了他的。

不论怎样，美绪的前男友对我来说，就像个影子拳手吧。为了终有一天把她背后那个若隐若现的影子打趴下，我健身非常努力。

现在想想，或许美绪从一开始喜欢的就一直是那个前男友吧。恐怕，她其实是想跟前男友结婚的，所以跟我过起日子来，每天只有一万个不满意，到了最后，终于搞垮了她的精神状态。

如果是这样，那她为什么要跟我结婚呢？还有，我又为什么会跟她结婚呢？

当然，一个理由是我喜欢她，但是这种"喜欢"，现在想想，我只觉得是误会。这好像是叫"吊桥效应"什么的，就是会把在吊桥上感受到的心跳加速当作是恋爱前兆的那个。

我会这么说，也是因为我最开始注意到她的时候是在电车里。

那大概是十年前的事情了。

当时我住在东横线沿线，美绪上班也会用到东横线沿线的车站，所以，早上我们常常会在电车里巧遇，但是，当时顶多就是打打招呼，我甚至有时还会在目光对上之前躲起来。当时我对她，更多的是感觉相处不来，毕竟，她是个可怕的前辈。

但是某一天，车上发生了人身事故，车里的乘客们就都有点儿恐慌。当时美绪就在我身边。车开到站后，大家终于从恐慌状态下解放出来的时候，我和美绪简直就像命中注定的恋人一样，紧紧地贴在一起。

美绪是这么说的。

"虽然我之前有个在交往的人，但我昨天跟他分手了。"

当时她的眼睛，不知是不是哭过了，肿得老大了，皮肤也很粗

当我的人生一帆风顺时

糟，妆都脱落了。平时她明明很完美的，可那天看见她那副破绽百出的模样，我的的确确为之心动，甚至到了让我在那一瞬间做出决定……想要保护这个人。

从那以后，其中一方提出要交换联系方式，然后，我们就开始了交往。

但是有件事我后来才知道，她当时不但没有跟前男友分手，好像还继续在谈。也就是说，当时的我和那个男人被她脚踏两条船。

就算知道了这件事，我身上的"吊桥效应"还在，所以我向美绪求婚了。现在想想，这可能是源自我对她前男友的对抗心理吧。与其说我想要的是美绪本身……不如说是想要赢过那个人。

美绪也一样，她之所以会决定跟我结婚，我认为其中也有嘲讽对方的因素。

我们彼此是不是都动机不纯啊？

一般人才不会为了争强好胜或者耍脾气，就简简单单结婚的吧？

所以，我们失败了，可就算这样，哪有人是以这种方式失败的啊？

啊，不好意思，我情绪有点儿激动。

……说回之前的话题。

我跟美绪分居是在去年——二〇一五年的秋天。

美绪忽然说出这么一句话。

"我也要开公司。"

我根本不懂她在说什么。我本以为她一定会给我帮忙的，但是，她这么说："毕竟你有你自己的人生，你好自为之吧。我也要按照我自己的想法过活。"

然后，她就把我从家里赶出去了。

当时我也想过，为什么要走的人是我啊？不过，我们家的主导权一直都握在她手上。既然美绪叫我走，我就只能走了。所幸，田喜泽市隔壁的M市就是我的老家，于是我便仓皇逃回了家。母亲还对我说"瞧瞧，我怎么说的"之类的话来挖苦我，不过还是老家好，有了父母的帮助，我跟本地的朋友一起开了一家小型的私人健身房。那里毕竟是老家嘛，有很多熟人，现在来的客人也渐渐多了。

我自认为创业的初期阶段还算是比较顺利的。

不过，我还是很在意美绪。就算我们分居，户籍上的婚姻关系还是存续的。父母叫我最好跟她离婚，但我想，要是她跟我离婚了，美绪的日子该怎么过呢？实际上，就算我们分居了，我存钱的那张卡也在美绪手上，她好像是靠着从里面取生活费过日子的。

但那天傍晚，我收到了她寄来的那张银行卡，还有离婚协议书。

"我跟他创立了新公司，这是我人生的新起点。至今为止，多谢你了。

"追记：请你在离婚协议书上签字盖章，并寄还给我。我会把它交去民政局的。"

——以及这么一封简短的信。

我感觉如释重负。美绪找到了新的伴侣，要跟那个男人一起生活了。一想到这里，比起生气，我反倒祝福的心情更多，毕竟这样一来我就终于能摆脱"吊桥效应"的诅咒了。当时，我感到心情无比畅快。

因为那时，我心里也萌生了新的恋情，正在小心翼翼地培育新芽。对方是跟我从小一起长大，比我小三岁的女生，在我们老家的政府当公务员。虽然她长得实在不算漂亮，但是性格很可爱，很讨人喜欢。最主要的是，跟她在一起我感觉心里很安宁，会松一口气。我终于察觉到了，比心动更重要的是安宁。我很确信，如果跟她结婚的话，我这次一定不会失败。

但是呢……

过了年，二〇一六年的二月份，美绪忽然联系我，说她想见我，要跟我说一件重要的事，我还以为肯定是离婚财产分配之类的，就去见她了。

结果并不是。

美绪是这么说的："要不复合吧？"

我的反应就是："啊？"

据美绪说，虽然跟"他"一起创立了出版社是很好，但一直不顺利。她自己的身体状况也不佳，没法努力，所以想回到原来的生活去。

我听了又发出"啊"的一声。

我当时说："可是，我们都离婚了啊，怎么还能回到从前的生活呢？"

美绪回答:"这个的话,你放心吧。我们还没离婚呢。"

啊?啊?啊?

"所以说,我还没有把离婚协议书交到民政局去。"

她说着,拿出那张只有我的签字盖章的离婚协议书,当场把它撕成了碎片。

"我现在完全明白了,你才是最好的。以前你太理所当然地处于离我最近的地方,所以我都没有注意到,但是离开你以后,我终于确信,对我来说最好的伴侣,只有你一个人。你才是我命中注定的人啊,可我却……唉,我真是个笨蛋!我以后绝对不会再走这样的弯路了。这一次,我一定要和你一起变得幸福,好吗?所以,我们从头来过吧。"

为此,我的大脑一片空白。那时我已经跟新的恋人许下了婚约,正在讨论婚礼的日期。

可是,她却说我们还没离婚?

我猛地摇了好几次头,尽力尝试抵抗。

"不不不不,你在胡说八道什么呢?我们之间早就结束了。说到底,提出离婚的人不是你吗?"

"所以,我这不是来给你道歉了吗!"

来了来了,美绪最擅长的倒打一耙。

"我都认错了,跟你低头道歉了!可是你这人,怎么就不识趣呢!"

到了这个状态，真说不准她接下来会干出什么事来，于是我说："知道了，知道了，总之，你先给我点儿时间，我要整理一下想法。我现在大脑一片混乱，没法好好回答你。我会认真对待的，所以你今天先回去吧。"

就这样，我设法安抚住美绪，那天姑且是过去了。

但是，这不过是一时的权宜之计。啊，这是我的坏习惯，我总会下意识先把场子撑过去，把问题拖到之后再解决。我父母常常因为这个训斥我："有问题就当场解决，不然的话，你之后可要吃大亏！"他们说得真是没错，但是，老师又教我把难题放到后面再做。老师说，要先从简单的题开始解起，难题最后再着手，就算解不出那道难题，也能赚到一些分数。到底谁说的才是对的呢？我想，恐怕两方都是对的，我应该要根据眼前的状况，选择最适合的方法吧，但是，我没有那么聪明啊。我这个人，就是那种比起什么道理、理论，先行动起来再说的类型，所以，如果有障碍拦在我的眼前，我就会先放在一边不管，或者直接用身体撞过去，把它打垮。在美绪的事情上，后一种是行不通的，如果我敢那么做，只会被她加倍报复。

唉，美绪这女人真是的！你只要见了她，就会明白了。她真的就是个暴力女！谁要是被她盯上，就会吃不了兜着走的！你会被她呼来喝去，到处使唤，到最后就是毁灭！

……话虽如此，我现在也见不到她了。

不论怎样，当时我也是把问题往后推，留待以后解决。

眼前一片黑暗，我当时就是这种情况吧。我精神恍惚地回家去了。

家里，我母亲正忙着准备我的再婚事宜。她还说："你跟这次这个姑娘，一定会幸福的。真是恭喜你了。"

我的母亲也从小就认识我的新女友，也很宠她，所以当时好像真的很开心。

"从一开始，你就应该跟那个女孩儿结婚的。她从小就喜欢你，可是，你却跟美绪那种人结婚了……"

美绪和我母亲真的水火不容，她们婆媳俩总是反反复复地吵架，不过，恐怕世上也没几个人跟美绪合得来吧。

但是，美绪以前是个好女人啊，她很有魅力的。那种急脾气，还有咋咋呼呼的性格，换个角度讲，是很刺激、很吸引人的，所以在她病了之后，我也没有考虑过离婚，甚至还想着跟她在一起，陪着她治好。我啊，虽然说这说那，以前还是很喜欢美绪的。我曾经是那么爱她，就算她是个只会带来毁灭的危险女人……我也深深被她吸引。本来我就喜欢强势的女性。毕竟，我的初恋是"公牛中野[①]"嘛。……您不知道"公牛中野"吗？就是那个女性职业摔跤手。她可是传说中的"反派摔跤手"啊，虽然是"反派"，可她有自己的美学，超级帅气。美绪其实就跟"公牛中野"有点儿像。

[①] 日本女性职业摔跤手，第一个获得WWF世界女子冠军的日本人。原名中野惠子。——译者注

所以，美绪跟我谈复合的时候，说实话我也有点儿开心，那个时候我毫无疑问是心动了。

后来，我跟现在的女友见了一面，可是整个人心不在焉。当时我想，就算我跟她结婚了，恐怕也会处处拿她和美绪比较吧……就像以前美绪对我做的那样。

那样的话，现在的女友也太可怜了。她呀，真的是个很好的孩子。可以的话，我不希望她过得不幸福，也不想让她流泪。对我来说，她就像妹妹一样嘛，是的，妹妹。我到这时才终于发现，我对她的感情不是恋爱，而是接近家人亲情一样的东西，而我的恋爱对象没有改变，仍然是美绪。

但是，现在想想，结婚其实就是成为家人吧，所以我应该要选家人亲情才是。

……是的，我又失败了。

因为，我当时选了恋爱那一方。

我跟她提了分手。

而且还说了实话："其实，我还没有离婚。"

虽然她说，她会在正式离婚之前一直等我，但已经不是这个问题了，因为我发现，我心里还爱着美绪啊！

当时我想，到了这一步，就算那样做无异于打开通往地狱的大门，我也只能跟美绪复合了。

可是……可是！

那个男人发来联络是在三月二十二日傍晚吧。

我那时久违地回到了田喜泽市的公寓里,准备跟美绪复合。我们当时做的那件事也是隔了很久之后的第一次——我跟美绪确认了彼此的爱意。

唉,还是美绪好。当时我很确定,我和美绪实在太合拍了。美绪或许也这么认为。

就在那时,美绪枕边的手机响了。

当然,我们没理会。

然后,这次换固定电话响了。

当然,我还是没理会……但切换到电话录音时,电话那头的人用非常大的音量说:"美绪,你在吗?是我啊,我。"

在那一瞬间,美绪闪电般从我怀里抽身出去,扑到了电话上。

"谦也?"

美绪一改先前的语气,像撒娇的猫一样捏着嗓子喊了那个名字。

"谦也,怎么啦?"

唉,我从来没有被她用那样的声音喊过一次。

"咦?你要见我,马上?"

她那声音是多么甜蜜啊!

"嗯,好。我这就去。"

然后,美绪飞快地穿上衣服,丢下我出门去了。

您能想象那时候我有多悲惨吗?

可我还是等着她，像一条悲哀的狗一样，因为美绪对我说："我出去一下，马上就回来，你等着我哟。"

既然她这么说，我就只能等她了。

可是，美绪没有回来。

一小时，两小时……我等了有四小时吧。

其间，我拼死拼活地做着锻炼，因为除此之外我没有别的事可做，想要压下心中将要爆发的烦躁也只有那一个方法了。

然后，在我做完三百次深蹲，正开始用十千克的哑铃做负重训练的时候，美绪回来了，而且，她居然带着一个男人！我双手拿着哑铃愣在原地。

那个男人好像也愣住了，但是他的脸上马上就展开不怀好意的冷笑。那张脸，我真是无法忘怀，简直就像在嘲弄我一样。

所以，我也用鼻子不屑地哼了一声。

您知道那个男人有多不堪入目吗！平时的生活到底是多懒惰，才会变成他那样肥嘟嘟的体形啊！身高都不知道有没有一米七，胖得简直就像个酒桶一样。那啤酒肚就跟孕妇似的，要是像相扑力士一样锻炼过，没准看起来还有点儿威严，可那个男人的肚子一丝肌肉都没有，就是纯粹的脂肪块，是猪油。他生动地体现了什么是"暴食"和"怠惰"，是一头懒惰的肥猪。不仅是肚子，他的全身都是脂肪。要是拿着火源靠近他，我都怀疑他会一边散发出烧烤的香味，一边原地熔化。

总之，那是个很丑的男人。

但是，他却说："初次见面……我是土谷谦也。"

土谷谦也，我都不知道听过这个名字多少回了！

他就是美绪的前男友！

一股不可名状的情感冲过我的全身，是嫉妒，是厌恶，还是愤怒？也许三者皆有吧。

想想看，我一直以来都被美绪拿来跟这个男人比较，她无时无刻不在提醒我他的存在。

也就是说，这个男人就是我曾经烦恼的根源。

然而，出现在我面前的却是个丑男人。

我一直以来，就被这么个货色比较，而一直自卑的吗！一想到这里，我就开始发抖。

不是我自夸，我这个人，姑且还算得上帅哥的行列。真的不是我自恋，是别人这么评价我的。从记事起，我就很受异性欢迎，可竟然是这么一个男人，让我生来第一次有了自卑情绪。

竟然是这么个矬男！

仿佛一切都变得荒唐没有意义了。我打心里怜悯跟这么个男人较劲的自己。

而土谷谦也却浑然不知我心中的想法，盛气凌人地说："总之美绪，我们去警察局吧。"

警察局？美绪干什么了？

当我的人生一帆风顺时

"谦也，我不是跟你说了好几次吗，你肯定是搞错了。"

美绪给自己找借口的语气，仿佛要抱着那个男人的腿求饶。她那副样子是何等的不设防！我都从来没有见过她那副模样。美绪这个人就连在我们相爱的时候，也好像偷偷藏着武器似的，只要给她找到破绽，她就要给我来一刀。她真的就像个天生的女战士，我也就是爱上了她这点，可在土谷谦也面前，美绪只是个再平凡不过的笨女人，她的声音也娇媚得不堪入耳。

"海斗，你说两句嘛。当时那个案子发生的时候，我在家里吧？我跟你在一起吧？"

简而言之，事情是这么一回事。

土谷谦也怀疑，美绪才是发生在二〇一五年五月二十七日的"田喜泽市一家四口命案"的真凶，同时美绪拼命否认。为了让我给她做不在场证明，她这才把土谷谦也带来了我们家。

"田喜泽市一家四口命案"。是的，我当然记得，那个案子就发生在附近的高层公寓里，当时引发了好大的骚动，不过凶手很快就被抓住，那个人也被判了死刑才对。好像是叫市原俊惠，是美绪打工单位的同事。可为什么到了现在，却怀疑起美绪来了？

"海斗，你给我做不在场证明嘛。我那天在家里，对不对？"

那天的事情我记得很清楚，毕竟美绪作为证人被传唤去法院，我也去旁听了。可以说，正是美绪的证词让被告的犯罪行为铁证如山，导致市原俊惠被判了死刑。

但是,那天听美绪作证的时候,我是觉得有点儿不对劲的。

二〇一五年五月二十七日晚上,美绪忽然要做法式吐司,但她又说家里没有面包,飞奔出了家门。这种事常常发生。那段时间,她的精神状态非常不稳定,经常想一出是一出。忽然冲出家门这种事,可以说是家常便饭。要是每件事都认真应对的话,我自己会先撑不住,所以当时我也没管她,随她去了。

……是的,我记得,当时快二十一点了。对,就是晚上九点之前。因为我当时每周都追的电视剧正好要播完了,所以我记得很清楚。

可美绪在法庭上作证时,说的却是"我在晚上十点左右,在便利店碰到了市原俊惠"。

奇怪——我当时就这么想,那天晚上十点,她已经从便利店回来了才对,双手抱着一大堆住宅专刊。

但我又想,或许是我搞错了,所以才没说出来。

但土谷谦也说:"你是她老公吧,请问实际情况是怎样的?"

他简直认为自己才是正义的一方,高高在上地朝我逼近。

"美绪那天晚上,是不是在九点之前就出发前往便利店了?然后,在大约十点左右回到家里。我说得对吗?"

他以为自己是谁啊?确实他读的大学比我好,进的公司也不赖,估计年收入也挺高的。可是,他不是辞职了,在做个体户吗?他跟我一样。没错,我根本没有任何道理要被他这么小瞧。

可那家伙却抱着胳膊,一副教导笨孩子的态度跟我说话。

当我的人生一帆风顺时

"美绪的丈夫，请你说真话吧。我能理解你想包庇妻子的心情，但是，你那微不足道的爱，会害得一个清白的人受死刑啊，世上怎能有这种冤案呢？"

微不足道的爱？

微不足道？

就在那一刻，我的情绪爆发了。

别人不搭理你，你胡说八道什么呢，肥猪！

你刚说我微不足道是吧，该死的混蛋！

我一时冲动，把手里的哑铃朝那家伙丢了过去。

后面的事我就不太清楚了。等我回过神来，美绪倒在地上。她头上全是血，脸被砸烂了一半。

看来，是我丢出去的哑铃砸中了美绪。

美绪那家伙，她为了保护那个肥猪，给他当了肉盾。

你说，事情怎么会变成这样呢？

美绪大概是打心里喜欢那个肥猪吧。

……我真的好失落。

+

这里是位于埼玉县埼玉市浦和区的埼玉看守分所。

樱并木堇正在探视以杀妻之罪拘留在此的落合海斗。

"所以落合先生,您是怎么看的?'田喜泽市一家四口命案'的真凶,是您太太吗?"

樱井木堇的问题问得落合海斗的脸颊抽了抽。

"……怎么现在还问这个?市原俊惠不是被释放了吗?"

"是的,在决定重审之后,看守所就停止了对她的拘留,前些天释放了她。"

"既然她被释放了,也就是说,真凶另有其人……法庭认为美绪是真凶的可能性更大,对吗?"

"的确是这样。"

"但是,美绪本人又被我失手所杀,所以这件事情会怎么样?"

"谁知道呢,不好意思,我才疏学浅。不过,恐怕美绪女士是真凶的事确定下来后,相关资料就会在嫌疑人死亡的状态下移交给检察厅,这个案子会就此结案吧。"

"原来如此。"

"但是,我总觉得难以释怀,总感觉心里很躁动。您真的觉得,美绪女士才是真凶吗?"

"至少,案发的时候她的确不在家里。"

"这点不会错,对吧?"

"是的。"

落合海斗那浑浊的双眼,有一瞬间亮了一下。

但是,旁边的狱警从钢管椅上站起来,发出夸张的巨响,暗示会面时间到此为止了。

樱并木堇仿佛要争取最后一点儿时间似的,哗啦啦翻动她的笔记本,查看下一个目的地。

"两点,溜池山王酒店。"

落合海斗的眼睛,似乎又亮了一下。

但樱并木堇打断了他的反应,她说着"那么今天多谢您了",霍地一下从钢管椅上站起来。

15

位于溜池山王的M豪华酒店最上层是客房层,据说,里面共有十三间房对外出租。根据我在网上查到的结果,这里的户型从九十平方米到二百平方米不等,每月的租售价格是一百五十万日元到二百六十万日元。

这一天,我访问的房间是2701室。这是一套九十平方米的2LDK房,所以月租大概一百五十万日元吧。

堪堪九十平方米的面积却要这个价格,我实在觉得贵,但里面配有奢华的家具,而且还能享受酒店的全套服务……例如打扫和客房服务,还能随时享受礼宾接待。或许算起来,月租比长期日租酒店套房要便宜得多。

的确曾经有个名人住在这家酒店的套间里,我听说,一年光是房租就得花上四千万日元。

"您说的是J剧团的前首席,后来成为议员的嵯峨野摩耶女士吧?"

坐在我眼前的女性浅浅笑了笑。

"她把这个房间正下方的套间当作事务所在用,是不是很厉害?政客果然很挣钱啊。不过她嘛,或许有长年累月的老客赞助吧,毕竟,她都有粉丝排着队等她进出国会议事堂了,粉丝们手里还拿着统一的团扇。听说她还常常收到高价慰问品呢,但也是这点让她栽了跟头,有了收受贿赂的嫌疑……再加上国会认为她的'团扇队'可能违反公职选举法,就这样逼着她下马了……然后,我听说她就一直窝在这里的套间不出门,不过到最后,她因为付不出房费,就在扣款日当天……自杀了。真是可怜啊,那样一个大美女,被人发现的时候却死得那么凄惨。真是的,为了区区四千万日元,她居然就寻死——"

区区四千万日元。

我怀着一股莫名的寒意,同意她的话:"嗯,您说得是。"

……我根本不可能反驳。因为,这个女人是"金蛋",是我好不容易争取到的独家专访。我赶跑了那些闻着香味拥来的蚂蚁,才得到这个来之不易的机会。我不能浪费这么好的机会,因为现在,据坊间说……她可是比首相还要难见的人物。我唯独不想因为说错话而被赶走。

……话虽如此,我的心情也的确复杂。

当我的人生一帆风顺时

为什么我面对眼前这个既土气又不好相处的女人，非得这么低声下气地点头哈腰呢？

如果她的成功是靠自己的实力得来的，我也不会抱怨，想必我会使出浑身解数，赞扬她的功绩。

可眼前这个女人，不论是她所在的房间，还是她得到的特殊待遇，我都只觉她不配，因为这些都不是靠她自身努力得来的。要说的话，这些都是天上掉下来的馅饼，更进一步说，就是她走了"狗屎运"。

……不不不，"狗屎运"还是有点儿过了。就算我心里这么想，也决不能在脸上表露出来。

因为，这个女人就仿佛"人权"和"民主主义"的象征，要是我敢否定一个字，我就会成为向"人权"和"民主主义"举起反旗的恐怖分子。

我摆正姿势，恭恭敬敬地再次偷瞄了一眼那个女性的脸。

女性的名字叫市原俊惠。

自不必说，她曾因涉嫌犯下"田喜泽一家四口命案"而一度被判死刑，而后法院同意重审，于是她得到释放，是当今的话题人物。既然她被释放了，也就是说，她有很高的可能性改判无罪。

"……我跟嵯峨野摩耶女士见过两次。"市原俊惠的神情缓和了一些，说道，"……那是我还在看守所时的事了。她喘着粗气对我说，她会证明我是被冤枉的……我现在能在这里，或许也是多亏了嵯峨野摩耶女士吧。这么一想，真的是很可惜。"

市原俊惠叹了口气，啜饮咖啡，然后她的目光四处游移了一会儿，如大梦初醒般定在一点。

"……对了，我听说嵯峨野摩耶女士有个弟弟吧？"

您是说土谷谦也吗？我正待回答，但被坐在我身旁的樱井木堇抢先一步："请问您指的是土谷谦也吗？"

樱井木堇，其实我也不太擅长和她相处，但这个企划缺了她的话可是无法想象的。这次我们能找市原俊惠做独家专访也是她的功劳。我听说市原俊惠似乎曾是樱井木堇的忠实读者。这么说来，落合海斗也是樱井木堇的粉丝啊，所以就算他是受拘之身，也接受了采访。说实话我很意外，樱井木堇确实曾经是个畅销作家，可在她发表《少女B所见的一切》并借此复出之前，是被世人忘了个精光，会出现在"当年的某某如今不知所踪"等论调里的人。说实话，我曾经也是她的忠实读者，上初中时的我读得忘乎所以。对于自我意识膨胀的那个年纪的人来说，樱井木堇所描绘的黑暗世界真的就像《圣经》一样，但那类作品的缺点就是，一旦读者的精神成长到某个程度，它们就会一夜之间变得无用。好比说，冬天里看上去那么迷人的被炉，一到春天也就褪去色彩，成了无用之物。我当然也不例外，上了高中后，樱井木堇的书就从我的书架里消失了，我连拥有她的书都嫌丢人。

所以，我很久没有公开宣称过我曾是樱井木堇的粉丝，也从未用这个话题当过谈资。它甚至是我想要掩盖的青春年代的羞耻之一，可落合海斗和市原俊惠都毫不掩饰,甚至他们还说着"我以前很爱读您的书",开开心心地迎接樱并木堇的到来。

眼前这个市原俊惠,可能真的是非常狂热的粉丝,从头到尾就光盯着樱并木堇一个人的脸看,对我是丝毫不理会。我的名片也被她丢在桌角,都快要掉到地上去了。

"土谷谦也?啊,他是叫这个名字吗?"市原俊惠还是当我不存在,只盯着樱并木堇一个人,说道,"我记得……他好像是出版社的社长吧。虽然是个从来没听说过的出版社。"

"是红宝石出版社。"这里还有我呢!我怀着这样一层意思回答,但市原俊惠仍旧只注视着樱并木堇一人。

"红宝石出版社?哦,是叫这名字吗?他们以前说想要出版一本书,还来采访过我呢。那位先生,现在怎样了?"

樱并木堇偷偷看了我一眼,我接着回答:"他失踪了。"

"失踪了?"说到这里,市原俊惠的目光才终于转到了我的身上。

我心中一跳,但终于见到轮到我出场的机会,于是继续说下去:"既然嵯峨野摩耶后来是那种结果,他结婚的事也告吹。到最后,他一本书也没能出成,就这样失踪了,然后土谷家也就分崩离析了。"

"……是这样啊。"

市原俊惠端着咖啡杯,目光游移片刻,然后仿佛紧急刹车一般停在一点。

"对了对了,是落合女士。一开始,是我打工单位的同事落合美绪女士向我发出的采访邀请来着,她说她要出书。"

"她就是红宝石出版社的人啊。"我说。

"嗯?"

"我是说,土谷谦也跟落合美绪一起创立的出版社就是红宝石出版社。"

"哦,是的是的。"樱井木堇插嘴道,"他们说在收集失败的经历……还来找过我采访呢,这么说起来……"

"可最后他们自己却失败了啊。"市原俊惠又浅浅地笑了笑,"……这真是'去找木乃伊的人,反倒自己变成了木乃伊',适得其反了。我感觉他们有些可怜。"

"可怜?"我终于抬高了嗓门儿,"……您不觉得他们是自作自受吗?因为,落合美绪可是做了伪证,把您逼进了被判死刑的局面啊。"

"……是啊。"

"而且,落合美绪还是'田喜泽市一家四口命案'的真凶呢。也就是说,她想把罪行栽赃到您头上,自己逃脱问责。您不觉得这很过分吗?您差点儿就被落合美绪害得要接受死刑了啊。"

"……是啊。"

"有这么不讲理的吗?"我握紧拳头,一拳捶在桌上,"我实在是难以置信,杀了四个人都已经是很大的罪过了,她竟然还想把罪嫁祸到别人头上，自己还觍着脸要出什么书！"

"其实，我——"此时樱并木堇开口，拦住情绪激动的我，"我上午去见了落合海斗先生。"

"落合……海斗？"市原俊惠歪了歪头。

"是的，落合海斗。他是落合美绪的丈夫，他因过失导致妻子死亡。"

"哦，那个案子我知道。落合美绪女士真是可怜。夫妻两个居然都经历了那样的失败。他们两人，要是一如既往安安分分地过日子，虽然不会有什么波澜，但应该也能过得很幸福吧。我真不知道他们是在哪里失败了呢。"

"'哪里'……那当然是从杀了四个人开始吧？"我毫不吸取教训，又强行插话，"杀了整整四个人，还要把罪嫁祸到别人头上。要是让她的阴谋得逞，这日子就没法过了！法治国家就根本没有意义了！"

"但是啊——"市原俊惠目光游移，然后再次紧急刹车，"这件事，我已经跟律师说过了。其实我记错了一件事情。"

"记错了？"

"案发当天，二〇一五年五月二十七日，我在便利店里见到落合美绪女士，是晚上十点刚过啊。"

"啊？"

我的腰一下子离开了沙发几公分。

"请等一下,这不是落合美绪作的伪证吗?市原女士,你们见面的实际情况应该是晚上九点左右吧?您在法庭上不也是这么说的吗?"

"……嗯,那个时候我是这么说的,但是现在……美绪女士的证词才是准确的。"

"……所以,到底是怎么回事?"

我把平板电脑放在膝上,搜索"田喜泽市一家四口命案",以求确认。

——二〇一五年五月二十七日晚九点左右,埼玉县田喜泽市本町一丁目高层公寓中,四名家庭成员——包括父亲(当时四十五岁)、母亲(当时三十九岁)、长女(当时六岁)、长子(当时三岁)惨遭杀害。同日晚上九点半左右,由来访的物流人员发现情况并报了案。现场残留包括指纹、血迹、鞋印以及其他多项遗留物,因此警方很快便锁定嫌疑人身份,逮捕了受害人的邻居主妇I。主妇I在被捕后做笔录时一度承认自己犯罪,但开庭审讯时却转而主张自己无罪,坚称案发当时,她在公寓附近的便利店中,因此拥有不在场证明,但一审判决为死刑。被告随即上诉,但高级法院、最高法院均已驳回,维持死刑原判。

也就是说,犯罪时间——二〇一五年五月二十七日晚上九点左右，市原俊惠身在何处？她的不在场证明成了官司里最大的争议点，市原俊惠本人的主张是当时她在便利店，与落合美绪在一起。同时，可以证明市原俊惠清白的关键证人落合美绪，却声称自己与市原俊惠在便利店偶遇是晚上十点左右。也就是说，在案发的那段时间里，市原俊惠并没有确凿的不在场证明。

而反过来讲，这同时意味着落合美绪也没有不在场证明。

我的目光再次落到平板电脑上。

——然而，二〇一六年八月，此案以史无前例的速度确定重审，主妇I解除拘留，随后得到释放。法院之所以会决定重审，是因为警方找到了可能说明真凶另有其人的证据，可嫌疑人O在被捕之前便遭到杀害。

"也就是说，落合美绪也没有不在场证明了？"樱并木堇似乎到现在才察觉到这一点。

"哦，是这样，所以才有了落合美绪是真凶的可能。如果她是真凶，在案发时的晚上九点就不可能去便利店了。"

是的，要让落合美绪变成真凶，那么在晚上十点左右，她在便利店遇到市原俊惠的证词……也就是她自己本人的证词得是"对的"，那才能成立。

因为落合美绪的证词，不但否定了市原俊惠的不在场证明，也否定了她自己的。

……我再次点击平板电脑。

——被怀疑为真凶的O曾经在法庭上作证:"案发当日晚上十点左右,我在便利店见到了I",正是这一证词,成了她才是"真凶"的决定性证据。

"但是……"

樱并木堇用手指捏了捏眉心的皱纹。看来,这是她陷入深深困惑时会有的习惯。

"落合海斗……落合美绪的丈夫作证,美绪出发去便利店的时间是晚上九点不到,回家则是十点左右,所以这到底是怎么一回事?"

"您本来是推理小说作家吧?"

市原俊惠有些烦躁地把咖啡杯放回托盘。

"哎?啊,是的。"樱并木堇怯生生地轻轻点头。

"我以前是你的粉丝啊。那本《少女残虐史》我读得可入迷了,所以我才接受采访的。你可是樱并木堇啊。"

"……谢谢您。"

"如果放在从前,这样的小谜题您应该很轻松就能解开吧?"

"……"

"那我给您个提示,落合美绪到底是在哪里失败的?"

"……这是什么意思呢？"

"您还不懂吗？"市原俊惠的鼻孔得意地耸了耸，"这个案子的真凶另有其人啊。"

"……嗯？"在樱并木堇发出滑稽的声音之后，我也像叹息一样发出一声："啊？"

"我在看守所里的时候实在没事干，就自己试着探讨了所有的可能性，然后有一天……没错，就是晚饭上了我最喜欢吃的炸猪排咖喱的那天，我触碰到了某个可能。为什么落合美绪会说自己晚上十点左右在便利店见到了我？为什么她会作出这种自相矛盾的证词？"

"可是，您刚刚还说那证词是正确的……"我几乎要从沙发上站起来了。

"是律师一遍又一遍跟我强调这可能成为指控真凶的证据，我才姑且承认落合美绪的证词是正确的啊。"

"……什么？"

"啊？"

"你们两位没有进过看守所，或许不懂。在那个封闭的空间里，你只能点头同意律师说的话，毕竟律师是绝对的神，他们说的话是绝对的正义。律师是我在这个世上唯一的伙伴啊。在那个地方，只有少数的人才能反抗律师。很可惜，我没能成为少数之一，而且，我要是那么作证的话，律师就会帮我申请重审，还有机会释放我……他这么一说，我不就只能同意了吗？"

"所以,您才推翻了自己之前的主张,承认晚上十点左右在便利店见到了落合美绪是吧?"樱并木堇确认道。

"是的,但是啊……真相只有一个。真相是晚上九点,这才是正确答案。美绪的老公也是这么作证的,对不对?"

"也就是说,落合美绪和您都有确凿的不在场证明,你们两位都不可能杀了人?"这次请求确认的人换成了我。

"就是这么回事。"

"那……为什么落合美绪会说自己晚上十点……"我不厌其烦地问。

"没错,我也是一直不明白这点。那个时候的美绪的确在精神方面有些古怪,或许原因就出在那里……我本来是这么想的,但是,应该有某种东西让美绪误会当时是晚上十点吧?我一直在想那是什么,然后忽然就想到了。没错,就是看守所在晚餐时给我端出我最讨厌的煮内脏的时候,我想,啊……是时钟。"

"时钟?"我和樱并木堇的声音完美重合。

"我想起来,那家便利店的厕所门上有一个小小的壁挂时钟,是很老的指针式。那个时钟就像被店里的人遗忘了一样,上面满是灰尘。"市原俊惠仿佛在追寻自己眼底冒出的残像,闭上眼睛,"……那个钟的电池,应该快要没电了,因为那之前我曾经偶然看过一眼,当时就想'这个钟根本就不准嘛'。或许,那个时候时钟指的就是十点左右。美绪女士会不会就是看到了那个,所以才误会了时间?"

"要是这样的话，为什么时钟会快了整整一小时啊？"樱并木堇问，"与其说快了一小时，更可能是慢了吧？我上一次看到它的时候，它慢了七个小时，然后，它可能一天天越来越慢，在那天的那个时候，正好慢了十一个小时呢？"

"那么没用的时钟，店里的人不会想办法处理吗？"我如此说道。

"那家便利店的员工里没几个认真干活的，而且那个时钟真的很不起眼，大概谁都没有注意到吧？就算有人注意到了，那个钟挂得那么高，所以才放着没管的吧？不论如何，这点我是很确定的。美绪失败的理由，就是当时看了那个钟。虽然托她的'福'，连我也被卷进来了。"市原俊惠说到这里顿了顿，长长地吐了一口气，然后说，"同时，也多亏了她的失败，有人得以抓住成功……"

"……您指的是真凶吗？"

我的喉头鸣动，或许是一下子输入了太多信息，喉咙渴得要命。

樱并木堇或许也跟我一样，她一口气喝完了咖啡，说："但是，我们假设便利店的时钟不准，那便利店的员工呢？另外，不是还有监控摄像头吗？对比监控的数据，不是马上就可以证明晚上九点你们在便利店了吗？可法庭为什么只采用了落合美绪的证词？"

"啊，你终于察觉到这点了！"市原俊惠忽地一下站起来，像讲到兴奋之处的讲师一样，高高地举起右手，"没错，那就是这个案子最大的提示。为什么法庭只采信了落合美绪的证词？顺便一提，据说监控摄像头当天坏掉了，而且案发当日那个时间在便利店的员工只有一个人，但她坚称不太记得当时的情形。"

"也就是说，能证明当时是晚上九点的人就没有了吗？"我问道。

"没错。你不觉得这很刻意吗？"

"那也就是说，他们一开始就是为了陷害你？"樱并木堇继续发问。

"我想应该不是这样。我只是刚好那天那个时间去了便利店，然后美绪女士也碰巧来了。这一切，我认为都是偶然，还有时钟走快了……应该说是慢了，这个也是偶然。"

"那……真凶就是利用了这种偶然制造出来的状况，事后才把您包装成真凶？"我努力让自己冷静地提问，但语气还是在颤抖。

"这样想更自然吧。"市原俊惠戏谑地耸耸肩，但她的眼角稍带泪光。

"……我真是太倒霉了。恰好那天，我还造访了被杀的那家人的府上。他们说要分我柠果吃，但其实并不是，那是强行推销，就是传销那一套。我也不能贸然拒绝，就照着那家太太说的，买了古怪的头饰、包包还有鞋，离开了他们家。之后我就去了便利店，见到了美绪。于是，犯罪现场才有我的指纹，我身上才有血迹。血迹是那家太太说要我尝尝柠果，切柠果的时候不小心切到了手，血就沾到我身上了吧。不论如何，那个时候的我真是倒霉透顶了，因为我在现场留下了很多能够指证我是凶手的痕迹。就像要给我致命一击一样，不在场证明本来是我唯一的救命稻草,也因为美绪女士的误会而没能成立。"

市原俊惠的眼神像饥渴的野兽一样发出野蛮的光。

"……不仅如此,为了让美绪女士的误会继续存在下去,背后还有人做了不少动作呢。也就是说,那个人才是真凶。"

"到底是谁?是谁做了那种事?"樱并木堇像被野狗盯上的老鼠一样轻轻惨叫了一声。

"……你真的是推理作家吗?你还不明白?能做到那种事的人,只有知道我和美绪女士那天晚上九点钟在便利店巧遇的人啊。"

"……当时在店里的员工?"

"员工怎么可能是真凶啊,那个时候她在便利店,所以没法犯案。"

"那……"

"监控摄像头。"

"啊?"

"监控摄像头?"

我和樱并木堇的声音又完美重合在一起。

"没错,能看到便利店监控画面的人,以及能删掉监控录像的人就是——"

"但是,监控摄像头不是出故障了吗?"樱并木堇挑了个绝佳时机插话,我不禁心头火起,但市原俊惠说了下去。

"你真的是推理作家吗？监控摄像头出故障这种话，当然是骗人的啊。说到底，监控摄像头怎么可能刚好就故障了呢？就算真的发生了故障，那也是人为损坏的。日本的警察还是太嫩了，连这么明显的手脚都没发现，不，不对，他们是故意没有看破的。所谓的警察啊，只要一旦敲定某人是凶手，就会以这个人是凶手为前提，编出一套故事来，然后，他们可不会去做有违故事情节的调查，也不会提交不利的证据。他们只会收集对自己的故事有利的证据，按有利于自己的方向进行排列组合，再交给检察院。这次的案子里，落合美绪的证词就是对警察和检方都有利的证据，所以，他们才没有深究监控摄像头的事。简而言之，真凶动的那些手脚，也正合警方和检方的意啊。"

"……合他们的意？什么意思？"

樱并木堇没学乖，还在问愚蠢的问题，不，或许这就是她做事的方式。她就是想让对方越聊越恼火，不经意间说出真话。事实上，市原俊惠也的确着了她的道，把一切都坦白出来了。我注视着市原俊惠的嘴唇，或许是因为她说了太多话，也可能只是年纪大了，她的嘴唇干裂得要命。市原俊惠舔了舔嘴唇，继续说："所以说，推说那晚监控出了故障，然后删掉我和美绪见面的那段时间的录像，只留下美绪的误会当作证据，这就是真凶动的手脚。"

"那么重审的时候，法庭应该能揭露被删掉的监控录像之谜吧？"我实在忍不住插了嘴，市原俊惠却说："恐怕不会了，因为他们重审的时候，应该会以'落合美绪才是真凶'的新故事来推进庭审。"

"可是,真相不是晚上九点吗?而他们却要掩盖真相,将事实扭曲为晚上十点左右,您都不觉得抗拒吗?"樱并木堇有些激动地问。

"当然不会抗拒啊,因为我可是终于离开监狱,重拾自由了啊。你们能懂吗?在他人驱使下,自己将被人合法地杀死,这是什么样的心情。我绝对不想再回到那种地方去了,绝对不要。好不容易活着出来了,我一定要在自由世界里长命百岁给你们看。为此,面对少许的牺牲,我会视若无睹,当然也会给真相盖上盖子。虽然有点对不起美绪,但让她做真凶,给这个案子画上休止符才是最好的。就算案件开始重审,我也不打算说任何多余的话,因为只要我那么做,无罪判决应该就是板上钉钉的事实。"

"但是,您觉得这样就好了吗?"我费力地挤出话语。

"是啊,虽然对不起美绪,但我得让她来当这个真凶。"

"毕竟死人不会说话……是吗?"

"……她那天要是没去便利店,也不至于落到这步田地的。她真的……很可怜啊。"

"但我或许会在书里给您抖出去哟。"樱并木堇有些挑衅地抛出这句话。

"你写得出来吗?"

"嗯?"

"我只是在想……现在的你,还能像以前的'樱并木堇'那样写作吗?"

"我想……我可以。"

"是吗?那我很期待你的书。请一定要找出真凶,因为不论谁才是真凶,我的清白都是不会变的。"

"但是,我还是不能接受。"我加重了语气,"那个真凶会如何?尚未逮捕的真凶会一直逍遥法外吗?"

"是啊,就是这样,这或许就是所谓的完美犯罪吧。"

"市原女士,您该不会已经猜到了真凶的身份吧?"

"谁知道呢?"

某处的闹铃响起。看来约定的时间到了。

那么,两位请回吧……市原俊惠用眼神催促我们。

我和樱并木堇慢慢地从沙发上站起来。

但我一边做回去的准备,一边死皮赖脸地继续提问。

"顺便一问,市原女士,您为什么还在以这个姓氏自称?您的丈夫已经和您离婚了吧?"

"是啊,在我被捕之后,他很快就通过律师给我递了离婚协议书。到了最后,不管是他,还是婆婆和公公,别说探视,连官司都没有来旁听过。你知道吗?我自己的爸妈也一样。家人或许就是这样的吧。把格格不入的人一再排除在外,这才是家人的真面目。我很不甘,很难过,尤其是我那么辛辛苦苦地照顾丈夫和他的双亲,最后却是这个待遇，所以，我虽然在离婚书上盖了章，却执意没有改回旧姓。我一直保留市原这个姓氏，算是对丈夫他们小小的报复。我要让他们永远忘不了……那个冷酷无情、杀了四个人的杀人犯就是他们家的人。

"我是不是一个令人讨厌的女人？但是，是他们先苛待我的。明明曾经是一家人，至少我觉得他们是我的家人，可他们却那样果断地舍弃了我。到底什么是家人呢？"

"……我能理解您的心情。"我低声说道。

"相较之下，陌生人又是那么和善。我在看守所的时候，也有很多人帮助我，还送来很多慰问品。我现在能在这里，也是多亏了他们。其中有一个赞助者非常富有，赞助了打官司的费用，连律师都是他帮我雇的。明明我们是素不相识的陌生人，赞助者却打心底里担心我的境况。那算是一种怜悯吗，还是慈爱？不，大概到头来，他们只不过是想通过我这样的罪犯来表现自我吧。慈善事业就是此道之最，他们只是陶醉于行善的自己罢了。我并不是在谴责他们，我觉得自我陶醉没什么不好。人类最根本的动力，其实归根结底，还是能不能得到快感嘛，但是要想获得快感，或许必须得是陌生人之间才可以。彼此要是一个不好，有了血缘关系，或者是一家人，那可有得受的，别说快感了，甚至有可能生出憎恨呢。被做成标本的飞蛾还能用欣赏的眼光去看待，可落到自己肩上的飞蛾，就不过是一只肮脏的害虫罢了……或许就是这样的道理吧。"

市原俊惠的神情忽然缓和。

"……好像是上周吧。我前夫来找我，说要跟我复合，说他一直相信我。那当然是假的，他不过是盯上我的钱罢了。刚刚我也说了，赞助我的人里有个人非常有钱，那个人给了我很多钱。不仅如此，如果无罪判决下来了，我是要向国家索赔的。前夫的目的就是这个，他真是翻脸比翻书还快，也太难看了吧！看着前夫那副丑陋的嘴脸，我忽然消气了，想着找这种人继续报仇也没有意义，所以前几天，我去办了恢复旧姓的手续。现在，我姓吉田了。对，就是'大吉'的'吉'，'田地'的'田'，'吉田'，所以你出书的时候，请用'吉田俊惠'这个名字。啊……"

我的名片从桌角飘落。

——红宝石出版社
社长　土谷香乃子

那是我先前递给市原……吉田俊惠的名片。

但吉田俊惠并没有捡起那张名片，而是整个人沉进沙发里。

我并不是对这点感到不满，但还是较劲儿似的说道："……您认识塚本绘都子吗？"

吉田俊惠的脸颊抽搐了一下。

恐怕，这就是答案。

"非常感谢您今天接受采访。"

我深深低头，向她致礼。

+

塚本绘都子这个名字，我从兄长土谷谦也口中听到过两次。

第一次是他坦白自己有了喜欢的人时。

第二次是他来跟我报告，说自己要跟她结婚时，但婚约最终因为姐姐的丑闻而不了了之。

第三次是在他失踪前不久。

"我被骗了，被她骗了，国枝先生大概也中了她的招儿，不过我有证据。国枝先生在取材笔记里给我留下证据了。"

然后，兄长就失去了踪迹。

从那以后，过了半年。

我以继承的形式，成了兄长留下的红宝石出版社的社长。虽然之前我一直是个闭门不出的"家里蹲"，但现实情况不允许我再那样下去了。姐姐的落马和自杀给土谷家带来巨大的噩耗，祖母因癌症去世，父亲也仿佛追随她的脚步，因脑梗塞而入了"鬼籍"。母亲的精神出现异常，住进了医院。家里只剩我一个人了。哪怕是为了赚取母亲的住院费和我自己的生活费，我也不得不继承兄长留下的出版社。

说是出版社……其实接到的大部分委托，都是转录音频里的内容，或是写外包文稿，而且都是兄长曾经工作的地球出版社施舍的门路。就是在这个时候，我遇到了樱并木堇。国枝旭这个后盾死后，樱并木堇也迷失了方向，但她好像还是抱着企划书努力自我营销，在地球出版社大厅里游荡的时候，恰好让地球周刊的主编给捡了回去。

然后，按照棘手的事案一般都会塞给下游外包公司的惯例，连企划带樱并木堇本人都到了红宝石出版社手中。

樱并木堇拿来的企划就是追寻"田喜泽一家四口命案"真相。

说实话，我也很好奇。

兄长和国枝先生曾经都在追寻"田喜泽一家四口命案"，姐姐嵯峨野摩耶也是，但这三个人都消失了。国枝先生和姐姐是以自杀的形式，兄长则是失踪。

"国枝先生会以那样的形式亡故，让我非常在意。"樱并木堇说，"反正都这样了，这次我要揭露这个案子的真相，然后以新生樱并木堇的身份彻彻底底地复活。"

樱并木堇虽然已经借国枝先生参与的《少女B所见的一切》复出，但之后她便不温不火。或许是害怕再这么下去又要被埋没……她非常拼命地想要完成第二部复出作品。

我也非常拼命，我要继承兄长的遗志，做出畅销书籍。

于是，我们联手了。

首先我们与落合海斗见了面，然后便是接触市原（吉田）俊惠。听了这两个人的说辞后，我们构建了一种推理——某个人实在很

当我的人生一帆风顺时

可疑。

为了与那个人见面,我们动身前往了位于田喜泽天际乐园一楼的"香草园"咖啡店。

+

"我成功的理由吗?"

山上绘都子……旧姓塚本绘都子,静静地把茶杯放回盘中,然后她轻轻拭去杯沿上沾染的口红,一副卖关子的架势,用手帕遮住嘴。

这一举一动,都十分淑女。

——唉,她就是那种会把哥哥迷得神魂颠倒的类型。

我在心中深切感叹道。

不仅兄长,这种类型的女人恐怕能抓住几乎所有男性媒体人的心,当然,国枝先生也不例外。

按照现在的说法讲,就是"专业女友",说得更简单点儿,就是很擅长表现得像良家少女的陪酒女。

之前,我采访过银座的陪酒女。她们说,演艺圈、媒体行业的男人,最喜欢的就是清纯的良家女孩儿。虽然不像希金斯教授[①]、光源氏[②]或某小说家那样,但他们总有一种愚蠢的愿望,就是让看起来纯

---

① 电影《窈窕淑女》(*My fair lady*)中的角色。——译者注
② 日本平安时代小说家紫式部的著作《源氏物语》中的男主角。——译者注

洁无瑕的良家女性染上自己的颜色，把她们打造成符合自己喜好的淑女。顺便一提，据说普通的上班族、公务员反而更喜欢浓妆艳抹的业内人士。

不论如何，她给我的印象是"不是等闲之辈"，而后我感叹，兄长和国枝先生的确栽在了一个不得了的女人手上。这种女人为了取得成功不惜使用任何手段，之后她们也的确会成功。

"成功……这个词我不是很喜欢，再者说，我并没有成功嘛。"
绘都子说道。

谦虚到这个份上就会惹人厌了。

我浑身发毛地挪动屁股，摆正自己的坐姿。

"但在世人看来，您可是当之无愧的成功者啊。"我在话里透出几分讥讽之意。

"是吗？但是'成功者'这个词听起来，会有一种'小人得志'的感觉吧？您不觉得这个词听起来，有一种本该处在更低位置的人，通过使用某种手段才爬到高位……这样的感觉吗？"

那么她难道想说，她现在的处境并非成功，而是理所当然的结果了？

她本来是住在市营住宅里的单身妈妈，现在已是田喜泽市首屈一指的富翁后妻。山上家本来是此地的名主①，如今也在县内拥有多处不动产，而且山上家的当家目前兼任多家公司及团体的顾问，其亲属

---

① 日本封建时代对拥有大片土地、较武士更富裕的地主的称谓。——译者注

更是大部分都参政。想在这样一个家族中当后妻,原本是需要相应的家世的。

……我并不是在歧视单身妈妈,单身妈妈也有可能飞上枝头变凤凰嘛,但她变凤凰的这一过程实在太不自然了。

"您认识土谷谦也先生吗?"我试着问出来。

"嗯?"绘都子的脸一瞬间僵住,但她很快又露出笑容,"啊,土谷谦也先生对吧……好怀念的名字。请问,他现在怎么样了?"

"他失踪了。"

"失踪?"

"绘都子女士,您曾经和他有过婚约吧?"

"婚约?不,不是的,我只是接受了他的采访而已,关于'田喜泽一家四口命案'的采访。因为我碰巧住进了案发的那间房子,所以——"

"那么,您和自由编辑国枝先生呢?"

樱并木堇唐突插嘴。

"国……枝……啊,是有这么个人。那个人也来找我采访过,理由跟土谷先生一样,但我记得,那位先生……好像已经去世了吧?"

"嗯,是的。他杀了自己的家人,还有他自己,也就是所谓的逼迫全家殉命。"

"为什么事情会变成这样呢……"

"……是啊,我也很想知道为什么。啊,不好意思,有点儿扯远了。我回归正题，请给我们讲讲您取得成功的最大理由。"

我再次切入重点，但绘都子依旧装傻，坚持认为自己并没有取得什么成功。

"那么，可以请您讲讲您是如何与现任丈夫相遇的吗？"我一边翻开自己带来的《地球周刊》，一边说。

今天此行表面上的目的，是以《地球周刊》上"Second Life 我们的第二次人生"栏目的名义来采访她。

"丈夫的孙子跟我的女儿上同一所小学。"绘都子一边看《地球周刊》的那一页，一边有些兴奋地回答。那页还印着如今最火的大牌女星的泳装写真。果然，她也不过就是个跟风族罢了。

"是田喜泽光明小学吗？"我确认道。"是的，没错。"绘都子说着，像泳装写真上的女星一样优雅一笑。

"我听说，那所小学如今是日本第一名校了。"

"名校……只是市立小学啦。"

"表面上是的，但据说，那儿的精英教育媲美著名私立小学及国立大学附属小学。或许是因为这个，全国各地都有想要入读这所学校的人拥来，但那儿终究是个市立小学，只有住在学区里的孩子才有资格入学。听说，还有人反过来利用这一点，在学区里转卖住民票呢。"

"那只是传闻啦，出处估计也就是网上的那些匿名论坛吧？"

"不论如何，因为您入住了那套房子，所以成功把女儿送去田喜泽光明小学读书了。"

"那是偶然啦。"

"我还听说您的女儿非常优秀，尤其在芭蕾方面天赋超群。"

"学校里有个舞蹈教室，她只是当时偶然跳得比其他学生好啦……"

"就在那个时候，您认识了那所小学的家长教师联合会特别会长、田喜泽市的首富山上虎之介先生，当时七十五岁。"

"他是我女儿同学的爷爷嘛。"

"当时，山上先生是有太太的，但遇到您以后马上就离婚了。"

"他们好像一直是表面夫妇。"

"离婚后，您就和山上虎之介先生有了男女关系吗？还是在离婚之前就已经有了呢？"

"他的确对我很好，但我们之间并不是那种不纯洁的关系。"

"就算这样，在山上先生与太太离婚一个月后，你们两位便完婚了吧？"

"毕竟，我们喜欢上对方了嘛，这是很自然的发展。"

"我听说，虎之介先生是个慷慨的慈善家，还会去监狱慰问死刑犯，当他们的赞助人。"

"……好像是呢。"

"最近，他还赞助了市原俊惠女士。"

"是吗？详情我不清楚。"

"难道不是您建议他这么做的吗?"

"我为什么要这么做?"

"为了拉拢市原俊惠。"

"……啊?"绘都子的表情丑陋地扭曲着,"您到底是什么意思?如此无礼的采访,我可不会配合。"

尽管绘都子要站起身来,但我飞快地说出下文,阻拦她的离开。

"……你一度将罪责嫁祸到了市原俊惠头上,但很快便出现了三个怀疑她蒙冤的人,国枝旭、土谷谦也,还有他的姐姐嵯峨野摩耶,所以你才决定更改故事情节——市原俊惠是被冤枉的,真凶另有其人。此时你利用国枝旭,误导人们将怀疑的矛头转移到毫不相干的落合美绪头上。没错,她与本案毫不相干,而你让人们认为她才是真凶。同时,你又差遣打过招呼的律师去找市原俊惠,并成功拉拢了她。难道不是吗?"

"所以说,我为什么要做那种事?"绘都子的神情恍若鬼女。

"因为国枝旭找到了某个证据。"

"……证据?"

"就是监控录像,便利店的监控录像。"

"我不知道你在说什么。"

绘都子又想站起来,而我不会让她逃走,接连放出言语之"箭"。

"二〇一五年五月二十七日晚上九点左右,那天那个时间,市原俊惠和落合美绪在便利店见了面。也就是说，这两个人有铁一般的不在场证明，所以她们是不可能犯罪的。如果录下了当时情景的监控录像还在，那市原俊惠恐怕早就被无罪释放了吧，然而，能证明那一点的监控录像被人删除了。这是为什么？因为偶然发生了一件对真凶有利的事啊，那就是市原俊惠被逮捕了。真凶很快就想到要利用这来之不易的运气，于是打算把罪责栽赃到市原俊惠头上，但真凶又发现市原俊惠有不在场证明。怎么办？监控录像就是证据。真凶作为可以查看监控录像的人，得知案发时市原俊惠人在便利店里，同时落合美绪也在场，所以真凶首先删除了监控摄像头的录像。至于落合美绪，恐怕真凶是打算利用她的躁郁症，将她也一并抹除的吧。幸运的是，那天在便利店里，她看了一眼那只慢了整整十一个小时的钟。虽然市原俊惠说那是落合美绪的失败之处，但并不是的。看了那个钟而误会了正确时间的落合美绪，反而逃过了一劫，因为，真凶想要利用落合美绪的这一误解。"

"所以……真凶是谁呢？"

"所以说，真凶就是可以查看那家便利店监控录像的人啊。你当时在那家便利店里打工吧？"

"哎——"

"国枝旭就是抓到了这个线索，他悄悄地把证据夹在取材笔记里了。"

我取出一张小票，它原本夹在兄长留下的国枝旭的取材笔记里。

"日期是案发当天晚上十一点。虽然我不知道他到底是从谁手里拿到这张小票的,但上面清清楚楚地印着收银员你的名字……塚本绘都子。"

绘都子面色发青。我想看她的脸色变得更加惨白,就把那张小票递到她的眼前。

但她的脸不要说发白了,反而变成了粉红色。

然后,她不合时宜地笑了起来,笑得很轻快。

"这就是你说的证据?嗯,我当然记得,国枝先生也把这张小票举到我的面前,说是证据。这种东西,到底能证明什么呢?"

"你还要继续装傻吗?"

"我可没有在装傻。我只是说,这种东西证明不了什么。这不就是一张购物小票吗?说到底,我在那家便利店打工又怎样?对啊,我是在那里打工,那又怎么了?"

绘都子抓过那张小票,把它撕成了碎片。

没错,小票本身根本算不上什么证据,重要的是她的反应。她撕碎了小票,言行中流露出毫不掩饰的疯狂。这正是真凶的样子。

"我会写下来的。"我说,"这件事,我会写下来的。我可不会笔下留情。"

"好啊,请吧,请便。"

绘都子丢下这句话,连先前戴的"淑女"面具也一同抛弃,凶神恶煞地站了起来,但她很快又像回过神来一样笑了笑,说:"啊,您难道……"

事到如今，她才认认真真看了我的名片。

"香乃子……女士，请问，您是不是有个博客？"

+

那一夜，樱并木堇联系我，说想退出这个企划。

我决定尊重她的意愿。

"但我绝对不会放弃。不论发生什么，我都要把这件事写成书，然后把它做成畅销书。那是我能做到的唯一可以告慰死者的事。"

没错，让土谷家分崩离析的人不是别人，而是我自己。

既"家里蹲"又啃老的我，在土谷家就是个累赘。大家都小心翼翼地对待我。我有时会听到他们的真心话："她怎么不干脆消失呢？"尤其是姐姐最不留情，她从来没有掩饰过她的真心。

"有你这么一个妹妹会损害我的名声。现在的我一点儿污点都不能有。你会变成我的致命伤，所以，你干脆就一直在这个房间里躲到死，别出来了。"

那正好是在我想努力离开房间独立，给家里人帮些忙的时期，可姐姐却想要封印我，就像用盖子盖住恶臭的东西一样。

我很不甘，很怨恨，最主要还是难过。

回过神来，我已经在网上的匿名论坛里发了这样的内容："众议院议员嵯峨野摩耶,从假称其粉丝的有权人士手中收受贿赂,由此优待行贿者。"还有,"嵯峨野摩耶选举的时候四处分发团扇。这是不是违反公职选举法啊?"

一开始,我做这些只是出于小孩子恶作剧的心理。没错,就像被母亲叱责后,索性用油性笔在墙上涂个痛快的孩子一样幼稚。

可这些内容让事情越闹越大——姐姐自杀了。这件事又成了导火索,祖母和父亲仿佛随她而去一般病死。

兄长发现在匿名论坛发布那些内容的人是我之后,踹开了我房门,想把我从房间里拖出去。我们起了肢体冲突,然后兄长就死了,是我丢出的《广辞苑》把他砸死的。他居然会被《广辞苑》砸死,不愧是做编辑的人。

兄长现在还在我房间的衣柜里。房间里恶臭不堪,那过于浓烈的恶臭,甚至熏得母亲的精神出现异常,住进了医院。

我必须想办法处理掉那具尸体。

在此之前,我得先做出畅销书,也算是祭奠死去的兄长了。

所以,就算樱并木堇退出,唯独我不能放弃。

但是,我有点儿好奇,樱并木堇最后说了一句话:"我想你的推理大致是正确的,但里面只有一项矛盾。"

矛盾?什么矛盾啊?

山上绘都子……旧姓塚本绘都子。她就是真凶,这件事究竟哪里有矛盾了?

我再次把案件的始末写了下来。

……咦？

这么说来。

绘都子是在什么时候知道落合美绪误会了时间的？算了，这只是个细节，不算什么矛盾。

从那以后，大概过了三小时吧。我看看时钟，快早上五点了。我听到汽车的马达声……然后家门口的门铃很快也响了。这个时间，是谁啊？我本不想理会，可按铃的人实在执着，一直按个不停。我忍不住，还是开了门。

站在门口的是一个我不认识的女人。

……年纪在五十上下，已是初老之域了。

"请问您是？"

我一问，女人回答："我终于找到你了。"

"啊？"

什么？这人怎么回事？

"你不是说了我很多坏话吗？"

"……啊？"

我浑身上下的所有毛发一瞬间都竖了起来。不妙，这个人很不妙。

"是绘都子，她把你的事告诉了我。"

山上绘都子？那么，这个人是绘都子的熟人？

"熟人？准确地说是恩人，我是她的恩人。"

"恩人？"

"她今天还了我的恩情。她说：'你一直在找的那个人，我帮你找到了。我知道那个一直说你坏话的人住在哪里了。'"

"……坏话？"

"就是你的博客呀。"

"……博客？博客怎么了？"

然而这个女人没有回答，只是步步逼近。

我得逃，我得赶快逃！

我往后退了一步。就在那一瞬间，女人朝我扑了过来。

什么东西抵住了我的下腹。

那是个很小的东西，像一个点一样。

但是，那个点很快就像落到布上的水滴扩散开去，接着我感到一阵冰冷的剧痛。

啊，我要死了。

我望着大门口角落里已经枯萎的秋蔷薇，细数自己渐渐消失的心跳。

案例 6
畅销书

16

二〇一七年十月。

"原来如此，所以樱并木堇老师才继承了红宝石出版社和《当我的人生一帆风顺时》这个企划啊。"

这里是地球出版社第一会议室。

《地球周刊》的副主编柳原康夫一边在笔记本上奋笔疾书，一边说。原本这种事该由写手来做，但自从公司面临倒闭危机以来，采访稿也需要编辑自己来总结了。这也是缩减经费的一环，尽可能不向外部转包，而是由编辑自己完成工作。自上头下达这一指示已有两年……可经费却一直没能节省下来，唯独赤字的金额不断膨胀。坊间传闻大概到明年，地球出版社恐怕就真的到头了。在此之前，也同样有唱衰的传言，但地球出版社姑且跨越了各种困难撑到现在，然而这次，看来确实要完了。

"真是太羡慕您了。"柳原叹道。

这不是客套话。他是打从心里羡慕，毕竟《当我的人生一帆风顺时》开售后飞快地突破百万销量，如今都直逼一百五十万大关了。这种级别的畅销书，地球出版社已经很多年没有过了。

"哎呀——连我都想跳槽去红宝石出版社呢。"

这也不是客套话，而是真心的，正因为这样，他今天才会安排这次采访。表面上他是为"向畅销书达人取经"这个栏目取材，实际上想给自己的跳槽牵线搭桥的欲望才占大头。

坐在身旁的三上士郎看来也跟自己有同样的企图。这家伙所在的文艺部今年之内就会解散，当然不必说，所有文艺部的编辑都是裁员对象。现在文艺部每个人都瞪着充血的双眼拼命找下家，尤其三上特别积极，都跑来这种跟他毫无关系的部门露面，飞扑向任何一个可能有关的资讯。本来就算他跑来，柳原也会无情地把他赶走，但三上毕竟是跟他来自同一所大学的后辈，不能待他太冷淡，所以就允许三上也坐在这里了。

"但是，《当我的人生一帆风顺时》本来是土谷先生的企划吧？"

三上完全不看气氛就说出这种话，柳原轻轻咂舌。今天这家伙已经多嘴多舌好半天了，早知这样自己就不该让他同席的。

"前辈，您还记得土谷先生吗？"

你不问采访对象，问我干吗？柳原怀着这样的想法转了转圆珠笔，三上却毫无察觉，而且被他这么一说，连樱井木董都饶有兴趣地观察自己的反应。

"……土谷谦也对吧？我当然记得，他是我的同期。两年前他从地球出版社辞职，自己创立了出版社——"

"土谷先生也真是倒霉啊。要是他还活着，现在也能安闲度日，不愁吃穿了。啊哈哈哈哈！"

三上大笑。这是该笑的时候吗？柳原又转动指间的圆珠笔，意在提醒他注意分寸，然而三上仍然没接收到信号。

"话又说回来啊，所有跟《当我的人生一帆风顺时》有关的人，都一个接一个地死了。"三上旁若无人地继续，"首先是落合美绪女士。她本来是这个企划的发起人，也是土谷先生的工作搭档。她好像是被她老公杀了吧？然后土谷先生是被他妹妹杀了，尸体一直藏在衣柜里吧？真是太惨了。他妹妹也死在别人手里。咦？他妹妹是被谁杀的来着？"

"凶手的身份还没查明。"樱并木堇面无表情地回答，"但我记得，有目击者称是个年纪五十岁上下，踏入初老之域的中年女性。"

……初老的中年女性。虽然没什么特别的意思，柳原还是潦草地在笔记本上写下"初老的中年女性"几个字。

"总结起来就是，因为土谷先生、落合女士，还有土谷先生的妹妹死于非命，所以《当我的人生一帆风顺时》这个企划才会辗转到樱并木堇老师您手里吧。这真是天上掉下来的大馅饼啊！"

你这家伙说什么呢！柳原用圆珠笔尖狠狠捅了捅三上的大腿。

但三上说得也没错。

土谷谦也，落合美绪，即便这两个人的被害是偶然，可杀了土谷香乃子的人又是谁？

"我对香乃子女士遇害一事感到非常惋惜。"樱并木堇仍然面无表情地说,"我与香乃子女士,是蒙你们地球出版社的人介绍才认识的。机缘巧合之下我们又一起去调查过'田喜泽市一家四口命案'的真相。香乃子女士的协助对我来说真是雪中送炭。我虽然靠着《少女B所见的一切》重新出道,可我的后盾国枝旭先生去世后,我的私生活也发生了不少事,那时我正手足无措呢。其实,我中途放弃过一次,因为我觉得,自己实在无法胜任。"

樱并木堇伏下脸,然后把之前捏在手里的手帕放在膝盖上,重新叠了好多次。这个过程大约持续一分钟后,她再次开口:"但是,听说香乃子女士被杀后,我下定了决心,然后我便领悟了,樱并木堇是不灭的。于是,我才决定继承香乃子女士的遗志,完成《当我的人生一帆风顺时》这本书。"

✦

"不过话又说回来,真是倒霉啊……"

三上士郎松开怀里的恋人,自言自语道。

"什么?"

沉浸在快感余韵中的恋人回答。

他的恋人叫驹田织绘。三上士郎与曾经在地球出版社文艺部打工的她开始交往,已经快两年了。如今,两人在她的住处处于半同居的状态。

"所以说，什么啦？"

相较平时，今天的织绘格外缠人。平时对于自己自言自语，她明明都不会有反应。

不过，他感到有些开心。士郎的脸上不自觉地绽开笑容。

"就是土谷先生啊，我只是觉得他真倒霉……眼看着就要抓到成功了，没想到却被人杀害。"士郎坏笑着回答。

"土谷先生？"织绘的表情带上几分险色，然后她像说梦话一样念叨，"啊，土谷谦也。《文艺一路》的前任主编。"

"你还记得吗？"

士郎发问，但织绘已经不会回答了。她总是这样，性行为之后，她总是睡得死沉。第一次发生关系那天，士郎还以为她真的死了，一阵慌乱，可就在他要叫救护车的时候，听到"嗝"一声好像排水沟堵塞的声音，紧接着响起的巨大呼噜声让他不禁怀疑自己的耳朵。

眼下的他来不及幻灭，甚至直接进入了感慨的范畴。部门所有的男性成员都憧憬的职场之花，其实打起呼噜来震天响。能够目击到她不为人知的内在，他都为自己自豪。

但慢慢的，士郎就会知道，打呼噜震天响并不是内在，而是外在。她在职场展现给他们看的那个含蓄拘谨、善解人意的清纯女孩儿……才是她虚构的内在。

她自己也说了。

"你看,出版社的男人不是都对女人有奇怪的幻想吗?所以,老爸才叫我故意演出他们幻想中的样子。唉,扮演幻想中的女人可不容易啊。"

盘着腿坐在地上,一边吸烟一边说这话的她才是——

"这才是本来的我,是我的外在。地球出版社里的那个我是假的。怎么样?讨厌我了吗?"

不,自己反而更喜欢她了,士郎这么回答。她说:"好,合格。我可以跟你以结婚为前提交往哟。"

就这样,他们开始交往。不可思议的是,士郎一点儿都不后悔。他觉得,其实这种女人反而才适合自己,毕竟他们二人在一起真的很轻松。假如织绘真是她在单位里扮演的那种清纯女孩儿,自己才会神经紧绷,一刻都不得安宁吧。

"但是,土谷先生不这么认为吧……"

士郎叼着烟,心不在焉地想。

土谷谦也,是个打心里爱好清纯的人。这是某次酒会上他本人亲口说的,所以不会错。

"我以前交往的对象是个现代女性,很强势,跟她在一起都没空喘息。大概是她给我造成心理阴影了吧,对现在的我来说,越清纯的女孩儿才越理想。"

或许正因如此,土谷谦也似乎也对织绘抱有好感。

"毕竟都是过去的事了,我就告诉你吧。"

本以为已经睡着的织绘忽然跟自己搭话，然后她抢走士郎口中的烟，叼在自己嘴里。

　　"我曾经被家里安排去跟土谷先生约会呢。"

　　"啊！真的假的？"士郎傻傻地半张着嘴问。

　　"嗯，真的，因为我老爸进了嵯峨野摩耶的后援会。"

　　"说到嵯峨野摩耶……好像是土谷先生的姐姐吧？"

　　"对，她曾是J剧团的首席明星。我老爸是J剧团多年的铁粉了，所以他才支援嵯峨野摩耶。因为这层关系，他们就让我跟她的弟弟土谷先生相亲。"

　　"我都不知道。"

　　"那当然啦，这是我第一次告诉别人嘛。"

　　"你为什么不说呢？"

　　"因为结果上来讲，那次约会没有成立啊。"

　　"为什么？"

　　"我有点儿应付不来土谷先生。怎么说呢，他不是我的菜，不，进一步说，我很讨厌他。所以，就算知道那个人对我有意思，我也一直竭尽全力装作没有察觉。"

　　"土谷先生真可怜……我觉得他大概是真心喜欢你的。"

　　士郎话里带着优越感，说道。

　　"真心喜欢我？骗鬼的。"织绘恶狠狠地沉声否定，"我约会的那天，正好肠胃不舒服，所以我直奔厕所，但那个男的，只在短信上给我发了一句'你没事吧'而已,然后就一点儿消息都没了呢。真是令人火大!"织绘细细地啃咬烟嘴那端,继续说,"土谷谦也啊,还是没有喜欢我到那个地步。他只是被我假扮的那个'含蓄拘谨、善解人意的清纯女性'形象吸引了而已。那就像处男对偶像抱有的幻想一样,就是那种,偶像身上不能有生活感,去上厕所更是天方夜谭之类的。他真是个小家子气的男人。那种男人啊,肯定会在什么地方栽个大跟头。不过,他的确也死了。"

你虽然这么说,但是约会之后,要是土谷谦也提出跟你交往,你会怎么做呢?说到底,你都去约会了。虽然你嘴上这么说,但其实心里对他还是有一点点好感的吧?

就在士郎要把这些疑念说出口时,织绘忽然换了个话题:"对了,你是不是采访了樱并木堇啊?"

唉,每次都这样。每当自己要触及核心的时候,她就会这么转移话题。

"樱并木堇怎么样了?"

"啊,樱并木堇。"

士郎呆呆地望着织绘吐出的紫烟。有关樱并木堇的记忆以紫烟为背景,在眼前缓缓复苏。

"总觉得,好像哪儿不太对……"

"不太对?"

"我……大概是两年前吧,见过樱并木堇一面,就在公司大厅里，她忽然塞给我一份原稿来着。那个时候我见到的樱并木堇更像个大婶……已经到了初老的地步，身上的行头也很潦倒，但是，我今天见到的樱并木堇，却是个打扮考究、顶多四十来岁的中年女士。"

"女人嘛，打扮一下，再化化妆，就会判若两人的。两年前她不是正在谷底吗？现在则完满复出，成了时代的弄潮儿了，那当然会改变啦。"

"也是啊。"

士郎虽然这么说，但他也有些不确定。在他眼里，两年前见到的那个樱并木堇和今天见到的樱并木堇，真的就像两个人。

"是这个人吧？樱并木堇。"

织绘像所有的懒汉都会做的那样，只伸长手臂，从床边的书架里取出一本新书规格的小说。

标题写着《少女残虐史》。

那本书看起来相当有年头了，还隐约有股馊味。

"因为这已经是二十多年前的书了。"

"是你的吗？"

"不是，我朋友的。当时我上小学六年级吧。这本书特别流行，整个班的人都传着看，然后就传到我这里了。我觉得这本书不怎么好看，而且情节很过分，越读越来气，就直接塞进壁橱里，忘记还回去了。之后到了现在……那毕竟是别人的东西，也不好随便扔掉。我搬来这里独居的时候，也不知不觉带过来了。我本来是想着等有一天还回去的，可我连书的主人是谁都忘了。"

"书的主人肯定也忘了啦。"

说着，士郎翻开那本书。封面折页上印着作者近照，是个苗条伶俐的标准美少女。

"嗯……的确，今天见到的樱并木堇跟这个作者近照对比，好像是能看出点儿模样来，但是，两年前见到的那个樱并木堇——"

"所以说，女人啊，被满足的时候和空虚的时候相比，就是判若两人啊。"

"虽然大概是这样没错……"

"女人呢，光是穿上昂贵的衣服，拿着名牌包包，就会变成另一个人，而且现在，樱并木堇做出了百万畅销书，正处在人生巅峰呢，那当然闪闪发亮了，不过以后又会如何呢？"

织绘说出一句意味深长的话。

"什么意思？"

"其实……这是我老爸告诉我的。"

织绘的父亲是大型书店集团的会长。

"樱并木堇的公司啊……"

"红宝石出版社？"

"对。那家红宝石出版社啊，好像快破产了。"

"怎么可能？《当我的人生一帆风顺时》可是卖了一百五十万册的超级畅销书……甚至有希望冲上两百万册啊，怎么会破产——"

"士郎，你知道什么是'畅销书破产'吗？"

畅销书破产，士郎当然知道那是什么。

过去曾有好几家尽管做出了畅销书，但还是惨遭破产的出版社，不过这不仅限于出版社，或许比喻成那种昙花一现的搞笑艺人更好理解吧。那些人基于某种原因一夜蹿红，收入也暴涨，于是四处挥金如土，购买豪车、豪宅等，但之后就再没什么惹眼表现。他们之前的热度降温后，留下的就只有当时疯狂购买的那些奢侈品和不动产。因为无以为继，所以这些东西也只好卖掉，最坏的情况他们还得申请自我破产……这样的例子数不胜数。公司也一样，以某次爆红为基础扩大经营范围倒还好，但许多公司无法维持盛况，最终倒闭。

出版社自然也不例外，即便做出过畅销书，也有很多家在不久后便倒闭了，但这也跟出版业界独特的构造有关。日本的书原则上都是"委托贩售"，简单粗暴地解释，就是出版社把书籍托付给零售书店摆在店内售卖，书卖出去了，才会作为销售额进入统计，书店再付钱给出版社，另外，没能卖出去的书可以无条件退还。也就是说，进货时能进一百本书，就可以原封不动地退还一百本。这个系统算是一把双刃剑。书店可以不惧风险，在判断某本书会掀起热潮时大量进货，判断风头已过时又可以全数退还，但在出版社看来，响应订单而大量印刷是没什么问题，可其中大半的书之后都是要被退货的。

"畅销书……真可怕啊。"织绘感叹道，"要是哪本书成了畅销书，不管是书店、代销还是出版社，都会被肾上腺素冲昏头脑，没法冷静判断了吗。这真的就像打小钢珠赌博时忘乎所以一样，所以才需要前人总结的技术经验啊。"不愧是大型书店集团会长的千金，说到这种话题时神情都很认真，"就连历史悠久、成绩优秀的中坚出版社，做出百万畅销书后也会得意忘形，然后就破产的。也就是说，做畅销书就是一种赌博啊。"

"赌博吗……可能确实像打小钢珠一样吧，毕竟畅销书总是忽然出现，会在意想不到的时候，从意想不到的地方出现。"

"正因为这样，所以才需要前人总结一套技术经验。不管是柏青哥还是老虎机，不都有攻略方法吗？畅销书也一样，需要知道如何控制名叫'畅销书'的运气……"

"控制……"

"没错，需要控制，还要知道诀窍，也就是要清楚什么时候该收手。这点非常难，问题就在于，连行业的中流砥柱都会误判收手的时机，一个由几乎相当于外行人建立起来的出版社，能正确做出判断吗？"

"……你是指红宝石出版社吗？"

"是啊。红宝石出版社出版的《当我的人生一帆风顺时》的确卖得很好，但是呢……看看我们公司的POS收银数据，这书的销量呈平稳的下滑曲线，同时出版社又在不知节制地加印，每个星期的加印量都以万为单位。这是相当危险的倾向。我觉得，出版社肯定会倒闭的，就在今年之内。"

"今年之内……那不是两个月都没有了吗？"

"嗯，说不定还会更早呢。"

"……是吗？"

"士郎，你该不会在考虑跳槽去红宝石出版社吧？"

"哎呀，不好说啊。"

士郎试着蒙混过关，但他的表情大概说明了一切。织绘"哦——"地坏笑着，看着士郎的脸。

"我觉得，你还是留在地球出版社比较好。"

"可是，地球出版社也自身难保啊。"

"就算同样自身难保，泰坦尼克号和公园里的天鹅船也是不一样的。泰坦尼克号就算成了海里的碎屑也能青史留名，可天鹅船就算遇难了，也不过就是在地方报纸上一登了事。"

……什么意思？士郎听得瞪大眼睛。

"也就是说，同样是失败，还是坐在大船上的人，之后可以拿到不少特殊优待。只要你还在地球出版社，就能多少拿到一些退职赔偿金，而且对你找下家也更有利吧？但是，要是你去小公司经历了破产，那就没有然后了，你只能陪着那家公司一起送命。"

+

然而，红宝石出版社别说破产，甚至一部接一部推出大热作品，现在已经在赤坂的一等地租下一整栋15层的办公楼，把那里作为公司新址了。

时间来到了二〇一九年四月。

樱并木堇检查过入社典礼的演讲稿后，忽地看了看自己倒映在落地窗上的身姿。

"郁代姐，这样就可以了吧？"

——嗯，这样就可以了，美华子。

樱并木堇觉得自己好像听到了这个声音，忽地绽开笑容，但很快她又伸手捏了捏眉间的皱纹。

樱并木堇，也即池内郁代忽然暴毙，是在三年前。就在郁代通过电话得知她的后盾国枝旭死讯的那天，去警察局做完笔录回来的她倒在玄关，就此成了不归人，死因是心肌梗死。她本来血压就偏高，有糖尿病的风险。恐怕是在此基础上加上各种各样的压力一起爆发，才导致了这个结果。

当然，最大的压力来源估计是国枝之死，但或许，还有把曾经在地球出版社照顾过她的木下逼成了植物人状态一事，更让郁代的精神状态慢慢受到良心的啃噬。

但现在想来，国枝和木下陷入那种状态，也就代表没有人知道樱并木堇还有个替身的事了，所以美华子才能够执行郁代的遗言。

临死前，郁代是这么说的："美华子，从今往后你就是樱并木堇了。"

但实际上，郁代早就给很多人透露过樱并木堇有替身的事实，例如落合美绪，还有土谷谦也，但幸运的是他们俩也死了。用幸运这个词是不是太难听了？

或许还有其他知道樱并木堇秘密的人，但到了现在，那已经是不值一提的小事了。自己作为红宝石出版社的社长成功以后，已经不需要再执着于樱并木堇这个名字了。

美华子准备在下一本书里坦白这件事，标题是《少女C的忏悔》。这本书大概也会成为畅销书吧。

"社长，可以打扰一下吗？"

连门也不敲就直接推门进来的人，是一个叫三上的临时员工。这个男人是逃离了即将倒闭的地球出版社，跑来投奔红宝石出版社的。他来这里的第二个月，地球出版社就倒闭了。

"社长，我有个企划想让您看看！"

三上一副拼命的神情把一叠企划纸放在桌上。这已经是他提交的第十五份了。短短三天，他就提交了十五份。至于他为什么要这么拼命……自然是因为美华子先前下发的通知，企划得到通过的人可以转为正式员工。

但三上交出来的每份企划都陈腐得臭不可闻，不愧是以前在地球出版社供职的人。总之，那些企划太过时了。

"这次我做了合集小说的企划，我会请我以前负责的作家来写。"

又是合集？你做的十五份企划书不都是合集吗？不过是主题不同

而已。

唉……美华子想着,习惯性地把那叠企划纸拉到面前,却看到一个名字。

"长谷部麻美"。

自己第一次见到这个名字……新人?

"啊,长谷部麻美是真梨幸子的本名,好像是因为"真梨幸子"已经看不到未来了,所以她前段时间改了名字。您知道真梨幸子这个人吗?"

"……啊,就是那个只会写换汤不换药的泥沼推理的人吧?"

美华子直接引用了郁代曾说过的话。

"她的小说只有刺激的设定和猎奇的要素,作为小说太稚嫩了。要是把她写的东西叫做推理,那简直是对古今中外推理作家的不敬。"

"……是,您说得没错。"

"我还以为这个人早就不当小说家了,竟然还在写啊?"

"她好像是一边做兼职和小时工,一边一点点继续写呢。"

"哦。那她现在改名,是想重新出发吗?真是垂死挣扎啊。"

"啊,嗯……您说得一点儿不错,但是……"

三上好像一直在注意门那边。门外有人吗?

"嗯……怎么说呢……其中一位作家……"

"我连企划都没有通过,你就把作家喊来了吗?"

"不……是对方自己强行要过来的……"

"谁啊？"

"不，没事了。您就当作企划里没有长谷部麻美的名字吧，是我搞错了而已。"

然后三上从桌上抽走企划书，匆忙离开了房间。

终章

当我的人生一帆风顺时

……我还是第一次读到这么糟糕的小说。

我这辈子第一次看书看到往墙上丢啊。

不论哪一段都写得很烂，真亏这样的小说还能成书。

日本竟然允许这种小说出版，我对日本整个国家都幻灭了。我甚至忍不住想骂日本去死……来发泄我的愤怒。

+

我正玩着手机，海蓝色和白色的横条纹图案，轻飘飘地出现在我眼前。

然后那人问："你在看什么？"

闻声，我像干坏事被人发现了一样，猛地缩成一团。

然后，明明没有那么做的必要，我还是立刻把手机和手边的两本书藏了起来。

但已经迟了。

"啊——这不是《当我的人生一帆风顺时》吗？这本书以前卖得很好呢。"

终 章

说着,官里店长拉开一张钢管椅,放在我旁边,咚的一声坐下。

"所以,好看吗?"

我很不会应对官里店长。不论怎样,我在她面前都会浑身僵直。

"……啊,我……还没仔细看,只是随手翻了翻……"

我回答。这是真话,我昨天才刚刚从图书馆借来这本书,预约的时间距今都过去一年多了……准确来说,是一年零八个月前。因为实在太久远了,在我彻底忘记这件事的时候,排队排到了我。机会难得,我就借回来看了,但说实话,我感觉就好像在减价大卖场买了过季的衣服,怎么都觉得不是滋味。

话虽如此,一年零八个月前的这本书真是卖得火爆。就连平时对成功学书籍毫无兴趣的我,都常常听到这个书名——《当我的人生一帆风顺时》。

但到了现在,这本书便处在尴尬的过时立场。此刻,就连像这样拿着它时,我都有点儿难为情。

而且,偏偏是让她看到我在读书。

自从我在盛大超市田喜泽南店开始打小时工,已有一年零八个月。没错,就是在《当我的人生一帆风顺时》成为畅销书那段时间,我搬来田喜泽市,同时应聘了这家超市的打工店员。那时面试我的人,就是官里店长。

官里京子,她虽然是田喜泽南店的代理副店长,却是实质上的店长。调配人力资源、制订优惠计划,还有跟总部沟通,所有重要事务都是由她一手操办的。当然，真正的店长另有其人，但只是挂名，实际也早就在宫里店长的支配之下了。

"宫里店长以前在总部工作的话，或许现在也还是那个心态吧。"

说这话的人，是在超市兼职的店员长谷部。

她是我更不擅长接触的类型。怎么说呢……她给我一种人还活着，但早已腐烂的感觉。以前我在网上看到过表现尸体九个阶段的"九相图"，图中第一号的"胀相"，就是长谷部这个人原原本本给我的印象。尸体内部充满腐败气体的状态，法医学上将这个状态称为"鬼相"，说得真是不错。在魔鬼的面前，人会瞬间失去气力，只能拜伏在对方脚下。我在长谷部面前，真的就会陷入那种状态。

所以那个时候，我也只是一边点头，一边听长谷部单方面说话。

"……宫里店长在总部供职的部门也是特别吃香的企划部，所以她本来应该是要当干部的。她到底搞砸了什么，才会被贬来这里呢？从她来了以后，我总觉得这家店也状况不断啊。"

我问，状况是指什么？

"……对了对了，现在很流行的《当我的人生一帆风顺时》这本书，你读过了吗？"

长谷部说道。仿佛这就是她给我的答案。

《当我的人生一帆风顺时》，我常常听到这个名字，所以的确好奇，但并没有好奇到特地去买来一读的地步，但既然长谷部说得这么意味深长，我就不得不读读看了。我去了市里最大的书店，那里也

终 章

已经售罄了，所以我才去图书馆预约的。结果那时，我前面已经排了一千号人。一千号！他们说连什么时候会轮到我都很难讲，这让我心中想读读看的狂热欲望抵达了巅峰。明明之前都没多想看，可一旦知道它的稀罕程度，就忽然想看了，但这种狂热也就持续了两天。身为小时工的我忙于记住工作内容、构建新的人际关系，尤其因为跟当事人长谷部的排班错开，所以没了聊天儿的机会，最终，就连我预约过《当我的人生一帆风顺时》这本书的事我都忘记了。

　　从那以后，过了一年零八个月。我在打工的店员里也算是老员工了，但在宫里店长面前还是难免紧张。因为她是正式员工吗？不，不是。店长也是正式员工，但我跟店长就能轻松交谈。是因为她年纪比我大吗？可她顶多也就比我大五岁而已。果然问题还是在她的气场。或者是人相？

　　宫里店长绝对不算丑。一定要说的话，她的长相还算挺标致的那种，但我对她的印象总觉得很扭曲，简单来说就是觉得她可怕。相比于长谷部，她在完全不同的其他层面上让我应付不来。

　　不，我本不应该以貌取人。人们不是常说长得越可怕，内心越善良吗……一开始我还有淡淡的期待，但相由心生这话，还是有它的道理。

　　"所以，那本书好看吗？"

　　宫里店长窥探我的手，又问了同一个问题。我还没认真读过，没法判断好不好看，所以刚刚我才含糊其辞，而那个模棱两可的回答似乎并不能让官里店长满意。

应对官里店长这个人时,要是自己不当场辩个黑白分明,立刻就会坏了她的心情,可是我该怎么回答?正确答案是"好看"吗?还是"不好看"呢?

"……是的,很好看。"

我不管三七二十一,老实回答了。虽然我只是随意翻阅了一下,但它真不愧是畅销书。尤其是《家人》那一章实在太过悲惨,惨得我都想笑。那章内容是,被家人当作累赘的啃老女把自己的名人姐姐逼上绝路,直至自杀,连哥哥也被她杀害。到了最后,她自己也被人杀死。这实在太有趣……不对,太悲惨了,看得我翻页的手都停不下来。官里店长跟我搭话的时候,正是我看得兴起的时候。

"真的好看吗?"官里店长的目光一下朝我的脸袭来。

"好看"这个答案,难道是错的?我戒备起来——

"我就说吧!"

官里店长却破颜一笑,把钢管椅拉到我身边。

"其实啊,那本书我也参与过一点儿。"

啊?

"就是它的企划。"

"这……样啊?"

"话虽这么说,也只是出了些主意而已。"

"您认识这位作者吗?"

终　章

我用手指按住封面上的作者名。

——樱并木堇

"怎么会呢，那个人我又不认识。话说回来，这个樱并木堇也挺可怜的，她被人杀了。"

"……确实，好像是上个月吧？有人在红宝石出版社的办公室里发现了她的尸体对吧？凶手还没抓到，电视上倒是说……是过路魔①干的。"

"过路魔啊……嗯，或许的确类似于过路魔吧。"

"什么？"

"不，没什么。"

"所以……您参与过一点儿这本书的企划是什么意思？"

"啊，对了对了，我们刚才在说这个。这事说来可就话长了……"宫里店长拖着椅子"吱吱吱"地又坐近几分，继续说，"好像是四年前吧。嗯，对，二〇一五年的五月左右，在我们盛大超市田喜泽南店，有一个叫市原俊惠的小时工。"

"市原俊惠……是犯下那个'田喜泽一家四口命案'，被判了死刑的人？"

"才不是呢，那是冤判。"

"咦，是冤判啊？哦，我想起来了，好像是后来真凶出现了吧，嗯，名字叫……"

---

① 指在街头随机选取对象，出其不意危害他人的歹徒。——译者注

"落合美绪。"

"啊——对的对的,是那个人,不过我记得她是被老公杀害的——"

"当时落合美绪也在这里打小时工哟。"

"啊?是吗?"

"那是市原姐被误捕之后的事了。落合美绪突然说她要创立一家出版社,所以这里的工作就不做了。我听她说,她好像是打算收集别人的失败经历,出一本成功学书籍,但具体还完全不确定……所以我才建议她不如去写'田喜泽市一家四口命案'怎么样?"

"原来如此。"什么嘛,就帮了这点儿忙啊。就算是这样,要是我太露骨地表现出期待落空的样子,反而会让宫里店长生气,于是我说,"那还真是厉害,原来《当我的人生一帆风顺时》能火爆成那个样子,也有宫里店长的一份功劳啊。"

总之,先说些空洞的奉承话。

"话又说回来啊……"宫里店长伤感地叹了口气,这一点儿都不像她的风格,"田喜泽市是不是被诅咒了啊?这四年来,也死了太多人了。"然后她掰着指头列举那些名字,"你看,首先是'田喜泽市一家四口命案'的堀口一家对吧?还有落合与村上……"

"村上?"

"嗯,她是之前在这里打工的人,以前是当高中老师的。她住在丽丘,但是遭遇很多事,过得还挺辛苦,所以我才建议她去参加

终 章

选举。"

啊,难道是《当我的人生一帆风顺时》的第三个案例中出现的那个人?

"但是她没被选上。后来又发生了很多事,她落到了无家可归的地步。再后来她运气好跟老公复婚,去了菲律宾……但是到最后,她还是离婚并回了日本,又变得无家可归了。"

"真是大起大落的人生啊。"

"不仅如此,好像是去年吧,有人在池袋的'都道池袋架道桥'那里发现了她的尸体。她好像是被人捅死的。"

"是过路魔吗?"

然而宫里店长没有回答这个问题,而是继续数:"……还有山上绘都子。"

山上?哦,山上绘都子女士。我听说她是这一带首富家的后妻,但是一年前,她在自宅中惨遭杀害。凶手是丈夫的前妻和前妻的朋友们。

"那个案子可真是残忍。那些人不仅动用私刑,甚至还杀了人。不只她老公的前妻,竟然连前妻的朋友都参与了进去,到底是怎么回事呢?"

"绘都子的事件就是完完全全的'后妻惩戒'呢。"

"后妻惩戒?"

"是的,是这个小镇的老习俗了。哦,话说回来,绘都子真可怜。我好不容易才帮她打点好的。"

"打点？"

"咦？比起这个，你这本书……"

宫里店长又没有理会我的疑问，换了个话题，接着她又毫无顾忌地从我手中抽走一本书。

"这本书是不是《孤虫症》啊？"

不知是不是我的错觉，宫里店长的脸好像有些扭曲。

"啊，这书是我跟《当我的人生一帆风顺时》一起借来的，因为它放在推荐栏嘛，但是我读了之后很后悔。那家图书馆为什么要把这样的书放在推荐栏呢？"

"……这本书，被杀死的村上也读过。"

"啊？"

"而且，她还说了这书的坏话，就当着本人的面。村上有时候就是这么坏心眼，她明知道对方是这本书的作者，却还装作不知道的样子，把这书批得一文不值呢。"

"什么意思？本人……是指谁？"

"我是说，写这本小说的人就在这里上班啊。"

"啊？"

"那个人，小说写得没有起色，所以只好同时打几份工，才能维持生活。哦，对了。"宫里店长的脸色一片铁青，是因为照明吗？

"……落合好像也说过那个人的坏话。"然后她不慌不忙地从钢管椅上站起来，低声忠告我，"所以，我觉得，你最好不要说这本书的坏话。"

+

她到底在说什么啊。

最好不要说这本书的坏话？

这才不是坏话，只是评价。

我再次调出自己在休息时间发布在线上书店上的书评页面。

……我还是第一次读到这么糟糕的小说。

我这辈子第一次看书看到往墙上丢啊。

不论哪一段都写得很烂，真亏这样的小说还能成书。

日本竟然允许这种小说出版，我对日本整个国家都幻灭了。我甚至忍不住想骂日本去死……来发泄我的愤怒。

这哪里是说坏话了，不是很正经的书评吗？证据就是，这段书评拿到了十三个"赞"呢。我只要继续这个势头拿到更多的"赞"，或许就能引发一些讨论。没准，出版社还会来挖我的角，或者我可能还会上电视新闻呢。开玩笑啦。我明知不可能发生那种事，但这种妄想算是我小小的乐趣，它能带给我在日常生活中几乎得不到的心动。

当我的人生一帆风顺时

好了，我今天要写哪本书的书评呢？

大概是在深夜一点过后，门铃响起。

屏幕上显示出某个身姿。

我不禁吓得缩了缩。

……明明是活物，却一副腐败的样子。那副容貌，简直就像魔鬼。

但是，我冷静下来仔细一看——

"啊，是长谷部。"

是在盛大超市田喜泽南店上班的临时工，长谷部麻美。

她怎么来了？

我一边想着，一边打开门锁。

北京市版权局著作合同登记号：图字 01-2025-0638

《WATASHI GA SHIPPAISHITA RIYUU WA》
© Yukiko Mari 2019
All rights reserved.
Original Japanese edition published by KODANSHA LTD.
Publication rights Simplified Chinese charactor edition arranged with KODANSHA LTD.
Through KODANSHA BEIJING CULTURE LTD. Beijing,China.
本书由日本讲谈社正式授权，版权所有，未经书面同意，不得以任何方式做全面或局部翻印、仿制或转载。

图书在版编目（CIP）数据

当我的人生一帆风顺时 /（日）真梨幸子著；戴枫译. -- 北京：台海出版社，2025.6. -- ISBN 978-7-5168-4181-5

Ⅰ.I313.45

中国国家版本馆 CIP 数据核字第 2025PS1101 号

当我的人生一帆风顺时

著　　者：[日]真梨幸子　　　　译　　者：戴　枫

责任编辑：员晓博　　　　　　　封面绘制：李宗男
封面设计：李宗男

出版发行：台海出版社
地　　址：北京市西城区红莲南路 57 号　　邮政编码：100055
电　　话：010-64041652（发行、邮购）
传　　真：010-84045799（总编室）
网　　址：www.taimeng.org.cn/thcbs/default.htm
E - mail：thcbs@126.com

经　　销：全国各地新华书店
印　　刷：北京盛通印刷股份有限公司
本书如有破损、缺页、装订错误，请与本社联系调换

开　　本：880 毫米 ×1230 毫米　　　1/32
字　　数：299 千字　　　　　　　　印　　张：10.75
版　　次：2025 年 6 月第 1 版　　　　印　　次：2025 年 6 月第 1 次印刷
书　　号：ISBN 978-7-5168-4181-5

定　　价：56.00 元

版权所有　　翻印必究